O túmulo sob as colinas

Belinda Bauer

O túmulo sob as colinas

Tradução de
Paulo Reis e Sergio Moraes Rego

1ª edição

EDITORA RECORD
RIO DE JANEIRO • SÃO PAULO
2013

CIP-BRASIL. CATALOGAÇÃO NA PUBLICAÇÃO
SINDICATO NACIONAL DOS EDITORES DE LIVROS, RJ

Bauer, Belinda
B34t   O túmulo sob as colinas / Belinda Bauer; tradução de Paulo Reis, Sergio Moraes Rego. – 1. ed. – Rio de Janeiro: Record, 2013.

     Tradução de: Blacklands
     ISBN 978-85-01-09904-4

     1. Ficção inglesa. I. Reis, Paulo. II. Rego, Sergio Moraes. III. Título.

13-00555   CDD: 823
                                        CDU: 821.111-3

TÍTULO ORIGINAL EM INGLÊS:
Blacklands

Copyright © Belinda Bauer 2010

Texto revisado segundo o novo Acordo Ortográfico da Língua Portuguesa.

Todos os direitos reservados. Proibida a reprodução, no todo ou em parte, através de quaisquer meios. Os direitos morais da autora foram assegurados.

Editoração eletrônica: Abreu's System

Direitos exclusivos de publicação em língua portuguesa somente para o Brasil adquiridos pela
EDITORA RECORD LTDA.
Rua Argentina, 171 – Rio de Janeiro, RJ – 20921-380 – Tel.: 2585-2000, que se reserva a propriedade literária desta tradução.

Impresso no Brasil

ISBN 978-85-01-09904-4

Seja um leitor preferencial Record.
Cadastre-se e receba informações sobre nossos lançamentos e nossas promoções.

Atendimento e venda direta ao leitor:
mdireto@record.com.br ou (21) 2585-2002.

Para minha mãe, que nos deu tudo e nunca achou que era o bastante.

1

A charneca de Exmoor gotejava com samambaias sujas, relva áspera e descolorida, tojo espinhento e urzes do ano anterior. Tudo tão escuro que um incêndio parecia ter varrido a paisagem, levando consigo as árvores e deixando a charneca fria e exposta para enfrentar o inverno de forma desprotegida. A garoa dissolvia o horizonte ao redor e mesclava céu e terra num casulo cinzento, em torno da única coisa visível na paisagem: um garoto de 12 anos, metido numa calça preta impermeável, mas sem chapéu, sozinho com uma pá.

Chovera durante três dias, mas as raízes da relva, das urzes e dos tojos contorcidas no solo ainda resistiam aos golpes da pá. A expressão de Steven não mudava; ele enterrava a lâmina na terra de novo, sentindo uma pequena e prazerosa vibração pelo impacto, que subia até suas axilas. Dessa vez, ele deixou um buraco, uma pequena marca humana na grande faixa de terra ao seu redor.

Antes que pudesse fazer o buraco seguinte, a primeira faixa estreita cavada já se enchera d'água e desaparecera.

* * *

Três garotos caminhavam despreocupadamente, enfrentando a chuva do vilarejo de Shipcott, as mãos nos bolsos, os capuzes cobrindo os rostos, os ombros curvados, como se estivessem ansiosos para fugir dali. Mas não tinham lugar algum para ir, de modo que perambulavam, esbarrando uns nos outros, rindo e dizendo palavrões em voz alta, a troco de nada, apenas para que o mundo soubesse que eles existiam e que ainda tinham expectativas.

A rua era estreita e sinuosa. No verão, turistas passeavam e sorriam para os terraços pintados com cenas marinhas, as portas se abrindo diretamente na calçada, as venezianas esquisitas. Mas, por causa da chuva, as casas amarelas, cor-de-rosa e azul-celeste se tornavam um lembrete esmaecido da luz do sol e um refúgio apenas para os que eram jovens demais, velhos demais ou pobres demais para ir embora.

A avó de Steven olhava pela janela com o olhar fixo.

Ela começara a vida como Gloria Manners. Em seguida, tornou-se a esposa de Ron Peters. Depois disso ficou sendo a mãe de Lettie, e então de Lettie e Billy. Decorrido muito tempo, passou a ser conhecida como a Pobre Sra. Peters. Agora, ela era a avó de Steven. Mas, no fundo, sempre seria a Pobre Sra. Peters; nada poderia mudar isso, nem mesmo seus netos.

Acima das meias cortinas, a janela da frente recebia o impacto da chuva. As casas ao longo da rua já haviam acendido as luzes. Os telhados eram tão diferentes quanto os muros. Alguns ainda tinham antigas telhas de porcelana, ásperas com o musgo. Outros, a ardósia plana e cinzenta que refletia o céu aquoso. Por sobre os telhados, a parte mais alta da charneca mal era discernível através do nevoeiro, uma coisa suave e arredondada quando vista à distância. Do calor de um cômodo à frente, com aquecimento central e uma chaleira que começava a assobiar na cozinha, aquele lugar até parecia inocente.

O mais baixo dos garotos bateu na janela com a palma da mão e a avó de Steven recuou, amedrontada.

Os meninos riram e correram, embora ninguém os estivesse perseguindo. Sabiam que dificilmente alguém faria isso.

— Velha intrometida! — gritou um olhando para trás, apesar de ser difícil saber qual deles, pois os capuzes estavam puxados sobre o rosto.

Lettie correu para a sala, sem fôlego e assustada.

— O que foi isso?

Mas a avó de Steven voltara à janela. Ela nem mesmo desviou o olhar para a filha.

— O chá está pronto? — perguntou.

Steven saiu da charneca com seu anoraque no ombro e a camiseta ensopada soltando vapor pelo recente esforço despendido. A trilha aberta entre as urzes por gerações de andarilhos estava pesada de lama. Ele parou, a pá enferrujada pendurada no outro ombro como um fuzil, e olhou para baixo, na direção do vilarejo. As lâmpadas da rua já estavam acesas, e Steven sentiu-se como um anjo ou um alienígena, observando, ali do alto, as residências escurecendo, isolado das pequeninas vidas sendo vividas lá embaixo. Ele se esquivou por instinto quando viu os três garotos encapuzados correndo pela rua úmida.

Escondeu a pá atrás de uma pedra, perto dos degraus escorregadios que permitiam ultrapassar a cerca. A ferramenta estava enferrujada, mas mesmo assim alguém poderia furtá-la e ele não queria levá-la para a própria casa. Fazer isso daria margem a perguntas que ele não podia, nem ousava, responder.

Desceu a estreita passagem ao lado da casa. Agora já sentia o corpo esfriando e estremeceu aos tirar os tênis para lavá-los debaixo da torneira do jardim. Haviam sido brancos um dia, com detalhes azuis. Sua mãe ficaria furiosa se os visse naquele estado. Esfregou-os com os polegares e espremeu a lama deles, até que ficaram apenas sujos, então, sacudiu-os com força. A ação fez espirrar água enlameada na lateral da casa, mas a chuva lavou a sujeira rapidamente. As meias cinzentas usadas na escola estavam pesadas e encharcadas. Tirou-as; os pés de um branco pálido chocante.

— Você está ensopado.

Sua mãe o espreitava da porta dos fundos, o rosto tenso e os olhos azul-escuros sombrios como um mar do norte. A chuva batia no chapéu de palha que ela empurrara sobre o rabo de cavalo pequeno e funcional. Ela jogou a cabeça para trás para mantê-la seca.

— Eu fui pego pela chuva.
— Onde você estava?
— Com Lewis.

Aquilo não era, realmente, uma mentira. Ele estivera com Lewis logo depois da escola.

— O que você estava fazendo?
— Nada. Apenas...Você sabe.

Da cozinha, ele ouviu a avó dizer:

— Ele devia vir direto da escola para casa!

A mãe de Steven lançou um olhar severo para o filho encharcado.

— Esses tênis estavam novos no Natal.

— Desculpe, mamãe. — Ele fez um ar de arrependido. Aquilo quase sempre funcionava.

Ela suspirou.

— O chá está pronto.

Steven comeu o mais depressa que ousava e o máximo que podia. Lettie estava parada junto à pia, fumando e deixando cair as cinzas pelo ralo. Na antiga casa, antes que viessem morar com a avó, sua mãe geralmente sentava-se à mesa com ele e Davey. Ela costumava comer e conversar com ele. Agora, a boca de Lettie estava sempre cerrada, até mesmo quando fumava um cigarro.

Davey chupou o ketchup de suas batatas fritas e depois, cuidadosamente, empurrou cada uma para o lado do prato.

A avó cortou pequenos pedaços de seu peixe empanado, examinando todos eles com um olhar desconfiado antes de comê-los.

— Há alguma coisa errada com o peixe, mamãe? — Lettie deu um peteleco na cinza do cigarro com força exagerada. Steven olhou para ela, nervoso.

— Espinhas.

— É filé. Está escrito na caixa. Filé de linguado.

— Eles sempre deixam alguma espinha passar. Todo cuidado é pouco.

Houve um longo silêncio durante o qual Steven ouvia o som do próprio alimento dentro da cabeça.

— Coma as batatas, Davey.

Davey fez uma careta.

— Estão todas molhadas.

— Você devia ter pensado nisso antes de chupar as batatas, não é? Não é?

Enquanto ela repetia a pergunta, Steven parou de mastigar, mas o garfo da avó raspava o prato.

Lettie foi rapidamente para o lado de Davey e apanhou uma batata molhada.

— Coma!

Davey balançou a cabeça e seu lábio inferior começou a tremer.

Com uma má vontade reprimida, a avó murmurou:

— Deixar comida. Hoje em dia as crianças nem sequer imaginam a sorte que têm.

Lettie inclinou o corpo e deu um forte tapa na coxa nua de Davey, abaixo da linha do short. Steven observou a marca branca da mão dela na pele do irmão logo ficar vermelha. Ele amava Davey, mas ver alguma outra pessoa que não ele próprio se meter em problemas sempre lhe dava uma pequena emoção. Naquele momento, ao ver a mãe arrancar o irmão da cozinha e fazê-lo subir as escadas, chorando até não poder mais, Steven sentiu como se tivesse, de certo modo, recebido uma honra. A honra de ter sido poupado da irritação contida da mãe. Só Deus sabe com que frequência ela descarregava em cima dele o ressentimento contra a avó. Mas isso era mais uma prova daquilo que Steven vinha esperando que acontecesse já há algum tempo: que Davey enfim tivesse 5 anos e fosse velho o suficiente para sofrer seu quinhão de punições. Não era uma reserva profunda, ou perigosa, mas caramba! Sua mãe tinha pavio curto e, aos olhos de Steven, uma punição compartilhada era uma punição pela metade. Talvez até mesmo uma punição evitada por completo.

Sua avó ainda não parara realmente de comer, embora cada porção que colocava na boca parecesse um campo minado.

E, apesar de os soluços de Davey já soarem abafados agora, Steven procurou contato visual com a avó. Por fim, ela olhou para ele, dando-lhe uma chance de revirar os olhos, como se o fardo do garoto travesso mais novo fosse compartilhado e isso os deixasse mais unidos.

— Você não é melhor do que ele — disse ela, e voltou a comer o peixe.

Steven corou. Ele sabia que era melhor! Se apenas pudesse provar isso à avó, tudo seria diferente; ele simplesmente sabia disso.

É claro, aquilo era culpa de Billy, como de costume.

Steven conteve a respiração. Podia ouvir a mãe lavando a louça, o ruído característico dos pratos e talheres enquanto a avó os enxugava, o raspar musical mais alto dos pratos saindo do suporte. Então, ele abriu, devagar, a porta do quarto de Billy. Cheirava a coisas antigas e doces, como uma laranja deixada sob a cama. Steven sentiu a porta fechar-se suavemente às suas costas.

As cortinas estavam cerradas, como sempre. Elas combinavam com a colcha quadriculada em tons claros e escuros de azul que contrastavam com o tapete marrom trançado. No chão, uma estação espacial Lego construída pela metade, e, desde a última vez que Steven estivera ali, uma pequena aranha tecera uma teia no que parecia uma rústica estação de atracação. Agora, o bicho estava lá, esperando capturar moscas satélites vindas do espaço exterior do lúgubre quarto.

Pregado à parede por cima da cama, um desbotado lenço de pescoço, branco e azul-celeste — as cores do Manchester City —, e Steven sentiu a familiar pontada de piedade e raiva de Billy, ainda um fracassado, mesmo depois de morto.

Steven se esgueirava para aquele quarto de vez em quando, como se Billy pudesse viajar através dos anos e sussurrar segredos e soluções ao ouvido do sobrinho, que já vivera para ver um aniversário a mais do que ele próprio, Billy, conseguira.

Havia muito tempo que Steven perdera a esperança de encontrar pistas de sua vida real. A princípio, ele imaginara que o tio Billy poderia ter deixado alguma prova de uma premonição da própria morte. Um livro, *Famous Five*, com a ponta de uma página-chave dobrada; as iniciais "AA" rabiscadas no tampo de madeira da mesinha de cabeceira. O Lego espalhado para mostrar os pontos cardeais e um "X" indicando um lugar. Alguma coisa que, depois do acontecido, um garoto observador pudesse descobrir e decifrar.

Mas não havia nada. Apenas aquele cheiro de história e tristeza amarga e uma foto dos tempos de escola de uma criança magra, loura, com bochechas rosadas, dentes tortos e olhos de um azul-escuro quase se fechando pelo tamanho do sorriso. Passara muito tempo até que Steven percebesse que aquela foto devia ter sido colocada ali muito mais tarde; que nenhum garoto de mente sã tem uma fotografia de si mesmo na mesinha de cabeceira, a menos que o mostre segurando um peixe ou um troféu.

Há 19 anos aquele garoto de 11, provavelmente muito parecido com o próprio Steven, se cansara de seu jogo de fantasia espacial e saíra para brincar em um anoitecer quente de verão, aparentemente — revoltante — sem saber que jamais voltaria para guardar seus brinquedos ou para agitar o lenço do Manchester City diante da TV, numa tarde de sábado, ou até mesmo para fazer sua cama, a qual sua mãe, a avó de Steven, arrumara muito mais tarde.

Algum tempo depois das sete e quinze da noite, quando o Sr. Jacoby, da banca de jornal, lhe vendera um saco de bombons recheados de caramelo, o tio Billy saíra do reino do faz de conta da infância e entrara no reino de um pesadelo vivo. Nos 200 metros que separavam a banca de jornal de sua própria casa — os 200 metros que Steven percorria toda manhã e toda noite no trajeto de ida e volta da escola —, o tio Billy apenas desaparecera.

A avó de Steven esperara até oito e meia antes de mandar Lettie procurar o irmão, e até nove e meia, quando já escurecia, para ir ela mesma lá fora. Nas noites claras de verão, as crianças ficavam brincando até muito depois da hora usual de ir para a cama no inverno. Mas só quando Ted Randall, o vizinho da casa ao lado, disse que talvez ela devesse chamar a polícia foi que o apelido da avó de Steven mudou para sempre: de Mãe de Billy para Pobre Sra. Peters.

Desde então a Pobre Sra. Peters — cujo marido morrera estupidamente seis anos antes ao cair de bicicleta na frente do ônibus de Barnstaple — vivia esperando que Billy voltasse para casa.

No início, ela esperara na porta. Ficara parada ali o dia inteiro, todos os dias, durante um mês, quase não notando quando sua filha Lettie, de 14 anos, passava rente a ela para ir à escola e voltava às três e cinquenta da tarde em ponto para evitar que sua mãe se preocupasse ainda mais. Se é que tal coisa era possível.

Quando o tempo virou, a Pobre Sra. Peters passou a esperar na janela, de onde podia percorrer a rua com o olhar, para cima e para baixo. Ela apurou a visão, como fazem os cachorros, podendo enxergar até mesmo numa tempestade:

alerta, olhos abertos e nervosa. Qualquer movimento na rua fazia seu coração saltar tão forte no peito que ela chegava a se encolher. Depois, ocorreu um colapso, quando o Sr. Jacoby, Sally Blunkett ou os gêmeos Tithecott se tornaram tão diferentes, que não havia rasgo de imaginação que os mantivessem parecidos com um garoto de 11 anos, bochechas rosadas, com cabelo louro cortado rente, tênis Nike novos e um saco de bombons recheados de caramelo, pela metade, na mão.

Lettie aprendeu a cozinhar, limpar a casa e ficar no seu quarto, de modo a não precisar observar a mãe vigiando a rua. Ela sempre suspeitara que Billy era o favorito, e então, na ausência dele, a mãe não tinha mais forças para esconder o fato.

Assim, Lettie construiu uma concha de raiva e revolta para proteger seu íntimo, que tinha 14 anos e vivia amedrontado, sentindo saudades do irmão e da mãe em igual medida, como se ambos houvessem sido arrebatados dela naquela noite quente de julho.

Como o tio Billy poderia não saber? Mais uma vez Steven sentiu aquela pontada de raiva ao olhar para o quarto sem pistas, sem vida. Como alguém poderia não saber que algo assim estaria prestes a acontecer com eles?

2

Um ano depois do desaparecimento de Billy, um motorista de uma van de um serviço de entregas de Exeter foi preso por outro motivo, em outro lugar.

A princípio, a polícia apenas interrogou Arnold Avery depois que um garoto chamado Mason Dingle acusou-o de assédio sexual.

Não era a primeira vez que Arnold Avery expunha seus órgãos genitais para uma criança, embora, é claro, não fora isso que ele contara a princípio à polícia. Contudo, ao atrair Mason Dingle, de 15 anos, para sua van sob o pretexto de pedir orientação, Avery havia, involuntariamente, encontrado sua nêmesis.

O próprio Mason não era desconhecido da polícia. Sua pequena estatura e feições de menino de coro de igreja eram simplesmente uma mentira afortunada, que escondia o verdadeiro rosto do terror da área de Lapwing, em Plymouth. Pichações, extorsões por dinheiro, arrombamentos e invasões de propriedades, tudo isso estava no sangue de Mason, e a polícia sabia que era apenas uma questão de tempo antes que o jovem Dingle seguisse os irmãos na tradição da família: uma vida de contínuas detenções.

Mas, antes que chegasse lá — o que de fato aconteceu —, Mason Dingle ajudou a capturar o homem que os tabloides mais tarde apelidaram de o Estrangulador da Van.

É claro, a polícia nem mesmo sabia que havia um assassino de crianças desse porte à solta. Crianças desapareciam o tempo todo, e algumas apareciam mortas. Mas isso acontecia por todo o país e, na década de 1980, as forças policiais não tinham recursos para comparar relatórios, a não ser nos casos de assassinato de grande repercussão. Apesar de toda a propaganda orwelliana do governo a respeito de melhorias de equipamento, maiores efetivos e banco de dados, as taxas de detenções efetuadas permaneciam mais ou menos no mesmo nível das que teriam sido conseguidas espetando periodicamente um alfinete no quadro dos suspeitos usuais.

E, de qualquer maneira, até Mason Dingle aparecer, nenhuma das vítimas de Arnold Avery fora encontrada, e o próprio Avery nunca havia sido preso ou nem sequer multado por excesso de velocidade, de modo que todos os bancos de dados do mundo não teriam seu nome enviado para as mesas dos policiais investigadores.

Portanto, quando viu Mason Dingle sozinho, rabiscando algo sem dúvida pornográfico no assento plástico de um balanço no depredado playground de Lapwing, Avery estacionou sua van branca, aprontou-se e assobiou para chamar a atenção do garoto, confiante na ineficiência da polícia de Devon & Cornwall ou de qualquer outra força policial.

Mason levantou o olhar, e o coração de Avery acelerou ao ver aquele rosto doce. Ele acenou para o garoto e Mason se aproximou da van.

— Você pode me ajudar?

Mason Dingle levantou as sobrancelhas, fazendo que sim. Tudo nele, Avery via agora, era como se pertencesse a um homem pequeno. Ali estava um garoto com irmãos mais velhos, se é que algum dia já havia visto um deles. A postura relaxada, sua tipicamente masculina falta de disposição para ajudar, o cigarro preso atrás de sua pequena e tenra orelha, ao lado das têmporas raspadas. Mas seu rosto, ah, o rosto de um anjo!

Mason inclinou-se para a janela da van, olhando para longe, como se quase não tivesse tempo para aquilo no seu dia atarefado.

— Tudo bem, parceiro?

— Tudo bem — respondeu Avery. — Você pode me mostrar neste mapa onde fica o estacionamento comercial?

— Siga em frente e dobre à esquerda, parceiro.

— Você pode me mostrar neste mapa?

Mason suspirou, depois meteu a cabeça dentro da van e olhou para o mapa aberto no colo de Avery.

— Você pode apontar para mim?

Durante um segundo, Mason Dingle não assimilou o que estava vendo. Depois, recuou um pouco a cabeça, batendo-a na armação da porta. Avery já vira essa reação antes. Agora, aconteceria uma de duas coisas: ou o garoto começaria a ruborizar e a gaguejar, afastando-se rapidamente, ou começaria a ruborizar e a gaguejar, sentindo-se obrigado — *porque Avery era um adulto que lhe fizera uma pergunta* — a apontar para a área no mapa, de modo que sua mão ficaria a poucos centímetros do pênis dele. Quando isso acontecia, as coisas podiam seguir qualquer caminho, e às vezes isso acontecia. Avery preferia a segunda reação, porque prolongava o encontro, mas a primeira também era boa: ver o medo, a confusão e o sentimento de culpa na expressão dos garotos, afinal, no fim das contas todos queriam aquilo. Ele próprio era apenas mais honesto quanto ao assunto.

Mas Mason Dingle tomou um terceiro caminho: enquanto se afastava da janela da van, ele girou e arrancou as chaves da ignição.

— Seu filho da puta indecente! — disse ele, sorrindo e levantando as chaves.

Na mesma hora Avery ficou furioso.

— Me dê essas chaves de volta, seu merdinha! — Saiu da van, fechando o zíper da calça com certa dificuldade.

Mason afastou-se dele, dançando e rindo.

— Vá se foder! — gritou o menino e correu.

Arnold Avery reavaliou Mason Dingle. As aparências haviam sido enganadoras. Ele tinha o rosto de um anjo, mas, obviamente, era um garoto durão. Portanto, Avery esperava que Mason logo reaparecesse com suas chaves, exigindo dinheiro, ou então algum parente mais velho, homem, em seu lugar, ou até mesmo a polícia.

O pensamento não o amedrontou. Até agora as espertezas aprendidas na rua por Mason funcionaram a favor dele, mas Avery imaginou que elas também poderiam ser usadas contra o próprio garoto. Ninguém acreditava em crianças boas contando essas coisas, muito menos em moleques travessos. Em especial quando o homem acusado de tal obscenidade e perversão ficava apenas ali, sentado, esperando a polícia chegar, em vez de se comportar como se tivesse algo a esconder. Assim sendo, Avery acendeu um cigarro e ficou no playground, onde não poderia ser surpreendido, esperando que Mason Dingle voltasse.

No começo, a polícia não estava muito inclinada a levar o garoto a sério. Mas ele conhecia seus direitos e foi insistente, de modo que por fim dois policiais o colocaram numa viatura, alertando-o veementemente a respeito de estarem desperdiçando o tempo deles, e o levaram de volta ao playground, onde encontraram a van branca. Os policiais estavam checando se as chaves que Mason apresentara eram, de fato, do veículo, quando Arnold Avery se aproximou, enraivecido, dizendo que o garoto as furtara e tentara extorqui-lo pelo resgate.

— Ele disse que se eu não lhe desse dinheiro, contaria à polícia que eu tinha tentado fazer coisas indecentes com ele!

A atenção dos policiais se voltou para Mason, e, enquanto o garoto contava a verdade com incríveis detalhes, Avery pôde ver que eles acreditavam, com muito mais convicção, na versão inventada do acontecido.

E assim, tudo parecia estar caminhando bem para Avery até que, com um mau pressentimento, ele viu um garoto pequeno se aproximando com um homem, que parecia um pai rumo à guerra.

Embora tenha mantido a compostura com os dois policiais, por dentro, Avery amaldiçoava a própria estupidez. Tudo que ele tinha de fazer era esperar! Tudo teria ficado bem se ele apenas esperasse! Mas aquilo era um playground, e playgrounds atraem crianças, e mesmo que o corpulento garoto de 8 anos que andava furioso na direção dele não fosse seu tipo, o primeiro garoto demorara tanto a voltar! O que ele deveria fazer?

Então, na análise final, fora tudo culpa de Mason Dingle. E quando Arnold Avery apresentou sua opinião a um policial da divisão de homicídios — depois que meia dúzia de pequenos cadáveres haviam sido descobertos em covas rasas na charneca de Exmoor varrida pela chuva —, em um único golpe o homem quebrou seu nariz com um soco, e seu próprio advogado não fez mais do que dar de ombros.

Tudo desmoronou.

Vagarosa mas inexoravelmente, as conexões foram sendo feitas. Juntaram-se os pontos e Arnold Avery foi acusado de seis assassinatos, e de três outros sequestros de crianças. As acusações de assassinatos se restringiram ao número de cadáveres que eles conseguiram encontrar na charneca, e as de sequestro, aos objetos encontrados na casa e no veículo de Avery, e que puderam ser ligados positivamente às crianças desaparecidas, embora o homem nunca houvesse admitido ser culpado de qualquer um dos crimes. Uma boneca Barbie de um braço só pertencia a Mariel Oxemburg, de 10 anos, de Winchester; um blazer marrom com um emblema de unicórnio no bolso antes servira para aquecer Paul Barrett, da Westward Ho!; e um par de tênis Nike quase novos, encontrado no assento do carona da van branca, havia sido orgulhosamente marcado sob as linguetas com o nome de Billy Peters.

3

> Caro senhor,
>
> Minha avó engasgou e morreu com uma ispinha na garganta. Na caixa dizia que era filé.
>
> O que o senhor vai fazer sobre isso, por favor?
>
> Sinceramente seu,
>
> Steven Lamb, Shipcott

A Sra. O'Leary disse que "sinceramente" era a palavra errada. Em cartas comerciais usa-se "atenciosamente". Steven mudou o final, mas achou que a professora estava errada. Ele seria mais "atencioso" com pessoas que conhecia e amava do que com o gerente do supermercado local, cujo peixe descera tanto em relação aos padrões de qualidade anunciados a ponto de matar a avó do menino.

Quando escreveu sua carta pessoal, "sinceramente" soou muito rígido e formal. Mas, pensou ele de forma pragmática, era a Sra. O'Leary que atribuía as notas, de modo que era melhor se ater à versão dela.

A professora apontou também seu erro de ortografia em "ispinha", mas não fez muito alarde por causa disso. Disse que a carta dele era muito boa, muito autêntica, e a leu para a turma.

Steven preferia que ela não tivesse feito isso. Sentiu os olhos dos outros garotos queimando-o como tatuagens a laser. Vamos pegar você mais tarde por causa disso, seu puxa-saco, foi o que marcaram a ferro na sua nuca. Destacar-se na turma era estar condenado durante o intervalo, e ele suspirou ao pensar nos próximos dias, tendo de se esquivar, se esconder e ficar sempre perto da professora.

— O que há de errado com você, Lamb? Vamos jogar!

Felizmente, ele não era marcado com frequência. Steven era apenas um estudante mediano, um garoto calmo, que raramente dava margem a preocupações e pouco chamava a atenção. Quando a professora escrevera os relatórios de fim de semestre, ela levou um segundo ou dois para se lembrar do garoto magricela, de cabelo escuro, que correspondia ao nome na lista de chamada. Juntamente com Chantelle Cox, Taylor Laughlan e Vivienne Khan, Steven Lamb era uma criança apenas visível por sua ausência, quando uma cruz junto a seu nome lhe dava um interesse estatístico passageiro.

Durante a hora do almoço, como de costume, Steven permaneceu junto das portas do ginásio com Lewis, que levara sanduíches de queijo com picles e uma barra de chocolate Mars, enquanto Steven tinha um de pasta de atum e um Kit Kat de duas barras. O colega recusou trocar qualquer coisa, e Steven não pôde culpá-lo.

Os três garotos encapuzados jogavam futebol na quadra asfaltada de basquete e paravam apenas ocasionalmente para lançar olhares ameaçadores para Steven ou xingá-lo de punheteiro quando a bola rolava para a esquerda. Um deles chegou até a fingir que atirava a bola no rosto dele, fazendo com que Steven piscasse de modo cômico e o garoto risse de forma escancarada, sem achar graça, mas tudo aquilo era suportável.

— Você quer que eu dê uma surra neles por você? — perguntou Lewis, os lábios sujos de chocolate.

— Não, deixa pra lá. — E Steven deu de ombros. — Mas obrigado.

Lewis era um pouco mais baixo do que Steven, mas seu ego pesava pelo menos uns 10 quilos a mais. Steven nunca vira o amigo brigar de fato, mas os dois sabiam que Lewis podia enfrentar qualquer um, exceto o pessoal do oitavo ano. Michael Cox, irmão da semivisível Chantelle, estava nesse ano, tinha mais de 1,80m e era negro. Todo mundo sabia que os garotos negros eram mais durões e que Michael Cox era o mais durão deles todos.

A não ser por Michael Cox, Steven achava que Lewis era páreo para qualquer um. Mas até mesmo o amigo não podia brigar com os três encapuzados sozinho, o que com certeza aconteceria se decidisse brigar com um deles. Ambos sabiam disso, de modo que mudaram de assunto por acordo tácito.

— Meu velho vai me levar no futebol amanhã. Você quer vir?

Steven sabia que a equipe local, os Blacklanders, jogaria naquele dia. Na ausência de um time de futebol da primeira divisão numa cidade próxima, Lewis e o pai se tornaram torcedores fanáticos dos Blacklanders, uma coleção diversificada de meio-talentos locais, e Lewis acompanhava os jogos com o mesmo fervor que seus colegas de escola torciam pelo Liverpool ou pelo Manchester United.

Ir às partidas de futebol era a única coisa que Lewis e o pai faziam juntos.

O pai dele era um homem baixo, de cabelo amarelo-avermelhado claro, que usava óculos e raramente falava. Gostava de calças esportivas frouxas, antiquadas, e fazia alguma coisa num escritório em Minehead, mas Lewis nunca se preocupou em descobrir o que exatamente. "Alguma coisa a ver com a lei", dissera Lewis, dando de ombros, quando Steven perguntara.

Em casa, o pai de Lewis fazia as palavras cruzadas do *Telegraph* e pesquisava a árvore genealógica da família. Uma vez por semana, no inverno, ele e a mãe do menino iam até o ginásio do vilarejo jogar badminton, um jogo ridículo, tornado ainda pior pelos olhares ocasionais que Steven lançara para eles, metidos nos seus uniformes, os pelos claros das pernas dele e as coxas gordas dela em uma minissaia.

Durante todos os anos de amizade entre os dois, o pai de Lewis só falara diretamente três coisas diferentes para Steven: "Oi, Steven", em muitas ocasiões. "E aí, garotos, estão se divertindo?", sempre que era pego por acidente espionando-os. E, uma vez, constrangedoramente: "Quem trouxe a merda desse cachorro para a porra da cozinha?"

Assim como sua mãe, muito maior e mais vibrante, Lewis em geral ignorava o pai. Na companhia de Steven, ele aceitava tudo que o pai dizia, com um revirar de olhos maroto ou um silêncio truculento.

Certa vez, Steven fora até Minehead com a família de Lewis para assistir a uma competição de castelos de areia. Quando chegaram lá, uma chuvarada de verão reduzira as magníficas criações a montículos sem forma, já se derretendo, de modo que o castelo de conto de fadas parecia mais com o *Titanic*, e a orca em tamanho natural parecia uma bola de rúgbi. O pai do amigo, porém, havia percorrido um a um aqueles montes grotescos metido em sua capa de chuva, fotografando todos eles por diversos ângulos e tentando entusiasmar o filho repetindo variações do tema "Você pode imaginar como *teriam* sido!". Todo esse tempo, Lewis e a mãe tremiam de frio debaixo de um guarda-chuva trepidante, revirando os olhos e gemendo alto que queriam achar um lugar para tomar chá cremoso.

Embora não tivesse coragem para abandonar Lewis e mostrar admiração pelos castelos de areia, Steven ficara um pouco afastado do amigo, de sua mãe e do guarda-chuva. Preferiu se molhar a ficar associado ao desprezo que eles demonstravam por aquele entusiasmo triste.

Steven achou que aquilo era um desperdício de pai.

Lewis trouxe-o de volta para o presente, acrescentando para tentá-lo:

— Batten já não está mais no departamento médico.

Steven abanou a cabeça:

— Não vai dar.

— Mas o jogo é sábado.

Steven deu de ombros. Lewis abanou a cabeça, aparentando pena.

— É você quem está perdendo, cara.

Steven duvidava muito daquilo; ele já vira os Blacklanders jogarem.

* * *

No sábado, o tempo estava seco e, embora não exatamente quente, pelo menos não tão frio para o mês de janeiro. Quando chegou a hora do almoço, Steven já cavara dois buracos completos, e então comeu um sanduíche de geleia de morango. Era ele mesmo que preparava seus sanduíches aos sábados, de modo que nunca passava pelo sofrimento de ter que comer um de pasta de atum. Ele tirara a casca do pão, da qual ninguém gostava. Uma das bordas tinha uma manchinha de mofo, e ele a retirou com um dedo sujo. Aquilo o fez pensar no tio Jude.

De todos os tios que Steven tivera, Jude era seu favorito. O homem era alto, muito alto, e tinha sobrancelhas grossas, ameaçadoras, além de uma voz grave, de filme de terror.

O tio Jude era jardineiro e tinha um caminhão já velho, de quatro anos, além de três empregados, mas as unhas dos seus dedos estavam sempre sujas, coisa que a avó do menino detestava. A mãe de Steven sempre dizia que era uma terra boa, limpa, não o que ela chamava de "sujo da sarjeta". É claro, isso aconteceu antes de eles romperem relações. Depois disso, a única resposta que sua mãe dava às críticas da avó sobre o tio Jude era um ligeiro apertar de lábios, adotando uma conduta ainda mais severa com Steven e Davey.

Havia sido o tio Jude quem dera a pá para o sobrinho. Steven lhe dissera que queria preparar um pequeno terreno e plantar uma horta nos fundos da casa. É claro, ele nunca fez isso, mas o tio não se importou. Ele chegava na cozinha e olhava através da chuva para o quintal tomado pelo mato e dizia: "Como vão os tomates, Steven?" Ou: "Ah, estou vendo que os feijões estão realmente brotando". E ele e Steven trocavam sorrisos marotos que faziam o coração do garoto se expandir um pouco no peito.

Às vezes, depois do chá, o tio Jude brincava de Frankenstein, o que significava correr atrás de Steven e Davey pela casa, saltando de um cômodo para o outro com os braços estendidos para agarrar os garotos, entoando com voz grossa: "*Ho, ho, ho!* Podem correr e se esconder que o Frankenstein vai encontrar vocês!"

Na época, Steven tinha quase 10 anos e era velho o bastante para saber que aquilo era brincadeira, mas o enorme tamanho do tio e os gritos histéricos de Davey, com 3 anos então, lhe metiam um verdadeiro medo. Ele fingira estar brincando por causa de Davey, mas, escondido atrás do sofá ou embrulhado na cortina da sala de estar, com o cabelo torcido no grosso tecido verde, esperando que o tio Jude os achasse, ele sabia que sua respiração fraca, oscilante, e o coração palpitando não o deixavam mentir.

Incapaz de aguentar a tensão, Davey, invariavelmente, se deixava revelar, e saltava de seu esconderijo correndo para as pernas do tio Jude, implorando, chorando: "Eu sou amigo do Frankenstein!" Steven aproveitava a oportunidade para se levantar também, revirando os olhos para Davey por ter estragado a brincadeira, mas com um alívio secreto por ela ter terminado.

O sol úmido de inverno esquentava suas costas um pouco, enquanto ele pensava no tio Jude. Depois dele houve dois tios. Um deles foi tio Neil, que durara apenas umas duas semanas antes de desaparecer com a bolsa de sua mãe e metade da galinha que ela serviria para o jantar; e mais recentemente houve o tio Brett, que ficava ali sentado vendo TV com fervor religioso, até que sua mãe e avó armassem uma tremenda discussão por sobre sua cabeça durante a exibição de *Countdown*. Quando tio Brett lhes mandou calar a boca durante um jogo de adivinhação, as duas despejaram sua ira em cima dele. Depois disso, não voltou mais.

Sua mãe estava num intervalo de tios agora. Steven nem sempre gostava desses tios, mas sempre ficava triste quando iam embora. Sua família era pequena, solitária, e qualquer aumento de efetivo era bem-vindo, mesmo que sempre se mostrasse temporário.

A pá entrou na terra e bateu em algo duro. Steven inclinou-se e, com ambas as mãos, retirou a terra em torno de onde a pá entrara. Geralmente o que ele atingia era uma pedra ou uma raiz, mas aquilo tinha um som diferente.

Seu estômago se contraiu quando ele viu a lisura do osso descolorido exposto na terra escura e fértil. Ajoelhou-se e raspou a superfície espessa, enrolada em raízes, que cobria a charneca. Ele não tinha outras ferramentas, apenas aquela pá tosca, e sentiu o solo comprimindo de forma dolorosa sob suas unhas.

Então, conseguiu meter os dedos debaixo do osso e tentou arrancá-lo do solo. A coisa mexeu-se somente uns milímetros, mas o bastante para expor um dente.

Um dente.

Com a respiração presa em algum lugar duro no peito, Steven inclinou-se e tocou-o.

O dente balançou ligeiramente dentro da mandíbula.

Ele sentou nos calcanhares. O céu e a charneca rodavam em torno dele. Olhou para um lado e vomitou em cima das plantas. Fiapos de muco escorreram de sua boca e seu nariz sobre o solo. Durante um vívido segundo, ele sentiu os próprios fluidos prendendo-o à charneca, puxando seu rosto para baixo na direção do solo, e sugando-o com tal força que o nariz e a boca ficaram entupidos de terra, raízes, palha e pequenos insetos que o picavam.

Ele jogou a cabeça para cima e levantou-se, cambaleante.

Limpou o nariz e a boca com o braço nu e cuspiu diversas vezes para se livrar das sujeiras da garganta. O gosto ácido da náusea persistia no fundo da boca.

À distância de 4 metros, ele olhou cautelosamente para o buraco raso. Precisou dar dois passos para a frente para poder ver a mandíbula. Depois, ficou ali parado.

Ele conseguira.

Ele conseguira o que a polícia com seus detectores de calor, seus cães farejadores e seu levantamento de impressões digitais não havia podido fazer, apesar de todo o efetivo de pessoal e tecnologia.

Encontrara Billy Peters.

E tocara no dente do tio.

Sentiu ânsia de vômito de novo com esse pensamento, mas se conteve.

De repente, sentiu-se fraco. Sentou-se pesadamente num colchão de urzes e relva de algodão.

A sensação de alívio era palpável.

Ele *era* melhor!

E agora sua avó perceberia isso, então tudo mudaria. Ela deixaria de ficar parada na janela, esperando a impossível vinda de um garoto para casa; passaria a prestar atenção a ele e a Davey, e não apenas daquela forma desprezível, rancorosa, mas da maneira que uma avó deveria fazer, com amor, segredinhos e uns trocados para comprar bala.

E, se a avó amasse a ele e a Davey, talvez ela e sua mãe ficassem mais amáveis uma com a outra, e se isso acontecesse, todos seriam mais felizes, seriam uma família normal e... Bem... Tudo apenas ficaria... melhor.

E isso tudo aconteceria por causa dessa curva óssea, lisa, cor de creme, e o dente de garoto dentro dela. Steven pensou na escova de dentes do tio Billy escovando aquele molar amarelado, e logo precisou expulsar a imagem da mente.

Foi arrastando os pés de volta, vagarosamente, para a mandíbula, embora estivesse decidido. A empolgação borbulhava dentro dele.

Novas possibilidades explodiam na mente de Steven como fogos de artifício, iluminando uma porta para o futuro, que ele com esforço ousara ter a expectativa de que existisse. Seria um herói! Estaria nos jornais. A Sra. Cancheski faria um pronunciamento na assembleia, e todo mundo ficaria atônito com esse garoto comum que fizera uma coisa extraordinária. Talvez houvesse uma recompensa, ou uma medalha. Sua mãe e sua avó ficariam orgulhosas e agradecidas. Elas lhe ofereceriam o mundo, mas ele pediria apenas um skate para poder frequentar a rampa com os garotos maiores e aprender a ser um adolescente, com sua calça jeans folgada, correntes de chaves e cicatrizes de brigas. Ou melhor que tudo isso: um de gesso, mas que não o impedisse de andar de skate. É claro, ele levaria tombos no início, mas logo estaria voando e seria o melhor skatista de todo o vilarejo. Ensinaria Davey a andar de skate, seria paciente com ele e lhe seguraria a mão para ajudá-lo a levantar-se, quando caísse. E as garotas trocariam risadinhas, o acompanhariam com os olhos quando ele estivesse indo para casa com seu skate personalizado debaixo do braço, bebendo uma Coca-Cola. Talvez com um boné de beisebol. E os fios brancos dos fones de ouvido descendo por seu peito nu, enquanto o sol da tardinha se punha no céu azul-esverdeado. Todo mundo iria querer ser seu amigo, mas ele permaneceria leal a Lewis, que era um amigo verdadeiro, mesmo que não trocasse uma boa barra de Mars por um Kit Kat duplo.

A porta aberta lhe metia medo. Se pensasse muito naquelas coisas, o potencial para o desapontamento seria enorme. Melhor não esperar nada e conseguir um pouquinho, dizia sempre sua mãe. Portanto, ele deixou que os fogos de artifício fraquejassem e se apagassem, esfumaçando como faíscas num balde d'água. Ele quase podia sentir o cheiro das chamas úmidas numa noite seca de novembro. Estava consciente de sua respiração, de novo, a primeira vez em minutos.

E ele estava de volta à charneca.

Surgira um vento frio cortante e nuvens se agrupavam por sobre seu ombro anunciando uma chuva, de modo que Steven sabia que precisava trabalhar rapidamente se quisesse alcançar a glória.

Percebeu que suas mãos tremiam, do mesmo modo que as mãos do tio Roger antes de um drinque.

Tentando expulsar da mente a foto de Billy, com seu largo sorriso exibindo um monte de dentinhos brancos, ele escavou em torno da mandíbula até que finalmente conseguiu arrancar o osso do solo.

Ficou olhando para aquilo estupidamente por longos minutos.

Alguma coisa estava errada.

Alguma coisa estava muito errada.

Steven tocou a ponta da própria mandíbula para sentir como ela se movia e se conectava ao maxilar. Ali estava a parte que subia pelo lado do rosto até a altura da orelha. Isso parecia certo, mas aí é que a coisa estava errada. A mandíbula era comprida demais. E também os dentes estavam tortos. Não eram os dentes arrumadinhos de um garoto, mas compridos, achatados e amarelos. Steven correu o dedo pelos dentes na própria mandíbula. Os molares davam lugar, na frente larga, aos incisivos cortantes. Mas a mandíbula na sua mão tinha molares grandes e gordos, e apenas dois incisivos numa frente estreita. Estava tudo errado.

Steven sentiu náuseas de novo, embora dessa vez não tenha vomitado. Sentia-se enjoado e cansado, como se essa vida de espera e desapontamento nunca tivesse fim. Ele era um idiota em pensar que isso poderia acontecer algum dia.

A mandíbula pertencia a uma ovelha.

É claro que pertencia a uma ovelha. Havia ovelhas, vacas e pôneis por toda a charneca, e eles apenas morriam ali, da mesma forma como viviam, isso acontecia o tempo todo. Devia haver mais ossos deles do que de crianças assassinadas; mil vezes mais, um milhão de vezes mais.

Como pudera ser tão imbecil? Steven deu uma olhada ao redor para certificar-se de que ninguém estava vendo sua humilhação. Sentiu a dor do fracasso e, de maneira mais profunda, a dor da perda do futuro que por pouco espreitara, embora tão gloriosamente.

Fez força para levantar-se e deixou a mandíbula cair dos dedos frouxos, de volta àquele miserável pedaço de terra que ele levara duas horas para arrancar da charneca. Pegou a pá e deu vários golpes no osso até que a exaustão o fez parar. A mandíbula foi quebrada em quatro pedaços e a maior parte dos dentes, arrancada. Aos chutes, lançou terra sobre o que restou.

Com lágrimas queimando os olhos, colocou a pá no ombro e foi para casa.

4

O professor Lovejoy arengava sem parar sobre os romanos, mas a mente de Steven estava longe. Estranhamente, ele pensava não sobre futebol ou o jantar, mas sobre a aula de inglês da Sra. O'Leary.

Escrever cartas. Uma arte antiga.

Ele não tinha computador em casa ou telefone celular, para seu constrangimento, mas Lewis tinha as duas coisas, de modo que Steven sabia como escrever um e-mail e enviar uma mensagem de texto, embora fizesse isso tão devagar que Lewis muitas vezes rosnasse, frustrado, e arrancasse o telefone de suas mãos para terminar de digitar para ele. De certa forma, isso acabava com o intuito de Steven, que era praticar, mas quando ele via a rapidez com que os dedos do amigo deslizavam sobre as teclas, compreendia como era irritante para ele ficar observando seus fracos esforços.

Mas com cartas a coisa era diferente. Ele era bom em escrever, dissera a professora. Suas cartas eram autênticas.

A Sra. O'Leary talvez já tivesse esquecido que Steven escrevera uma boa carta e retomara sua atitude de quase ignorância com relação a presença dele no mundo, mas Steven não esquecera o elogio. Era raro que ganhasse um, e naquele momento estava sentado ali, na aula de história do Sr. Lovejoy, repassando na mente aquela pepita preciosa de elogio, examinando-a de cada lado, observando a luz que emanava dela, como faria um garimpeiro, imaginando quanto valeria.

Quase que por acidente ele tropeçara no seu talento para cartas. Era um talento que jamais escolheria; andar de skate e tocar contrabaixo teriam sido muito melhores. Contudo, ele não era um garoto capaz de descartar uma coisa sem primeiro determinar seu potencial valor.

De repente, lembrou-se de que, quando tinha 10 anos, encontrara um carrinho de bebê, todo retorcido, jogado num acostamento. Tudo nele estava quebrado, como se um carro houvesse passado por cima dele. Tudo, exceto as três rodas. Eram rodas boas, com pneus de borracha bons e raios de metal. Era um desses carrinhos para todo tipo de terreno, como se os pais que os compravam estivessem planejando escalar o Everest com a criança a reboque.

Steven levara as rodas para casa e as guardara. E continuou guardando-as. Até que, um ano mais tarde, o carrinho de compras da avó quebrara quando ela voltava para casa com ele cheio. Aquele carrinho era uma vergonhosa bolsa de tecido xadrez sobre duas estúpidas rodas de metal com bordas de borracha dura, mas ela o possuía havia muito tempo, e quando uma roda quebrava ela ficava chateada. Agora ela teria de comprar um novo carrinho, e eles eram ridiculamente caros, como tudo mais hoje em dia.

Steven trabalhou no carrinho de compras no quintal da casa. A Sra. Randall lhe emprestou umas ferramentas velhas e chegou até mesmo a mostrar-lhe como usar arruelas, para evitar que as rodas, maiores, mais largas e para todo tipo de terreno, encostassem nos lados da bolsa propriamente dita.

Quando Steven apresentou o carrinho reformado para sua avó, ela apertou os lábios, desconfiada, e empurrou-o com vigor para cima e para baixo no chão, como se pudesse fazer as rodas caírem no momento em que batesse com bastante força. Mas Steven fora cuidadoso, mais do que isso até, apertando e reapertando cada porca, de modo que o carrinho permaneceu inteiro.

— Está com uma aparência idiota — disse a avó.

— São rodas para todo tipo de terreno — arriscou Steven. — O carrinho salta sobre pedras, sobre o meio-fio e coisas muito piores.

— Hum. É tudo que preciso: um carrinho de compras de rali.

Petulantemente, ela fez o objeto pular para cima e para baixo mais algumas vezes, o que fez Steven prender a respiração, mas as rodas aguentaram.

— Veremos. — Foi tudo que a avó disse.

E ela viu mesmo. Steven também observou como ficou muito mais fácil para a senhora puxar o carrinho atrás dela. O veículo nunca ficava preso nas pedras e subia e descia com facilidade do meio-fio. Outra senhoras paravam e admiravam a engenhoca e, numa ocasião inesquecível, ele viu a avó tocar num dos pneus com sua bengala com uma inegável sensação de orgulho.

Ela nunca disse obrigado, mas Steven não ligou.

Não sabia por que lembrara do carrinho de compras enquanto tentava pensar sobre suas cartas, mas, de repente, outro pensamento o afastou do primeiro, fazendo-o se endireitar na cadeira um pouco.

Ele mostrara ao tio Jude o carrinho, e o homem examinara o seu trabalho com cuidado, virando-o para cá e para lá, levando a coisa a sério. Enfim, elogiara: "Bom trabalho, Steven", e o garoto achou que explodira de alegria internamente, embora, por fora, ele apenas balançara a cabeça e ficara calado.

Então, o tio Jude levantara-se e dissera: "Esse é o segredo da vida, sabe." Steven balançara a cabeça solenemente, como se já soubesse o que o tio iria dizer, mas prestou tanta atenção quanto possível para ouvir o segredo da vida. "Decida o que você quer, e então se esforce para alcançar seu objetivo." Na ocasião, Steven ficara um pouco desapontado que o segredo da vida, de acordo com o tio, não fosse algo mais espetacular, ou pelo menos misterioso. Mas então ele estava sentado na sala de aula quente, sem ouvir o professor falar dos mosaicos de Kent, e pensou adequadamente no que o tio dissera.

Ele já sabia o que queria.

Agora, precisava apenas descobrir como essa nova arma do seu limitado arsenal poderia ser usada para alcançar seu objetivo.

5

Lewis era um garoto tagarela com um amplo círculo de amigos, mas ele considerava Steven o melhor deles. Os dois garotos haviam nascido a apenas três portas e cinco meses de diferença.

Lewis era tão robusto quanto Steven era ossudo; tão cheio de sardas e alourado quanto Steven era pálido e de cabelo castanho; tão arrogante quanto Steven era acanhado. E, contudo, de alguma forma, os dois sempre tinham se dado bem, da mesma maneira que estranhos reunidos pelo acaso podem se tornar amigos de uma vida inteira. Por ser mais velho, Lewis sempre tomara a iniciativa, mas os dois sabiam que ele teria feito isso de qualquer jeito.

Até três anos antes, Lewis também decidia tudo. Onde brincar, de que brincar, com quem brincar, quando voltar para casa, o que comer na hora do lanche, o que era legal ou não trazer embrulhado para o almoço, de quem gostavam e quem odiavam. Depois de algum tempo de tentativas e erros, eles entraram numa rotina de perfeição ao fazer quase as mesmas coisas todo dia. Brincavam de atiradores de elite no jardim de Steven; futebol no de Lewis; Lego ou jogos de computador na casa de Lewis. Anthony Ring, Lalo Bryant e Chris Potter eram parceiros aceitáveis de jogo, e Chantelle Cox era útil se eles estivessem desesperados e se ela concordasse em ser o alvo do atirador ou o goleiro. Voltavam para casa quando Lewis ficava entediado; comiam feijão, iscas de peixe e batatas fritas. Sanduíches com manteiga de amendoim, queijo e picles ou geleia de frutas vermelhas também eram consumidos, assim como qualquer tipo de chocolate, embora um Kit Kat de duas barras estivesse no degrau mais baixo da escada de doces. Sanduíches com ovo, salada, ou geleia de qualquer outro sabor eram desprezados, e frutas eram motivo de chacota. Só serviam para serem arremessadas. Gostavam do Sr. Lovejoy e da Srta. McCartney, na escola, e do Sr. Jacoby da lojinha; odiavam os garotos encapuzados. Certa vez, Lewis sugeriu que odiassem também a avó de Steven, pois ela era uma velha rabugenta, mas Steven não concordou imediatamente, de modo que Lewis disse que era uma piada e eles nunca mais mencionaram o fato.

Então Steven descobriu — e as coisas mudaram para sempre.

Quando tinham 9 anos, os dois foram surpreendidos no quarto de Billy.

Eles sabiam que não deveriam estar ali, e que não podiam tocar em nada, mas as peças do Lego de Lewis acabaram antes de eles terminarem o quartel-general terrorista, de modo que estavam desesperados por tijolinhos.

— Eu sei onde podemos arranjar alguns — disse Steven.

Lewis não acreditou muito. Ele era o solucionador de problemas naquela parceria, e achava improvável que Steven pudesse fazer aparecer peças do jogo do nada, quando ele nem mesmo tinha um Lego próprio. Contudo, não faria mal ver o que o amigo tinha em mente.

Steven conduziu Lewis em silêncio pela sala de estar, onde a TV despejava uma gritaria de desenhos animados para Davey e a avó de Steven olhava fixamente pela janela, e os dois subiram as escadas.

Passaram pelo quarto pequeno, bagunçado, com a cama desarrumada que Steven dividia com o irmão, e ele abriu a porta no final do corredor.

Lewis sabia que aquele era o quarto do tio Billy, que morrera muito jovem. Além do mais, ninguém tinha permissão para entrar naquele cômodo. Isso era tudo que ambos tinham conhecimento naquele momento, embora as coisas estivessem prestes a mudar.

Com mais olhares furtivos para o andar debaixo, eles entraram no quarto do tio Billy, que parecia um ambiente subaquático por causa das cortinas azuis cerradas sobre a janela.

Lewis soltou um guincho quando viu a estação espacial.

— Não podemos levar tudo — preveniu-o Steven. — Minha avó vem aqui toda hora. Ela iria notar.

— Mas podemos tirar umas peças do fundo e dos lados. — E Lewis começou a fazer o que dissera.

— Não tanto!

Os bolsos de Lewis já estouravam com metade das peças da estação de atracação.

— Ele não vai brincar com elas, vai? Ele está morto.

— Psiu.

— O que foi?

Steven nem teve tempo de responder. Houve um rangido nas tábuas do assoalho bem do lado de fora da porta, e os dois se entreolharam, alarmados. Era tarde demais para se esconder...

Então a porta se abriu e a avó olhou de cima para os dois.

Lewis ainda se sentia desconfortável quando se lembrava daquela tarde. Ele tentava não pensar no assunto, mas às vezes a coisa surgia espontaneamente na sua mente. Quando isso acontecia, o pensamento indesejado expulsava tudo mais que havia ali dentro, e havia muita coisa para ser expulsa.

A avó de Steven não gritara nem batera neles. Lewis não conseguia se lembrar muito bem, porque ficara tão amedrontado que se lembrava apenas de ter reconstruído a estação de atracação com as mãos tremendo tanto que quase não conseguia segurar as pecinhas, enquanto Steven ficava parado, de pé, soluçando alto ao lado dele, as meias molhadas de xixi.

Lewis se encolhia ao recordar da queda deles, atiradores de elite e agentes antiterror transformados em bebês chorões que faziam xixi nas calças diante da velha agigantando-se sobre eles.

Depois do ocorrido, Lewis não se encontrara com Steven por dois dias, mas quando isso aconteceu ele tinha uma história para contar, a melhor história que já ouvira durante toda sua vida, e que, em grande parte, compensara a humilhação e o medo que haviam sofrido no quarto de Billy.

O tio de Steven, Billy, o mesmo garoto cujas mãos haviam construído a estação espacial, havia sido assassinado!

Lewis sentira os pelos dos braços se arrepiarem quando o amigo contou a história. Melhor ainda, ele fora morto por um assassino em série, e, o melhor de tudo, seu corpo havia sido, muito provavelmente, enterrado em algum lugar na charneca de Exmoor! A mesma charneca que ele, Lewis, podia avistar da janela de seu quarto!

Na época, Steven ainda estava assustado com as revelações, com as lágrimas da avó e da mãe, e com a tristeza que o assaltou com a repentina e chocante compreensão do sofrimento da própria família. Mas, escondido em segurança a três portas de distância, Lewis estava simplesmente absorto na emoção sinistra de tudo aquilo.

Naturalmente, foi de Lewis a ideia de encontrar o corpo de Billy. Então, ele e Steven passaram o verão de seu 10º ano de idade perambulando pela charneca, procurando protuberâncias do terreno debaixo das urzes, ou sinais de solo revolvido. A brincadeira dos atiradores de elite e o Lego perderam seu encanto diante da possibilidade real de encontrar o cadáver de uma criança morta há muito tempo. Eles chamaram o novo jogo de Caçada ao Corpo.

Mas, quando as tardes ficaram curtas e a chuva tornou-se mais fria, Lewis, inexplicavelmente, cansou-se da brincadeira, e redescobriu sua paixão pelas pecinhas coloridas, feijões e batatas fritas.

Espantosamente, isso não aconteceu com Steven. Ainda mais surpreendente foi ele, naquele inverno, ter arranjado uma pá enferrujada e um mapa oficial da área da charneca, e também ter começado uma busca mais sistemática.

Às vezes, Lewis o acompanhava, o que não acontecia com muita frequência. Ele encobria sua culpa pelo abandono mantendo com lealdade o segredo da operação de Steven e exigindo constantes e detalhados relatos sobre onde o amigo estivera e o que descobrira. Depois se debruçava sobre o mapa e decidia onde Steven faria a próxima escavação. Isso dava a impressão de que ele não só estava envolvido na operação, mas também no comando dela, o que fazia com que ambos os garotos se sentissem confortáveis com a situação na qual nenhum dos dois acreditava.

A princípio, quando ficou entediado com a busca e tentara fazer com que o mesmo acontecesse com Steven, Lewis perguntara ao amigo por que ele queria continuar.

— Eu só quero encontrar o tio Billy, só isso.

Se fosse colocado num cavalete de tortura e tivesse seu corpo esticado, Steven não teria sido menos vago sobre o motivo pelo qual continuava a cavar quando Lewis já decretara que deveriam desistir. Ele só sabia que cavar se tornara uma coceira que ele precisava aliviar.

Lewis apenas suspirava. Seus melhores esforços encontravam um dar de ombros amistoso, mas determinado, e por fim ele deixou Steven fazer o que quisesse. Ainda eram melhores amigos na escola, mas Lalo Bryant tornou-se o principal amigo dele fora dali, embora Lalo tivesse muitas ideias próprias a respeito do jogo de atiradores de elite e sobre o Lego, o que tornava sua convivência mais difícil para Lewis.

E assim Lewis e Steven desenvolveram uma nova e menos perfeita rotina, na qual se encontravam fora da escola, comparavam — e às vezes trocavam — sanduíches, além de evitarem os encapuzados. Depois, Lewis ia para casa brincar com seu Lego e Steven saía para a charneca em busca do cadáver de uma criança há muito tempo morta.

6

Steven estava deitado sobre a vegetação, escondido de qualquer olhar, a não ser dos pássaros que passavam. A pá estava ao seu lado, mas não havia marca de solo fresco nela. O presente inusitado de um sol de fevereiro aquecia suas pálpebras e fazia com que a respiração, que saía tranquila de suas narinas, parecesse incomumente fria.

Debaixo de suas pálpebras, os olhos mexiam-se constantemente, como se ele estivesse tendo um sonho...

Nele, o ambiente era quente e abafado, e ele mal conseguia se mover. Os braços estavam presos ao lado do corpo e uma escuridão macia pressionava seu rosto; uma ligeira sensação de que alguém o estava puxando pela cabeça...

De algum lugar, ele sentiu a mãozinha de Davey tocar a sua, procurando conforto. Apertou a mão do irmão, mas foi o único movimento que conseguiu. Podia sentir o medo passando através de Davey, os dedos pequenos e quentes se introduzindo entre os dele, o corpo do garoto comprimido contra suas pernas...

Steven sabia que eles deviam estar enrolados na pesada cortina verde da sala; o tecido com cheiro de bolor embrulhava sua cabeça e espiralava para cima, na direção do bandô, levando consigo um tufo de cabelo. Em seguida, a respiração de Davey ficou entrecortada, ele parou de respirar e, de repente, tudo que conseguia ouvir era o som do próprio coração martelando nos ouvidos, e então percebeu que o tio Jude entrara na sala. Steven não se moveu, não podia se mover, mas sentia a tensão de Davey encostado nele, suas mãos entrelaçadas se apertando tanto que chegava a doer.

O tio Jude não era aquela coisa de meter medo que fazia *ho, ho, ho*. Não estava lhes dando qualquer aviso. Mas Steven e Davey podiam ouvir as tábuas do assoalho rangerem debaixo de seus pés enormes, cada vez mais perto, e Steven, de repente, foi tomado pela terrível percepção de que o que estava vindo para pegá-los não era o tio Jude, de forma alguma, e que uma velha cortina verde era sua única proteção contra a coisa maléfica que agora se movia na direção deles... Então Davey começou a gritar: "Eu sou amigo do Frankenstein!", afastando a cortina e revelando o esconderijo, mas Steven não sentiu alívio, apenas o terror de que dessa vez a brincadeira não iria terminar. Dessa vez, ela estava apenas começando.

Ele acordou sobressaltado, com um gemido.

Já sabia o que precisava fazer.

7

CARO SR. AVERY,

Arnold Avery parou de ler, recostou-se no seu catre e olhou para o teto branco enquanto as palavras giravam na sua cabeça como uma fórmula mágica.

Caro.

Sr.

Avery.

Há quanto tempo ele não recebia uma carta endereçada dessa maneira? Dezenove anos? Vinte? Certamente acontecera antes de ele estar cumprindo pena.

Desde que a viatura que o conduzia atravessara os portões da prisão de Heavitree, em Gloucestershire, e ele marchara para sua cela através de um corredor de cusparadas e ódio, recebera cartas que começavam de diversos modos: "Sr. Avery", de seu desesperançado advogado de segunda categoria; "Caro filho", de sua desesperançada mãe de segunda categoria. "Seu pedaço de merda do caralho", com variações do tema, de muitos estranhos de segunda categoria, também desesperançados.

O pensamento lhe deu uma pontada de angústia. "Caro Sr. Avery" fez com que ele pensasse em contas de gás e vendedores de apólices de seguro, e em Lucy Amwell, que se ferrara tentando organizar uma reunião da turma da escola, como se todos eles tivessem sido criados na Califórnia em vez de uma espelunca nevoenta em Wolverhampton. Mas, ainda assim, eram pessoas que queriam ser amáveis com ele, interagir com ele, sem julgar, se lamuriar e fazer caretas com aquele olhar frio de nojo que não conseguiam esconder.

Caro Sr. Avery. Era isso que realmente era! Por que as outras pessoas não conseguiam ver isso? Ele leu a carta de novo.

> CARO SR. AVERY,
>
> ESTOU PROCURANDO WP. O SENHOR PODE ME AJUDAR?
>
> SINCERAMENTE,
>
> SL, RUA BARNSTLAPE 111, SHIPCOTT, SOMERSET

Se Arnold Avery tivesse um companheiro de cela, este teria ficado muito espantado pela total imobilidade que acometeu de súbito aquele assassino de pequenos e indefesos seres humanos, um homem de compleição franzina. Era uma imobilidade ainda mais evidente do que o estado de sono, como se Avery houvesse entrado rapidamente em coma e o mundo continuasse girando independente dele. Seus olhos de um verde pálido ficaram semicerrados e a respiração tornou-se quase imperceptível. Aquele companheiro de cela também teria notado sua pele, há muito sem ver o sol, ficar toda arrepiada.

Mas, se tivesse acesso ao cérebro de Avery, esse hipotético companheiro de cela talvez ficasse chocado pelo súbito surto de atividade.

As palavras cuidadosamente manuscritas na página haviam explodido no cérebro de Avery como uma bomba. Ele sabia quem era WP, é claro, assim como sabia quem era MO, LD e todos os outros. Eram gatilhos na arma carregada de sua mente, que ele podia usar para disparar correntes de lembranças excitantes, sempre que quisesse. Seu cérebro era um arquivo com informações úteis. Agora, enquanto seu corpo se fechava para o exterior, com o intuito de permitir que sua mente funcionasse de forma mais eficiente, ele se permitia abrir a gaveta marcada com WP e dar uma olhada dentro dela, algo que não fizera durante anos.

WP não era seu favorito. Geralmente ele usava MO ou TD, que haviam sido os melhores. Mas WP não era para ser desprezado e, dentro daquela gaveta mental, Avery acumulava uma riqueza de informações obtida de sua própria experiência, de matérias de jornais e da TV sobre o desaparecimento da criança. Mais tarde, de seu próprio julgamento também — aliás, ele fora deslocado para o pitoresco Tribunal da Coroa, em Cardiff, supostamente para lhe dar uma chance de se defender, o que era risível quando se pensa no assunto.

William Peters, 11 anos. Cabelo louro numa franja sobre os olhos azuis-escuros, bochechas rosadas sobre uma pele clara e, num breve momento, um sorriso que quase engolia suas orelhas, de tão largo que era.

Avery parara na loja daquela porcaria de cidade. Comprara um sanduíche de presunto porque enterrar Luke Dewberry fora um trabalho que lhe dera fome. Por hábito, passara os olhos no jornal local, o *Exmoor Bugle*.

Jornais locais eram uma rica fonte de informação para um homem como ele. Eram cheios de fotos de crianças. Crianças vestidas como piratas em eventos de caridade; crianças que haviam ganhado medalhas de prata em competições nacionais de clarinete; crianças que haviam sido escolhidas para as seleções sub-13 anos, embora tivessem apenas 11; times inteiros de crianças em uniformes de futebol, críquete ou de corrida, cada uma com seu nome convenientemente impresso na legenda abaixo. Às vezes, ele telefonava para elas, fingindo ser um outro repórter querendo a história para outro jornal. Era muito fácil. Pais orgulhosos ficavam contentíssimos em explorar o sucesso insignificante de seus filhos e lhe entregavam o telefone. Apenas raramente eles arracavam o aparelho do ouvido do filho a tempo, alertados pela expressão chocada e confusa no rosto jovem.

Em algumas ocasiões, ele se aproveitava apenas do nome e dos detalhes de uma criança para iniciar uma conversa, escolhendo suas vítimas de modo aleatório em parques e playgrounds. "Quantos anos você tem? Você deve conhecer meu sobrinho, Grant? Aquele que acabou de ganhar um prêmio por ter salvado uma vida, sabe? É, ele mesmo. Sou tio dele, tio Mac." Pronto, estava dada a partida.

Enfim.

Ele acabara de voltar para sua van com o sanduíche quando avistou William Peters — Billy, como sua mãe o chamou mais tarde nos jornais — entrando na loja. Avery apenas vira Billy de relance, mas valia a pena esperar até que ele saísse, pensou. Comeu o sanduíche de presunto enquanto fazia isso. Ele não comprara o *Exmoor Bugle* achando que era perto demais de onde morava. Não vivia em Exmoor, mas era ali que acabara de enterrar um corpo, de modo que fez uma anotação mental para evitar crianças locais. Mas havia alguma coisa em Billy...

O garoto demorou um pouco e, quando saiu, Avery teve certeza.

Agora, passado todos esses anos, ainda conseguia recapturar parte da emoção daquele momento quando identificava um alvo. O modo como tinha a ereção, sua boca cheia de saliva, a ponto de ter que engoli-la para não babar como um retardado.

Billy era um garoto meio magro, mas possuía uma vivacidade de criança pequena muito cativante. Ele foi se afastando da van de Avery, alegre e sem perceber que acabara de escolher a última refeição de sua curta vida, um saco de doces. Avery sorriu ao ver a criança descer a rua, mastigando as gulodices, chutando para a sarjeta uma garrafa de plástico de leite. Ele gostava de crianças cheias de confiança; era muito mais provável que uma criança confiante estivesse propensa a ajudar, inclinar-se pela janela somente um pouquinho mais...

Ele engrenou a marcha da van e seguiu pela rua, puxando o mapa para cima das pernas...

Avery estremeceu.

— Um fantasma passou por sua sepultura?

O guarda Ryan Finlay olhava para Avery com malícia pela janelinha, seu nariz de beberrão invadindo o espaço do prisioneiro;

os olhos azuis aquosos indo de lá para cá. O assassino dentro da cela sentiu um nó de ódio por dentro.

— Sr. Finlay. Como vai você?

— Bastante bem, Arnold.

Avery odiou-o ainda mais.

Arnold.

Como se fossem velhos amigos. Como se, numa certa noite, em breve, Ryan Finlay pudesse lhe dar o braço no fim do expediente e dizer: "Vamos lá, rapaz, vamos tomar uns tragos na sala dos guardas." Como se Avery pudesse apreciar uma diversão desse tipo, bebericando aquela mistura de cerveja escura e clara, cercado por uma floresta de guardas de pescoço grosso e cabeça dura, conversando sobre como era trabalhoso trancar e destrancar portas e conduzir a carneirada dócil entre os pavimentos.

— Alguma coisa interessante? — Finlay indicou a carta nas mãos de Avery com a cabeça. Naquele instante, ele sabia que o guarda já lera a correspondência, que ficara desapontado por não poder passar sua caneta preta grossa sobre qualquer coisa escrita, e que a pergunta era uma tentativa desajeitada de extrair informações sobre o que, de alguma forma, estava contido ali.

— É apenas uma carta, Sr. Finlay.

— Faz tempo que você não recebe uma, não é?

— É mesmo.

— Bem, isso é bacana.

— Não é?

Finlay demorou um pouco, pensando na próxima linha de ataque desajeitada.

— Notícias de casa?

— Sim.

De novo, Finlay ficou perdido por um momento. Demorou ao tirar algo que o incomodava da narina esquerda. Avery controlou-se de maneira admirável.

— Então, o que está acontecendo por lá?

Enquanto Finlay futucava o nariz, Avery previra essa pergunta e se preparara totalmente para ela.

— Nada especial. Meu primo. Ele é maníaco por computadores. Tem um velho processador de texto, um Amstrad. Diz que é artigo de colecionador, ou coisa assim. Sempre tentando me sacanear.

— Um nerd, não é?

— Um nerd. É isso aí.

Finlay olhou em volta, agindo de maneira casual.

— Você vai deixar que ele faça isso com você?

Avery deu de ombros. Depois sorriu, enfatizando as palavras:

— Veremos, veremos.

Finlay era guarda de prisão há 24 anos, mas, diante daquele sorriso, suas suspeitas se desvaneceram, e não pôde evitar a sensação de que ele e o prisioneiro, de repente, compartilhavam um segredo que era realmente algo maravilhoso.

Finlay interrompera a linha de seus devaneios, mas, na verdade, aquilo era uma coisa boa. Aqueles pensamentos eram bons demais para o dia. Era um trem noturno, embora não tivesse vagão-dormitório. Ele sorriu internamente ao pensar nisso. Voltaria a WP naquela noite; no momento, estava interessado nas possibilidades que aquela estranha cartinha representava. Possibilidades eram a primeira coisa que morria na vida da prisão. Eram cortadas assim que a porta da cela se fechava com um estrondo. E, para a maioria dos prisioneiros, elas nunca seriam recuperadas de modo adequado. Até mesmo homens que cumpriam só penas de meses ou de uns poucos anos descobriam, de repente, que as possibilidades de suas vidas haviam sido confiscadas como cadarços de sapatos. Antes, tinham esperança de empregos em escritórios; agora, só podiam esperar trabalhos braçais ou seguro-desemprego. Os internos viviam de acordo com um conceito de possibilidades inteiramente diferente. Para os condenados à prisão perpétua, elas significavam coisas ainda menores: a possibilidade de batata frita no lugar do purê, costeletas no lugar de carne moída.

Avery não sabia quem era SL, mas, para tornar as coisas mais claras, decidiu pensar em SL como um homem.

SL fora muito cauteloso com aquela carta. Havia sido esperto o bastante para perceber, ou aprender, que as cartas destinadas a pedófilos e assassinos compulsivos, ou as por eles enviadas, não transitavam sem que a caneta atenta do censor passasse sobre seus conteúdos. Assim, escreveu uma mensagem curta e enigmática, e também fora bastante inteligente para saber que simples iniciais significariam algo para Avery.

Mas, é claro, o endereço do remetente era a revelação involuntária. Logo que foi encarcerado, Avery recebera dezenas de cartas remetidas de Shipcott e dos arredores do vilarejo. A maioria delas continha insultos ou pedidos, e essas eram facilmente esquecidas, mas ele tinha uma da irmã de Billy Peters, se não lhe falhava a memória. Como interno, não podia guardar a enorme quantidade de correspondência. A carta em questão era comum, querendo saber o que acontecera a Billy; onde ele estava enterrado. Ela implorara que Avery acabasse com o sofrimento de, no caso, sua mãe. Ele escrevera de volta citando a encantadora coincidência, que Billy lhe implorara que fizesse o mesmo com ele.

Avery duvidava muito que a irmã de Billy tivesse recebido realmente sua carta. Essa convicção era reforçada pelo fato de que, no dia seguinte em que ele a postara na caixa de correio da prisão, ele fora levado para os chuveiros da ala B. Os guardas haviam dito a ele que os chuveiros da ala de segregação estavam tendo seus canos substituídos. A questão do conserto, junto com o vocabulário que a acompanhava, cheio de canos, buracos e desentupidores, parecia divertir muito os guardas enquanto eles o conduziam para a ala B. E, depois de deixá-lo sozinho nos chuveiros, nu, a não ser pela porcaria da toalha minúscula, padrão da instituição, ele compreendeu o porquê.

Ficara no hospital por duas semanas, a primeira delas sempre de bruços.

Ironicamente, havia apenas dois anos que os chuveiros na Unidade de Prisioneiros Vulneráveis, ali na prisão de Longmoor, tinham sido substituídos de verdade. Avery renunciou ao direito do banho durante os 12 dias em que as obras eram realizadas.

E, para ele, aquela havia sido uma decisão séria.

Arnold Avery odiava se sentir sujo. Odiava a sujeira corporal como se fosse uma peste. Às vezes, apenas ser tocado por outro prisioneiro ou um dos guardas já fazia com que fosse correndo para o banheiro para escovar as roupas e a pele.

Depois de cada assassinato e cada enterro, ele precisava se esfregar com força.

Limpeza era algo próximo à santidade.

O estrangulamento era o mais limpo possível, mas, ainda assim, algumas das vítimas vomitavam, algumas urinavam de terror, e algumas se comportavam ainda pior. Quando isso acontecia, o nojo tomava o lugar de sua paixão e o fazia odiá-las ainda mais por terem arruinado a experiência. Mais de uma vez ele precisou lavá-las com uma mangueira antes de terminar o serviço.

Uma vez mortas, as vítimas lhe causavam repulsa. Até mesmo as impotentes lágrimas que tanto o excitavam enquanto estavam vivas transformavam-se em repugnantes rastros de nojo nos rostos que esfriavam.

Enfim.

Ele não tinha certeza, mas pensou que era bem possível que a carta da irmã de WP tivesse vindo do mesmo endereço: rua Barnstaple 111.

Então, quem era SL? Um vizinho religioso? A mãe de WP? Um primo? Um neto? Um outro filho concebido muito mais tarde num esforço de criar uma nova família para preencher o buraco negro que Billy deixara? Avery meditou por um momento, mas todas as alternativas eram igualmente possíveis, de modo que não perdeu muito tempo pensando no caso.

"Caro Sr. Avery" era bom. "WP" era bom. O apelo para que o ajudasse era amável e ia direto ao ponto.

Mas o que mais impressionou Arnold Avery foi a palavra "sinceramente".

A primeira carta que Steven Lamb escreveu para Arnold Avery lhe fora devolvida tão obliterada por uma grossa caneta Pilot preta que ficara ilegível. O censor desistira depois de três quartos do conteúdo e nem mesmo a passara ao prisioneiro. Simplesmente escrevera a palavra "inaceitável" sobre o último quarto e a mandara de volta a Shipcott.

Steven ficou humilhado. Sentiu-se como uma criancinha que tivesse sido apanhada tentando entrar com um bigode falso num cinema onde exibiam um filme proibido para menores de 18 anos.

Passaram-se dias antes que ele perdoasse a si próprio e recobrasse a confiança para fazer outra tentativa. Ele só tinha 12 anos, pensou; não podia esperar acertar na escrita de uma carta para assassinos em série logo da primeira vez.

No decorrer da semana seguinte, ele compôs a mensagem repetidas vezes na sua mente, cada vez podando, cortando e editando até que decidiu começar pela outra extremidade da escala de informação exigida. Isso resultou em 90 por cento da carta.

O que lhe tomou mais duas semanas foi a luta para ver se escrevia "sinceramente" ou "atenciosamente".

Embora aquela fosse uma carta pessoal, na qual o nome do destinatário pretendido lhe era conhecido, "sinceramente" ficou entalado em sua garganta. Ele simplesmente não conseguia escrever isso.

No entanto, a Sra. O'Leary argumentaria sobre o uso do "atenciosamente".

O dilema manteve Steven acordado durante noites e o fez ficar com o olhar vago, perdido no espaço, durante as aulas de história e geografia. Sua preocupação atingiu o ponto máximo quando ele se sentou ao lado de Lewis durante todo o intervalo entre as aulas sem dizer uma palavra sequer. Depois de três tentativas de iniciar uma conversa, Lewis o chamou de "punheteiro" e foi embora.

Steven sabia que precisava decidir por uma ou por outra fórmula.

Foi apenas quando realmente colocou a caneta no papel, usando letras maiúsculas o mais bem-desenhadas possível, que ele foi acossado de súbito por uma onda cerebral para escrever "sinceramente", em vez de "sinceramente seu". Isso resolveu todo o problema que o preocupava. Foi sincero no pedido, mas tinha absoluta certeza que não era "seu".

Despachou a carta cheio de esperança. Dez dias mais tarde, recebeu uma resposta.

> Caro SL
> Não sei do que você está falando.
> Tenha um bom dia.
> Sinceramente,
> AA

8

— Porcaria de ovo com tomate. — Lewis olhou furioso para seu sanduíche, depois deu uma olhada para Steven. — O que você trouxe?

Steven descansou o corpo na pá e enxugou o suor do rosto com o braço nu. Ele hesitou, como se fosse dizer uma mentira, mas finalmente viu que isso daria muito trabalho.

— Manteiga de amendoim.

— Manteiga de amendoim! — Lewis se levantou. — Quer trocar?

— Não, não quero.

Lewis sabia que o amigo não queria trocar. Tomate deixava Steven enjoado. Ele sabia disso, e sabia que Steven sabia que ele sabia, mas o pensamento de comer manteiga de amendoim em vez de ovo com tomate o tornava egoísta.

— Ah, droga, você pode pegar do meu. Metade por metade. Não posso fazer coisa mais justa do que essa.

Ele já estava remexendo na mochila Spar de Steven. A loja do Sr. Jacoby costumava ser dele. Agora, com a franquia, era uma loja Spar, e o Sr. Jacoby tinha que usar uma camisa verde de Aertex, com um logotipo com a cabeça de uma flecha no seu grande tórax.

Steven olhou, impotente, para as costas de Lewis.

— Não pegue a metade melhor.

Por dentro, suspirou. Ter Lewis com ele era uma bênção que inspirava sentimentos contraditórios.

Quando estava sozinho, Steven cavava sem parar, comia seus sanduíches, bebia água e cavava ainda mais. Num bom sábado era capaz de cavar cinco buracos. Cada um tinha o comprimento, profundidade e largura de um garoto de 11 anos, embora Steven não fosse imbecil a ponto de achar que isso lhe dava qualquer vantagem. Compreendia que teria a mesma probabilidade de sucesso se cavasse uma série de buracos de 60cm de largura e 120cm de profundidade no formato de elefantes. Mas estava procurando um corpo de um determinado tamanho e forma, e os buracos que cavava eram um constante lembrete disso. Era uma busca exaustiva e em geral solitária, mas uma busca que, estranhamente, lhe trazia satisfação.

Porém, quando Lewis fazia suas ocasionais incursões à charneca, tudo mudava. Certamente ele lhe fazia companhia e havia menos chance de Steven ter de correr para casa perseguido pelos encapuzados, mas havia aspectos negativos.

Para começar, Lewis sempre chegava com as palavras "Quer ajuda?", mas nunca ajudava, de verdade. Nunca trazia uma pá ou se oferecia para substituir Steven nas escavações.

Mais ainda, a própria presença de Lewis, longe de ajudar no trabalho de Steven, na verdade o retardava. Lewis falava e fazia perguntas que o outro se sentia na obrigação de responder. Apontava para coisas que ele, com a cabeça inclinada sobre a vegetação, nunca teria visto, muito menos teria dado importância. Além disso, Lewis ainda queria discuti-las.

— Merda! Olhe para aquilo!

— O quê?

— Aquilo ali!

E Steven tinha de levantar o olhar e descansar o corpo na pá.

— O que é?

— Não sei. Acho que é uma águia.

— Mais provável que seja um urubu. Há milhões deles por aqui.

— O que você acha que sou? Algum retardado? Eu conheço um urubu, e aquilo não é um urubu.

Steven dava de ombros e voltava para o buraco que cavava. Lewis sentava-se, olhava em torno ou pegava o mapa oficial da região da charneca, com suas cruzes azuis feitas com caneta esferográfica, indicando onde Steven já cavara, espalhadas como uma constelação.

— Esse lugar é ruim para cavar.

— É tão bom quanto qualquer outro.

— Não, não é. — Longo silêncio. — Sabe por quê?

— Por quê?

— Você não pensa como um assassino.

— Ah, é? — Steven estava lutando contra um nó de vegetação, resmungando e torcendo.

— É. Sabe, o que você precisa fazer é pensar: se eu assassinasse mais de uma pessoa, onde enterraria os corpos?

— Mas ele enterrou os cadáveres entre este lugar e Dunkery Beacon.

Lewis ficou em silêncio, mas só por um momento.

— Talvez seja aí que todo mundo esteja enganado. Veja, se eu matasse seis pessoas e escondesse os corpos aqui, talvez depois disso começaria em outro lugar. Mais adiante. Ou lá nas Blacklands. Isso reduziria as chances de alguém encontrar os corpos, entende?

Longo silêncio.

— Steven! Está ouvindo?

— Estou sim.

— Da próxima vez que eu vier ajudar, vou cavar nas Blacklands.

A outra coisa que Lewis fazia era comer os seus sanduíches. Steven tentara mentir sobre o conteúdo do próprio sanduíche, mas Lewis sempre checava e depois comia os sanduíches, de qualquer maneira. E então Steven tinha que comer os sanduíches do amigo imediatamente, quer estivesse com fome ou não, pois, senão, Lewis comeria os dele também e Steven ficaria sem nada.

E Lewis ficava entediado. Era raro o dia em que ele não começava a exigir que voltassem para casa por volta das quatro horas, quando ainda havia umas boas três horas de escavação pela frente.

Steven não se lembrava de ter escavado mais do que três buracos quando Lewis estava com ele. Mesmo assim, quando o amigo dizia que iria aparecer para ajudar, Steven o encorajava. Tê-lo ali fazia com que ele se sentisse menos estranho, como se escavar metade da charneca de Exmoor atrás de um cadáver fosse coisa bem normal, desde que você tivesse companhia.

Então, jogou a pá no chão e abriu a bolsa.

— Você tirou a metade boa!

— Não tirei!

— Tirou! Você tirou a metade com a crosta.

Um ar de inocência espantada passou pelo rosto de Lewis, largo e sardento.

— Você chama aquilo de metade boa? Desculpe, cara.

Steven suspirou. De que adiantava discutir? Ele e Lewis já haviam discutido sobre a metade boa de um sanduíche em pelo menos seis ocasiões. Os dois sabiam muito bem qual era a melhor parte dos lanches, mas diante de uma negativa tão enfática, o que poderia fazer? Será que valia a pena perder um amigo pela metade boa de um sanduíche de manteiga de amendoim?

É claro, Steven sabia que a resposta era "não", mas sentia vagamente que, em algum ponto no futuro, chegaria o momento em que todas as metades ruins dos sanduíches que tivera de engolir explodiriam e afastariam Lewis numa irreprimível maré de ressentimento.

Ele comeu o próprio lanche sem demorar, depois retirou o tomate da metade do sanduíche de ovo que Lewis deixara para ele — a metade ruim mais uma vez —, e comeu aquela também.

Steven não contara a Lewis sobre a carta. Estava constrangido pelo que fizera, como que se houvesse escrito uma carta para Steven Gerrard, o jogador do Liverpool, pedindo um autógrafo.

É claro, se conseguisse o autógrafo de Steven Gerrard, todos os garotos na escola iam querer ver e tocar (exceto o tio Billy, o torcedor frustrado do Manchester City, pensou Steven, passageiramente). Mas até que tal autógrafo fosse obtido, o pedido e seu autor receberiam uma chuva de escárnio, e até mesmo violência física quase todos os dias.

Não, apenas se e quando afinal surgisse o corpo de William Peters, alguém saberia sobre a carta.

Então Steven admitiria o que fizera, com a certeza de que a mãe e a avó concordariam e agradeceriam pelo fato de que os fins justificam os meios.

* * *

A emoção inicial de Steven ao receber a carta de Arnold Avery foi suplantada pelo desapontamento quando a leu. A princípio.

Entretanto, depois de alguns dias, as duas frases escritas numa nítida caligrafia começaram a assumir um significado mais profundo na mente dele. O próprio fato de — à parte os números da prisão e da cela de Avery, escritos no alto da página — serem apenas duas frases fazia com que fosse necessário se debruçar sobre elas e analisá-las de um modo que uma verborragia vazia de seis páginas nunca teria feito.

Não sei do que você está falando.

Depois de uns poucos dias, Steven decidiu que isso simplesmente não era verdade. Não podia ser verdade!

Ao contrário do que Lewis afirmara, Steven empreendera o máximo de esforço para pensar como um assassino quando escrevera a carta, e ele conhecia mais como assassinos pensam do que a maioria dos garotos de 12 anos.

Depois do incidente do quarto de dormir, quando urinara na calça (coisa sobre a qual, misericordiosamente, nem ele nem Lewis jamais voltaram a falar), a mãe lhe contou o que acontecera com o tio Billy.

No início, Steven ficara emudecido de horror, mas, com o entusiasmo encorajador de Lewis, ele, aos poucos, foi ficando fascinado. Sua mãe revelara o nome do assassino, Arnold Avery, mas não dissera muito mais sobre ele. Em vez disso, durante mais ou menos todo o ano seguinte, Steven lera sobre assassinos compulsivos. Achou que era melhor fazer isso às escondidas, ocultando livros da biblioteca na sua mochila e lendo-os debaixo dos lençóis, à luz de uma lanterna.

Em muitos momentos nervosos, ouvindo passos rangendo no assoalho, fora do casulo protetor do edredom, aprendeu mais de assassinatos do que qualquer outro garoto de sua idade jamais faria.

Aprendeu acerca de assassinos organizados e assassinos desorganizados, de caçadores de emoções e caçadores de troféus; sobre aqueles que espreitavam a presa e sobre outros que atacavam quando o impulso tomava conta. Leu a respeito de cachorrinhos esmagados e gatos esfolados; sobre importunadores e importunados; sobre *voyeurs* e incendiários; sobre retalhamento frenético e dissecação clínica.

O frenesi de leitura de Steven teve dois efeitos principais. Para começar, em um único ano, seu nível escolar de capacidade de leitura pulou de 7 para 12 anos. Além disso, ele aprendeu que, apesar da aparentemente natureza louca de seus feitos, os assassinos compulsivos como Arnold Avery eram, na realidade, metódicos. Isso lhe revelou que, se Avery seguisse o padrão, ele se lembraria com detalhes daqueles que matara.

Para começar, cada uma de suas vítimas fora escolhida deliberadamente, e, se Avery não sabia seus nomes quando as assassinou, com certeza deu-se ao trabalho de descobrir isso depois.

Em seus 15 minutos de internet grátis na biblioteca da escola Steven se dedicava à sua busca. Descobrira que havia apenas umas poucas notícias arquivadas sobre o julgamento de Avery, mas, a partir daí, ele verificou que o assassino tirara o nome de Yasmin Gregory do *Brackwell & District News*. Yasmin presenteara à princesa Ana um buquê de feios lírios laranja. Havia uma fotografia dela fazendo a reverência. O recorte do jornal fora encontrado na casa que Avery compartilhava com a mãe viúva, junto a reportagens sobre o apelo da família para que ela retornasse em segurança. Os papéis foram encontrados pela polícia numa caixa de sapatos, onde era guardada também a calcinha amarela, com a palavra "terça-feira" escrita com *glitter* na frente. A calcinha fora lavada; segundo a notícia, Avery tinha "nojo de fluidos corporais".

O jornal também dizia que Yasmin fora mantida viva pelo menos por dois dias. Steven procurou de novo e encontrou uma foto da menina num vestido estampado de florzinhas azuis: uma criança loura, com uma falha nos dentes da frente e o olho preguiçoso. A fotografia havia sido recortada para mostrar a garota sozinha, mas Steven pôde ver que ela estava abraçando um cachorro quando foi fotografada.

Ele estremeceu, embora a pequena biblioteca da escola estivesse opressivamente quente.

Yasmin Gregory, que abraçara um grande cão amarelado. Yasmin Gregory, que provavelmente pensara que ser importunada na escola por causa do problema nos olhos era uma coisa muito ruim. Yasmin Gregory, que saíra de casa com sua calcinha de terça-feira, mas que só fora assassinada na quinta-feira.

Steven desligou rapidamente o computador.

Quanto tempo Avery mantivera o tio Billy vivo?

A bibliotecária surgiu atrás dele.

— Você tem de fechar os programas antes de desligar. Se não consegue mexer no computador do modo adequado, não terá permissão para usar o equipamento de novo.

— Desculpe — disse Steven.

Ele foi para casa devagar, a mente como um redemoinho.

Rompendo cada norma social, evitando sua captura com facilidade sobrenatural e caindo sobre as presas pequenas, vulneráveis e ingênuas, Avery descera como um anjo da morte e eliminara um membro de sua família. Depois, ele não ficara sequer observando ela explodir.

A mente de Steven só podia suportar pequenas nesgas dos crimes de Avery. Ele conseguia pensar nas palavras, mas logo depois disso o conceito do que Avery fizera continuava a lhe escapulir, cruel e ilógico demais para permanecer na sua cabeça por muito tempo. O assassino jogava por regras diferentes, regras que poucos seres humanos sequer sabiam da existência. Regras que pareciam ter emanado de um outro mundo, inteiramente diverso.

Certa vez, de repente, Steven percebeu o mundo em que Avery habitava, e isso o fez morrer de medo.

Um dia, na aula de geografia, a professora mostrara aos alunos uma fotografia da Via Láctea. Quando apontou para o sistema solar dentro da galáxia, Steven sentiu o corpo ser sacudido. Como era pequeno! Minúsculo! Como era incrivelmente insignificante nosso sistema solar! Em algum lugar dentro daquela manchinha de luz havia um ponto representando um planeta, onde eles eram meros micróbios na sua superfície.

Não era de admirar que Arnold Avery fizesse o que fez! Por que não deveria fazer? Que importância tinha aquilo no grande plano das coisas? Será que ele, Steven Lamb, não era um tolo por se importar com o que acontecera a um único micróbio daqueles dentro de um ponto no interior de uma manchinha de luz? Por que as pessoas se preocupavam tanto naquele mundo microbiano? Era Avery que via o grande esquema das coisas; Avery que sabia que o verdadeiro valor da vida humana era precisamente nada. Tirar uma vida era o mesmo que não tirar; a consciência era apenas um obstáculo autoimposto ao prazer; o sofrimento era tão transitório que um milhão de crianças podiam ser torturadas e mortas na menor das piscadelas do olho cósmico.

Aquela sensação passou e Steven sentiu as alfinetadas nas bochechas e ouvidos com o horror que ela trazia. Era como se algo completamente alienígena houvesse por um momento invadido sua mente e tentasse puxá-lo para fora da realidade e colocá-lo à deriva num mar de vazio negro. Ele levantou o olhar e viu que a professora e o restante da turma o olhavam num misto de interesse e desdém. Ele nunca soube o que perdera ou o que fizera para atrair os olhares dos colegas, mas também nunca se importou com isso; estava apenas aliviado por estar de volta.

Mais tarde, lembrar-se desse incidente fez com que Steven percebesse por que estava mantendo a carta em segredo. Aquilo era muito, muito pior do que escrever para um astro do futebol ou da música pop. O que ele estava fazendo era escrever para o bicho-papão, para o Papai Noel, para ET, o Extraterrestre, para alguém que nem mesmo existia neste plano da realidade.

Steven estava escrevendo para o demônio e pedindo misericórdia.

Assim, com suas leituras e pesquisas, além da epifania na aula de geografia, no momento em que escreveu a carta, Steven sentiu que conhecia muito bem Arnold Avery.

Era por isso que ele estava convencido de que Avery sabia com certeza do que ele, Steven, falava. E, se Avery mentira a respeito disso, então será que o "Tenha um bom dia" não era igualmente suspeito? Ao pensar no assunto, Steven ficou convencido de que estava certo sobre isso, também, e começou a pensar no que Avery de fato queria dizer com aquela frase.

Com certeza, as quatro palavras não continham qualquer rejeição direta ao pedido? Ele não estudara semântica nem ouvira essa palavra, mas a carta de Arnold Avery era uma boa introdução ao assunto, e a Sra. O'Leary ficaria impressionada com suas deduções.

Steven morava em Somerset, mas não era um caipira. Possuía um aparelho de DVD em casa e já vira muitos filmes hollywoodianos barulhentos e repletos de tiroteios de gângsteres. Baseado na sua experiência dessa gente estranha em uma terra estranha, ele calculou que uma rejeição direta teria mais ou menos a seguinte forma: "Não escreva para mim de novo, seu merda." Ou: "Vão se foder, você e sua mãe." Ele também não sabia o que era ironia, mas sentia *algo* brotando da página na sua direção. Sabia que aquelas quatro palavras não significavam o que pareciam. Por volta do terceiro dia, "Tenha um bom dia" se transformara, na sua mente, num código para "Você é um garoto corajoso". No quinto dia, a frase parecia estar dizendo: "Eu admiro a sua tentativa de conseguir essa informação."

Pelo sétimo dia, ele estava bem convencido de que a frase significava: "Tenha mais sorte da próxima vez..."

9

A primavera dera uma trégua e a rua Barnstaple na chuva era algo para o qual mesmo o urbanista mais talentoso não encontrava solução.

Um vento furioso lançava chuva nos rostos e levantava um milhão de ondulações na superfície ampla e amarronzada de lama do rio Taw.

Até mesmo as lojas de cadeias importantes na rua principal pareciam sitiadas pelo tempo, amontoadas na proteção dos maltratados prédios vitorianos acima delas. A Marks & Spencer era o lar temporário das modas do ano. A sua porta, um enraivecido bêbado perneta gritava:

— Que se foda o *Big Issue,* esse jornal dos desempregados.

Cestas penduradas pingavam tristemente em cima de fregueses molhados, as pétalas das prímulas e dos amores-perfeitos coladas contra as próprias folhas, ou suspensas, as corolas pesadas d'água.

Steven sabia como as flores se sentiam. A chuva colava o cabelo na testa e escorria para dentro da gola. A avó não concordava com bonés e ele não admitia aquele ridículo chapéu de pescador amarelo, impermeável, que Davey usava por ser novo demais para recusar. De vez em quando ele tentava se meter debaixo do guarda-chuva de Lettie, sem que parecesse muito óbvio.

A avó usava um lenço de plástico transparente que ela amarrava abaixo do queixo. Era o tipo de coisa que a maioria das pessoas utilizavam alguma poucas vezes e depois jogava fora ou perdia, mas ela tinha o lenço pelo mesmo tempo de vida de Steven, pelo menos. Ele sabia que, quando chegassem em casa, ela colocaria a peça sobre um radiador para secar, depois a dobraria como se fosse um leque, numa faixa do tamanho de uma régua. Por fim, enrolaria o lenço e colocaria um elástico em torno dele, para mantê-lo bem-arrumado na bolsa.

Quando os tênis de Steven precisaram ser postos lá fora com as latas de lixo, depois de dois anos de constantes trabalhos forçados, ela ficou uma semana amargurada porque o garoto não retirara os cadarços "em perfeito estado".

Lettie remexeu na bolsa e tirou uma lista, cerrando as sobrancelhas quando as pessoas passavam por ela e a empurravam.

— Muito bem — disse ela. — Tenho de ir ao açougue, ao mercado e ao Banbury's.

O Tiverton era mais fácil e mais perto, mas a rua Barnstaple tinha o Banbury's.

— O que você precisa comprar no Banbury's? — perguntou a avó, com ar desconfiado.

— Roupas íntimas. — Steven ouviu o tom áspero na voz da mãe, que ela se esforçava para atenuar.

— O que há de errado com as atuais?

— Eu realmente não quero discutir isso aqui, mamãe! — Ela sorriu com a boca, mas não com os olhos. Quanto mais suave era sua voz, mais fina ela soava; portanto, mais propensa a estalar.

A avó deu de ombros para mostrar que não se importava se Lettie queria gastar dinheiro com roupas íntimas.

Lettie colocou a lista de compras de lado e virou-se para Steven.

— Você leva Davey para gastar o dinheiro dele de aniversário, e nós todos nos encontramos ao meio-dia e meia.

Os olhos de Davey brilharam.

— Na loja de bolos?

— É, na loja de bolos.

Atrás de Lettie, a avó decidiu afinal dar sua opinião e disse, em voz bem alta:

— Até parece que alguém vai ver suas calcinhas.

Lettie, olhando os garotos, nem se virou, mas Steven viu os lábios dela se estreitarem através dos dentes. A empolgação de Davey virou ansiedade no instante em que ele olhou para a mãe e depois para a avó, não entendendo as palavras, mas o seu efeito.

Lettie agarrou o anoraque de Steven pela gola e fechou o zíper na maior rapidez possível, acertando seu queixo com a mão.

— Juro, Steven, que você merece pegar um resfriado! — Ele não respondeu. — Agora leve Davey para ele gastar o dinheiro. E não deixe que ele desperdice, entendeu?

Steven sabia que ficaria amarrado a Davey. Maldita avó! Se pelo menos ela tivesse mantido a boca fechada, sua mãe certamente deixaria que ela tomasse conta do garoto e ele poderia ir à biblioteca. Agora tinha Davey a reboque.

* * *

Davey ganhara 3 libras como presente de aniversário. Steven se agitou, impaciente enquanto o irmão pegava um por um os dinossauros de borracha em uma caixa e olhava. No fim das contas, ele decidiu não comprar nenhum. Adiantou-se até a caixa seguinte, que estava cheia de pequenas bolas claras, com brinquedos ainda mais baratos dentro delas. Depois de uma longa e cuidadosa deliberação, escolheu um jogo de pedrinhas cor-de-rosa; custou 75 centavos.

Steven pegou a mão de Davey e correu com ele para a biblioteca, mas o irmão retardou o passo propositada e desajeitadamente quando passaram diante de uma loja de doces, e mais uma vez Steven teve de esperá-lo enquanto olhava para cada barrinha, cada embrulhinho e dentro de cada vidro, até que finalmente ele surgiu com uma porção de docinhos recheados de gelatina e barrinhas de chocolate. Ele tentou parar de novo na loja da esquina que vendia carrinhos de controle remoto, mas Steven puxou-o com força para seguirem em frente.

Sem o sol para penetrar pelas janelas altas e sujas, a biblioteca estava fria e mergulhada numa penumbra.

O bibliotecário, um jovem com brinco na orelha, cabelo cortado em zigue-zague e raspado dos lados, e uma etiqueta de identificação onde se lia "Oliver", conduziu Steven com ar desconfiado para o que ele chamava pomposamente de "os arquivos". Eles ficavam num recesso atrás da seção de livros de referência e fora da vista do rapaz.

— Que ano?
— Junho, década de 90.
— 1890 ou 1990?

Steven fez uma expressão intrigada. Nunca lhe ocorrera que eles teriam jornais de tanto tempo atrás.

— 1990.

Oliver suspirou e olhou para cima, para os enormes livros nas prateleiras mais altas, acendendo uma luz fluorescente pulsante e olhando outra vez.

Em seguida, olhou intensamente para Steven e Davey, como se tentando descobrir algo errado neles, algo que lhe daria uma desculpa para não ajudá-los.

— Ele não pode comer aqui na biblioteca.

— Eu sei — disse Steven. — Ele não vai comer.

Oliver bufou e estendeu a mão para os doces. Davey recuou instintivamente a mão.

— Eu não vou deixar esses chocolates espalhados nos meus arquivos.

Davey olhou para Steven, pedindo orientação.

— Entregue os doces, Davey. Ele vai guardar tudo para você, em segurança.

Relutantemente, Davey entregou os doces.

Oliver chutou um tamborete pelo chão, fazendo ruído, e subiu nele, puxando para baixo um grande volume encadernado, que logo depois ele deixou cair na mesa com um som petulante.

— Não pode comer, não pode recortar nem dobrar ou lamber as páginas.

Steven piscou: por que lamberia as páginas?

— Entendeu?

— Entendi.

Steven sentou-se na única cadeira e Davey, no chão, abrindo o brinquedo que comprara. Oliver ficou por ali, na porta, mas Steven ignorou-o até ele ir embora, e depois abriu o enorme livro.

O *Western Morning News* costumava ser maior, muito maior. Era estranho ver o mesmo título naquela edição enorme. Steven se sentiu como um duende lendo um livro humano, enquanto virava as páginas cuidadosamente. Ele deu uma pequena risada ao pensar nisso e Davey levantou o olhar para ele.

— Qual é a graça?

— Nada.

A internet servira, mas as informações obtidas nela eram fragmentadas. O caso de Avery era anterior à internet, e Steven teve a sensação frustrante de que havia muita coisa que a rede não lhe dizia. Mas, pelo menos, a internet não tinha cheiro de meias velhas.

Davey lutava para abrir a esfera de plástico, a língua na bochecha, concentrado.

— Você quer que eu faça isso para você?

— Eu consigo.

O papel era amarelado e fino demais. Em lugares em que as bordas irregulares estavam rasgadas, Steven se levantava para poder manusear o volume de forma mais eficaz.

"VIOLENTADA, TORTURADA, ASSASSINADA." A manchete pôs fim à busca de Steven.

Havia uma foto de Arnold Avery, a primeira que Steven via. Por instinto, ele se aproximou da página, não querendo perder um único detalhe. A foto também ficaria muito bem-situada na página de esportes: um jovem que fizera dois gols no jogo contra os Exmoor Colts ou que conquistara três arcos no críquete para os Blacklanders.

Steven ficou decepcionado. Ele esperara... Bem, o que esperara? Sua imagem mental de Avery até aquele momento fora vaga, talvez nem mesmo humana. O assassino fora uma forma escura no nevoeiro da charneca, uma colagem de movimentos e sons abafados, suspenso nas bordas de um pesadelo.

Mas ali estava o verdadeiro Avery, olhando para uma câmera da delegacia, diretamente, sem constrangimentos, a franja de cabelo escuro caído sobre um olho, conforme a moda da época, o nariz ligeiramente arrebitado criando uma expressão amistosa, a boca larga quase fechada e quase sorrindo. Steven notou que os lábios do assassino eram muito vermelhos. Mesmo em uma foto em preto e branco, ele conseguiu perceber aquele detalhe. Estudando-a mais de perto, também pôde ver que a razão pela qual a boca de Avery estava meio aberta era que ele tinha dentes protuberantes; uma pequena mancha branca revelava isso.

Steven tentou ficar perturbado com a foto, mas Avery parecia mais uma vítima do que o autor dos crimes pelos quais fora condenado.

Havia fotos das vítimas de Avery, embora naquele ponto das investigações o *News* as chamasse de "supostas vítimas".

O pequeno Toby Dunstan era descrito na legenda como "a mais jovem" delas. Um sorridente garoto de 6 anos, com orelhas de abano e sardas até mesmo nas pálpebras. Steven sorriu. Toby parecia engraçado. Depois ele se lembrou: Toby estava morto.

Havia um desenho na página dois. Era um mapa da charneca de Exmoor. Steven desdobrou um pedaço de papel do bolso e copiou a forma, parecida com a de uma bola sinuosa de rúgbi. As covas das seis crianças que haviam sido encontradas estavam assinaladas com Xs e setas que apontavam para as fotos, uma para cada vítima confirmada. A mesma foto de Toby Dunstan, uma diferente de Yasmin Gregory, e depois Milly Lewis-Crupp, Luke Dewberry, Louise Leverett e Julian Elliot.

Com uma caneta esferográfica, Steven escreveu as iniciais de cada criança dentro da bola de rúgbi. Todas estavam mais ou menos aglomeradas no centro da charneca. Shipcott não estava assinalada, mas Steven pôde ver que os locais das covas apareciam entre o vilarejo e Dunkery Beacon. Três delas se localizavam no lado oeste da própria Beacon.

Ele nunca vira antes a localização exata das covas marcadas e ficou aliviado ao compreender que estivera escavando, todo o tempo, na área geral. É claro, o que tinha menos de 6 centímetros quadrados naquele mapa representava, na realidade, diversos quilômetros de charneca. Mas sentiu um novo ímpeto percorrer seu corpo apenas pela força de ser lembrado de sua busca.

Dobrou com cuidado o pedaço de papel e começou a ler.

O primeiro dia do julgamento, em Cardiff, acontecera em 10 de junho. Rapidamente ele percebeu que o promotor relatara ao tribunal os pontos mais importantes. Era como a *Luta do Dia* ou aqueles inverossímeis seriados da TV americana que sempre começavam com "Anteriormente, em *Plantão Médico*...".

Anteriormente em Arnold Avery, serial killer...

O advogado de acusação, cujo nome era (e provavelmente ainda é) Sr. Pritchard-Quinn, membro do Queen's Counsel, falou como se Avery fosse culpado de forma indubitável, indiscutível e irrevogável. Não houve lugar na sua fala para "talvez" ou "pode ser", porque ela era repleta de palavras como "insensível", "cruel" e "brutal".

Ele contou aos jurados como Avery se aproximava das crianças e lhes pedia orientação. Depois, ele lhes oferecia carona até suas casas. Se aceitassem, elas estavam mortas. Se não, elas também eram assassinadas, pois de qualquer forma eram puxadas pela cabeça janela adentro.

Steven se encantou com a pura ousadia da tática. Quanta simplicidade! Avery não ficava espreitando, se escondendo, não agarrava e saía correndo, bastava uma criança inclinada bem para dentro da van, um pouco desequilibrada, e uma mão incrivelmente forte e rápida. Ele pensou nos pés do tio Billy debatendo na janela aberta e sentiu o estômago revirar vagarosamente.

— Faz isso funcionar.

Steven levantou o olhar. Davey trouxera as pedrinhas cor-de-rosa até a mesa. Agora estendia duas delas para Steven, apertando-as juntas.

— O quê?

— Faz isso funcionar.

— O que você quer dizer com isso?

Davey fez uma cara de zangado.

— Elas não ficam grudadas! Não estão ficando grudadas! — Ao mesmo tempo que falava, tentava forçar as pedrinhas uma contra a outra, como se apenas sua força de vontade fosse capaz de derreter a matéria.

— Elas não encaixam. Não foram feitas para isso.

Davey olhou para as pedrinhas com uma insatisfação crescente.

— Olhe! Eu vou mostrar a você.

Steven pegou as pedrinhas do chão e encontrou a pequena bola de borracha vermelha onde ela rolara até a parede. Quicou a bola e pegou uma pedrinha, quicou-a de novo e pegou a outra.

— Está vendo? É assim que funciona.

A contrariedade era visível no rosto de Davey.

— Você quer tentar?

Davey abanou a cabeça devagar, imaginando que gastara uma boa parte do dinheiro do aniversário em algo que não o interessava.

— Não quero isso — disse ele, zangado. — Quero meu chocolate.

— Você vai ter seu chocolate de volta quando sairmos — respondeu Steven.

Ele soube, no momento em que suas palavras saíram de sua boca, que elas eram um convite para Davey. O irmão pegou a deixa e falou imediatamente:

— Eu quero ir embora.

— Num minuto.

— Quero ir agora!

— Num minuto, Davey.

Davey se atirou no chão de azulejos sujo e começou a resmungar em voz alta, balançando os braços e as pernas e espalhando os bonecos pela sala.

— Cale a boca! — Steven tentou calar o irmão, mas era muito tarde.

Oliver surgiu na porta e eles tiveram de sair.

A chuva parara e o sol tentava aparecer como podia, mas os carros ainda passavam zunindo, jogando água nos pedestres desavisados.

Steven sabia que estava andando depressa demais para que o irmão o acompanhasse, mas não se importava. Dava solavancos e puxava Davey para fazer com que ele continuasse, ignorando os gemidos do garoto, que corria para acompanhá-lo. Aquele dia fora desperdiçado; eles só iam a Barnstaple três vezes por ano: no Natal, para comprar as roupas da escola em agosto e nos aniversários. O de Steven era em dezembro, de modo que sua viagem correspondente era combinada com a de Natal, mas aquela era a viagem do aniversário de Davey, o primeiro dia de março, portanto decorreriam meses antes que a mãe os levasse de volta, reclamando do tamanho dos pés de Steven e dos rasgões nas camisas que ele usava na escola.

E o que conseguira? Nada. Um mapa tosco e um inimigo na figura de Oliver, que, provavelmente, nunca mais o deixaria voltar aos arquivos, ou talvez sequer permitisse sua entrada na biblioteca. O idiota do Davey com seu brinquedo ridículo!

Conforme apressavam o passo, os rostos de uma multidão de gente fazendo compras começaram a surgir para Steven, como se ele estivesse notando, pela primeira vez, que uma multidão era feita de indivíduos.

Que indivíduos? Fazendeiros? Farmacêuticos? Pervertidos? Assassinos?

Steven sentiu uma súbita e estranha sensação em relação àquelas pessoas que faziam compras em Barnstaple. Arnold Avery teria sido um deles. Teria parecido uma pessoa normal para seus vizinhos, não teria? Os livros que Steven lera escondido debaixo dos lençóis eram cheios de declarações de amigos, até mesmo de parentes, que ficavam atônitos quando seu vizinho, filho, irmão, ou primo "normal" foi revelado como um maníaco homicida. O pensamento de Arnold Avery, ou de alguém como ele andando livremente pelas ruas, fez com que Steven ficasse nervoso. Olhou em torno de si mesmo, cauteloso, e segurou com mais força a mão de Davey.

Um homem de barba grisalha olhava em volta enquanto a esposa namorava alguma coisa na vitrine de uma loja, os olhos baixos e predatórios.

Uma moça vestindo uma saia suja tocava desafinadamente um velho violão e cantava "*Um tom mais claro de palidez*" numa altura grave, monótona, enquanto seu cachorro vira-lata tremia de frio deitado num cobertor úmido, desanimado demais para sair dali.

Um jovem caminhou na direção deles. Desalinhado, cabelo amarelo como o de Kurt Cobain, um cavanhaque castanho, jaqueta de ciclista. Sozinho. Será que estar sozinho era ruim? Steven trocou olhares com ele e se arrependeu disso. O jovem parecia desinteressado, mas talvez fosse um truque. Talvez ele passasse andando pelos dois, para deixá-los desprevenidos, e depois voltasse passando os dedos em torno do braço direito de Davey e começasse um cabo de guerra com Steven que, mesmo que implorando aos gritos, nunca poderia ter esperança de vencer, enquanto os transeuntes se desviariam educadamente deles, não querendo se envolver.

— Ai, Stevie! Você está me machucando!

— Desculpe.

Já estavam quase chegando a Banbury's.

— Aonde é que você vai, Lamb?

Os encapuzados.

O coração de Steven começou a bater forte, depois quase parou; ele era um bom corredor e o medo o tornava ainda melhor. Num sábado, em Barnstaple, ele teria escapado dos encapuzados facilmente. Quer dizer, sem Davey. A raiva que sentia do irmão o assaltou de novo.

— A lugar nenhum. — Steven nem olhou para o rosto deles.

— Nós vamos encontrar mamãe — disse Davey. — Vamos comer bolo.

Os encapuzados riram, e um deles disse, numa voz esganiçada e afetada:

— Vamos encontrar mamãe. Vamos encontrar mamãe.

Davey riu também, e subitamente Steven sentiu sua raiva deixar o irmão e direcionar-se para os sarcásticos garotos encapuzados. Ele não podia enfrentá-los; se ficasse onde estava, seria agredido. Sua única vantagem era a surpresa, naquele exato momento, enquanto Davey estava rindo...

Estimulado pela multidão de compradores, Steven passou rapidamente pelos encapuzados, quase derrubando Davey com um puxão. Os três garotos ficaram momentaneamente aturdidos pela coragem de Steven. Então, partiram em seu encalço.

Davey ficou inicialmente surpreendido com a rapidez do movimento, mas um olhar para o rosto de Steven mostrou que o caso era sério. Por isso, fez o possível para acompanhá-lo. Sua cabeça foi se chocando com cotovelos e quadris enquanto Steven o rebocava sem jeito através da multidão. Os dois batiam nos transeuntes como duas pequenas bolas apavoradas de pinball.

Se estivesse sozinho, Steven teria corrido o mais depressa que conseguisse, mas com Davey a tiracolo ele sabia que precisava aproveitar ao máximo a vantagem, e foi direto para as portas de vidro da loja, a uns meros 7 metros de distância.

Os encapuzados perceberam sua intenção e tentaram cortar o caminho. Eles eram tão rápidos quanto os dois, mas também eram mais violentos e menos dispostos a desviar das pessoas. Davey gritou quando as pessoas se afastaram, mostrando os encapuzados a apenas poucos metros de distância.

Uma mulher com um carrinho de criança atravessou de repente na frente dos três.

— Porra!

Um dos encapuzados caiu sobre o carrinho e os outros dois se distraíram, dando tempo bastante para que Steven e Davey passassem pelas portas de vidro da Banbury's.

Um segurança gordo, de meia-idade, se virou imediatamente para eles, e Steven fez força para interromper a corrida. Davey olhava para trás, amedrontado, embora não soubesse o porquê.

Do lado de fora, os encapuzados dirigiam insultos contra a mãe enraivecida e partiam na direção das portas.

— Stevie...?

— Psiu!

Steven levantou a mão rapidamente para chamar a atenção do irmão e conduziu-o calmamente em direção aos cabides de bolsas e cintos. O segurança franziu as sobrancelhas, o impulso de entrar em ação agora mais sereno, já que os dois garotos haviam diminuído o passo e começavam a se comportar como fregueses.

As portas de vidro se abriram violentamente e os encapuzados deram de cara com o segurança.

Steven olhou para trás enquanto ele e Davey começavam a subir a escada rolante. Os encapuzados gritavam, raivosos, reafirmando seus direitos, enquanto o segurança os punha para fora.

— Nós vamos pegar você, Lamb.

Fregueses olhavam educadamente ao redor, confusos. Steven ficou ruborizado e continuou olhando para a frente. Davey segurou sua mão com muita força, como se nunca fosse largá-la.

10

> CARO SR. AVERY,
>
> OBRIGADO POR SUA CARTA.
>
> GOSTARIA QUE O SENHOR ESTIVESSE AQUI.
>
> SINCERAMENTE,
>
> SL, RUA BARNSTAPLE 111, SHIPCOTT.

Avery ficou surpreso. A carta não dizia nada! Não pedia, não pleiteava, não se oferecia para ajudá-lo nas suas audiências de liberdade condicional, a primeira das quais já acontecera sem a sua presença e resultara na sua transferência da prisão de Heavitree para a de Longmoor, de nível mais baixo de segurança.

Leu a carta de novo e uma raiva começou a ferver vagarosamente dentro dele. Sua própria carta fora descuidada e enigmática; ele sabia disso porque levara alguns dias para elaborar o tom preciso que queria transmitir: sem grandes informações para passar pelos censores, e contudo com algo bastante tentador, na esperança de levar um leitor inteligente e decidido a responder. A caixa de entrada de correspondência de Avery ficara vazia por 18 longos anos, e ele quase não tinha coragem de admitir, até mesmo para si próprio, a emoção que lhe acometeu receber uma carta. Ainda mais uma carta tratando de seu assunto preferido. E, o que era o máximo, receber uma carta de alguém ligado, de certa forma, à família de uma de suas crianças.

A primeira carta de SL abrira para Arnold Avery uma caixa de Pandora de lembranças e excitação. Ele começara com WP e examinara aquela lembrança sob todos os aspectos. Isso lhe tomara dias, e foram dias em que ele não estava mais preso à disposição de Sua Majestade, mas de posse de sua vida, quando o nariz cheio de veias azuis de Finlay perdera o poder de o provocar; dias em que receber um copinho de papel cheio de meleca, em vez da mostarda que deveria acompanhar seu hambúrguer, era como água passando pelas costas de um pato. Foram dias em que ele estava livre.

Então, ele voltou ao princípio e saboreou cada uma das crianças novamente, e prolongou seu êxtase até quase um mês.

E agora a carta.

SL prometera ser um correspondente sério, mas era provocador. Como uma mulher! Como uma criança! De fato, ele não ficaria surpreso se SL fosse uma mulher, afinal de contas! Como SL tivera coragem de iniciar uma correspondência e depois enviar aquela carta dizendo praticamente nada? Que se foda, SL!

Enraivecido, ele dobrou a única folha tamanho A5 para picá-la em pedacinhos, então notou algo nas costas da missiva.

Avery cerrou as sobrancelhas e levantou o papel contra a luz, mas isso fez com que a figura desaparecesse. Ele inclinou a página até que pudesse ver o que era. Seu coração saltou no peito.

Arnold Avery bateu com o punho fechado na porta da cela e pediu um lápis.

A folha A5 que SL usara era de boa qualidade. Melhor do que isso: era grossa, quase uma cartolina. Avery tivera lições de arte na escola e achou que aquele papel era usado para aquarelas, com um acabamento ligeiramente texturizado.

Ele levou bastante tempo esfregando as costas da carta com um lápis de ponta rombuda que lhe deram pela portinhola, depois de ele assinar um recibo.

Desenhando num outro pedaço de papel colocado sobre as costas da carta, SL, que agora ele voltara a achar se tratar de um homem devido à esperteza da comunicação, imprimira uma única linha sinuosa, mas de certa forma contínua, que descia pelo papel num grande laço. Dentro da linha estavam as iniciais LD e, um pouco abaixo destas, as iniciais SL.

O único outro símbolo impresso na página, além daquelas iniciais, era um ponto de interrogação.

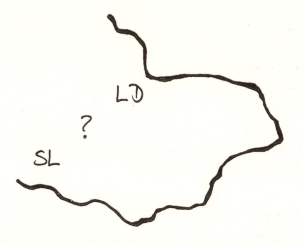

    Avery quase riu. A mensagem era infantil na sua simplicidade. Com uma linha e quatro letras, que não significariam nada para ninguém a não ser para ele, SL estava mostrando para Avery que sabia onde o corpo de Luke Dowberry fora encontrado, e onde ele, SL, se encontrava em relação àquela cova, e estava perguntando de novo onde estava Billy Peters.
    Arnold Avery sorriu, feliz. Ele tinha uma correspondência.

11

Quando ele era mais jovem, as coisas boas pareciam acontecer depressa demais para Avery. Elas morriam muito facilmente e muito cedo. Os pássaros que ele atraía para uma mesa com sementes e que prendia com uma rede eram desprezíveis por serem facilmente apanhados. Um ratinho branco de estimação de um amigo ficara ali parado, humilde e confiante, e fora esmagado com um pisão na cabeça. Os esforços desesperados de Lenny, o gato malhado de sua avó, foram inicialmente explosivos, mas se tornaram mais fracos rapidamente enquanto ele o mantinha sob a água, na banheira de um branco brilhante.

Nada disso constituiu um desafio para ele. Nenhum daqueles seres implorou, pediu, mentiu ou ameaçou. Claro, Lenny o arranhara, mas isso poderia ser evitado; o gato seguinte que ele afogou, de nome Bibs, um animal malhado de preto e branco, tentou arranhá-lo loucamente através das luvas de motociclista que ele furtara de uma liquidação de objetos particulares oferecidas aos compradores numa espécie de feira, nas malas abertas dos carros de um estacionamento.

Desde tenra idade, ele lia relatos de crianças levadas de carros e playgrounds e encontradas estranguladas apenas algumas horas depois e ficava confuso com o desperdício. Se alguém corria todo o risco de roubar o prêmio máximo, uma criança, por que assassiná-la logo depois do sequestro? Aquilo não fazia sentido para Avery.

Quando tinha 13 anos, ele trancou um garoto menor do que ele num velho depósito de carvão e manteve-o lá por quase um dia inteiro, com medo de machucá-lo, mas se deliciando com o controle que tinha sobre o outro. Timothy Reed, de 8 anos, rira, a princípio, depois perguntara, depois exigira, depois martelara as portas com os punhos, depois ameaçara contar, depois ameaçara matar, depois ficara muito, muito calado. Depois começara a implorar: a adulação, as promessas, as súplicas desesperadas, as lágrimas. Avery ficara excitadíssimo, tanto por sua própria ousadia quanto pelos patéticos gritos de Timothy. Soltou o garoto antes de escurecer e lhe disse que aquilo fora um teste e que ele fora aprovado. Ele e Timothy eram agora amigos secretos. Apavorado, o garoto, mais novo do que ele, concordou que Arnold era seu amigo secreto e que nunca contaria a ninguém o que acontecera.

E manteve o segredo.

Depois de umas poucas semanas de cautela, Timothy Reed começou a responder aos amistosos olás de Avery. Ele não podia deixar de aceitar os pequenos brinquedos furtados ou os doces obtidos da mesma maneira. Dois meses depois do incidente do depósito de carvão, Timothy ficou observando enquanto Avery torturava um garoto fraco de 9 anos, metido a valentão, levando-o às lágrimas e a um abjeto pedido de desculpas. O valentão espalhou a notícia no playground e Timothy ficou pateticamente agradecido por ter um garoto mais velho, maior, como aliado e protetor.

E, uma vez Timothy tendo-o considerado um herói, Arnold sentiu que chegara a hora de pedir-lhe o tipo de favor que somente um amigo muito próximo, muito secreto, pode conceder.

Arnold Avery abusou sexualmente de Timothy Reed até que as alterações no comportamento do garoto e as más notas na escola desencadearam investigações por parte dos pais e, logo depois, da polícia.

Assim, Arnold aprendeu sua primeira lição: a vantagem dos animais era que eles não podiam contar o que acontecia.

Com 14 anos, ele foi enviado para uma instituição de jovens que haviam praticado abuso sexual, onde cada noite de sua sentença de três meses, e certos dias também, foram gastos em aprender que o verdadeiro poder sexual não está em pedir e conseguir, mas sim em simplesmente ir e pegar. O fato de que estava inicialmente do lado doloroso da equação apenas estimulou o valor disso, sua segunda lição.

Ele voltou para casa, mas nunca chegou lá.

Foram precisos mais sete anos antes que ele matasse Paul Barrett, que tinha uma surpreendente semelhança com Timothy Reed, mas valeu a pena esperar. Ele manteve Paul vivo por 16 horas e depois enterrou-o perto de Dunkery Beacon. Ninguém suspeitou de Avery. Ninguém o interrogou, ninguém lhe deu um segundo olhar quando ele dava voltas e voltas no West Country dirigindo sua van, lendo os jornais locais, telefonando para as casas dos vilarejos, jogando conversa fora com as crianças que moravam ali.

E ninguém encontrou o corpo de Paul Barrett. Quando procuraram, fizeram isso perto da casa do garoto, em Westward Ho!

Então, Dunkery Beacon era um lugar seguro para enterrar um corpo, pensou Avery.

E ele fez bom uso dessa informação.

12

As urzes da colina haviam sido encharcadas pela chuva, e agora, curvadas, pingavam soturnamente na relva molhada enquanto Steven cavava.

Ele cavou dois buracos, depois comeu um sanduíche de queijo e cavou mais.

Desde aquilo que ele passara a chamar de "incidente com a mandíbula do carneiro", a atividade de escavar perdera parte do seu apelo. Aquela enorme expectativa e a decepção subsequente colocara em evidência a inutilidade de sua missão. Agora, cada choque nos seus cotovelos, cada dor nas costas, cada lasca de madeira na palma da mão pareciam mais desgastantes.

Na raiz de seu novo e péssimo estado de ânimo estava uma incômoda insatisfação que o afastava de Lewis e o deixava impaciente com Davey. Até mesmo ali na charneca, onde o trabalho extremamente duro expulsava tudo de sua mente a não ser um certo tipo indistinto de exaustão, ele ficava insatisfeito e mal-humorado, embora não houvesse ninguém ali para ver seu mau humor, a não ser a pá e a interminável charneca debaixo de seus pés.

Não tivera mais notícias de Avery. Fazia quase duas semanas desde que enviara a carta com os símbolos no verso. Seria possível que houvesse sido cuidadoso demais? Tão cuidadoso que o próprio Avery não conseguira perceber a mensagem secreta? Será que o assassino do tio Billy simplesmente lera as palavras sem sentido na frente do papel e jogara a carta numa lata de lixo? Ou, se tivesse visto o mapa, será que entendera o que significava? Na mente criminosa de Steven, ele achara que dera bastante material para Avery ficar tentado a responder, mas talvez ele não tivesse decifrado o código. Ou talvez apenas não quisesse responder. Talvez não quisesse fazer as vezes de rato no jogo em que Steven era o gato provocador. Conforme se arrastavam os dias sem que chegasse uma resposta da prisão de Longmoor, Steven não conseguia evitar uma sensação aflita de fracasso. Desejava poder contar a Lewis os seus medos, mas sabia que isso era algo que devia manter em segredo. Ninguém mais entenderia o que ele fizera. De fato, Steven podia se ver arrastado para conversas constrangedoras se revelasse alguma coisa de sua correspondência.

Ele tomara precauções para ter certeza de ser sempre o primeiro a pegar as cartas. Elas chegavam cedo, por volta das sete da manhã, e Steven começara a acertar seu despertador para 15 minutos antes daquela hora, de modo que estivesse no alto da escada quando Frank Tithecott entrasse no caminho para sua casa. A última coisa que precisava era sua mãe ou avó pegando uma correspondência endereçada a ele. Steven nunca recebera nada particular pela caixa do correio, nem mesmo um cartão de Natal, e imaginava as perguntas que seriam feitas. Mas os momentos de espera desperdiçados, com os dedos dos pés congelando no alto da escada, ficavam para trás quando comparados com o crescente desapontamento.

Começou a cavar outro buraco, mas fizera apenas um pequeno corte no terreno fibroso quando jogou a pá no chão e, desconsoladamente, deitou-se ao lado dela.

Quase que instantaneamente a umidade começou a se infiltrar pelo tecido não impermeável de sua calça. A terra fria puxava-o para baixo e a vegetação úmida se curvava sobre ele, formando uma mortalha que pingava água. O suor resultante do esforço secou rapidamente, e ele começou a tremer.

Um mar de névoa estendeu-se silenciosamente por sobre a terra, num cobertor úmido cheirando a algas podres.

Steven sentiu-se afundando debaixo daquela vastidão cega. A imagem da galáxia lhe veio novamente à mente. Ele era um átomo de um micróbio de uma partícula de um grão de poeira na ponta de um alfinete no meio do nada. Momentos antes estivera de pé, forte e emanando calor. Agora, poucos segundos depois, era um cadáver insepulto, flutuando sem rumo no espaço. Avery tinha razão. Aquilo tudo não significava nada.

Os olhos de Steven ficaram superaquecidos e, sem qualquer aviso, ele começou a chorar. A princípio chorava apenas com os olhos, mas logo seu corpo seguiu o impulso e ele começou a soluçar e berrar como um bebê abandonado esticado ali entre a vegetação da charneca, o peito subindo, descendo e coçando, os músculos do estômago tensos com o esforço, as mãos frias e brancas curvadas em punhos frouxos, virados para cima, inertes.

Durante alguns minutos ele ficou ali deitado, chorando, não compreendendo que sentimento era aquele ou de onde viera, sua única emoção coerente sendo uma preocupação vaga, alienada, sobre se tinha ficado maluco.

Seu choro diminuiu e parou, os olhos quentes foram resfriados pela neblina que caía rodopiando silenciosamente do céu branco. Ele piscou e achou que o esforço estava quase além de suas forças. Um cansaço vazava de seu coração e percorria todas as partes do corpo, como chumbo, comprimindo-o contra a charneca. Por fim, não sobrou nada a fazer a não ser ficar deitado ali, esperando instruções.

Dentro de sua completa imobilidade física, a mente de Steven retornou a ele, um pouquinho de cada vez, depois de viajar para bem longe. Inicialmente, ele sentiu muita pena de si mesmo. Desejou que sua mãe viesse, o encontrasse e o envolvesse em uma felpuda toalha branca, carregando-o para casa e alimentando-o com caldo e pudim de chocolate. Um pequeno resto de soluço escapou dele quando se conscientizou de que isso não iria acontecer. Uma outra facada, mais fria, no seu coração disse-lhe que essa lembrança-desejo provavelmente nunca acontecera. Ele não tinha recordação de toalhas felpudas, de caldo ou de sua mãe o envolvendo em braços seguros e quentes quando estava molhado e frio. Tinha muitas lembranças de ela arrancando com rudeza suas meias molhadas, de ela gritando sobre a sujeira na cesta de roupas, usando uma das toalhas para secar seu cabelo com aspereza. Toalhas já finas, que eram penduradas à noite, mas sempre estavam úmidas pela manhã. Isso o levou a pensar no tapete manchado do banheiro, que hospedava no inverno grandes fungos avermelhados atrás da privada, como se o exterior estivesse vagarosamente se infiltrando dentro da casa, enchendo-a de coisas frias e rastejantes. Davey chorou quando viu os fungos pela primeira vez e molhou a cama, não querendo ir ao banheiro. Mas agora, como todas as outras lembranças, ele os ignorava. Às vezes, os dois irmãos chegavam mesmo a brincar sobre os cogumelos e o mofo, mas, com maior frequência, ao chegar da casa imaculadamente limpa de Lewis, o cheiro da umidade do próprio lar o atingia em cheio quando ele abria a porta da frente. Conseguia não sentir o odor nas próprias roupas, mas, em comparação com os cheiros de flor de sabão em pó emanando dos colegas de classe, ele tinha a desconfortável sensação de que carregava aquele fedor de pobreza com ele, como uma estrela amarela.

Nunca tivera a sensação de estar limpo. Não quando saía da charneca coberto de lama, nem quando saía dos banhos de água morna que compartilhava com Davey, nem quando se levantava da cama que dividia com o irmão e vestia a camisa da escola, a mesma do dia anterior.

O que acontecera com ele? Steven sentia a mente girar, confusa. Como aquilo acontecera? Aonde ele fora? Em algum lugar, de alguma forma, o garotinho que costumava ser desaparecera e fora substituído por aquela nova versão dele. O novo Steven não assistia à *Luta do Dia* ou fazia fila no Golfinho Azul para comprar 50 centavos de pedacinhos de maria-mole. Ele não queria Steven Gerrard no seu livro de recortes de astros do futebol mais do que a própria vida. O novo Steven estava ali fora, toda tarde, até o cair da noite, a terra colando no suor, comendo sanduíches bolorentos, cavando com dificuldade o solo com uma pá enferrujada e procurando a morte.

Havia três anos que essa tinha sido sua vida. Três anos! Ele se sentia como um homem que acabou de ouvir sua sentença. O pensamento daquele tempo desperdiçado se desenrolando atrás dele era muito chocante, como se eles ainda fossem acontecer. O que acontecera a ele? Aonde fora?

Juntamente com esse sentimento de autocomiseração veio uma raiva tão intensa que atingiu-o quase como algo físico.

Estendeu um braço, simulando uma tentativa de defesa. A raiva o cegava. Num único movimento violento, Steven caiu de joelhos e passou a arrancar as urzes e a relva, puxando grandes punhados de vegetação, penetrando o solo com as unhas dos dedos, esbofeteando a grama misturada com a terra. Ele golpeava, malhava, chutava e socava enquanto elas respingavam a água da chuva sobre ele. Um som esganiçado que surgia no fundo de sua garganta era interrompido por pequenos sopros-gemidos que o mantinham vivo para aquele propósito: assaltar o próprio planeta.

Quando voltou a ter um pensamento consciente, Steven se viu ajoelhado, prostrado diante da natureza, a testa encostada no solo. Havia pedaços de vegetação nos seus punhos e na sua boca, como se ele houvesse tentado mastigar a terra.

Sentou-se vagarosamente e olhou para a tênue cavidade que sua histeria escavara na charneca. Uns poucos montículos de grama arrancada pela raiz, arbustos das urzes com seus caules quebrados, agora morrendo no solo, outros poucos trechos expostos, lamacentos, rapidamente se enchendo de água. Era nada. Menos do que nada. Um pônei batendo a pata à procura de relva do inverno, uma pequena corça deitada para dormir, ou um carneiro agachado para evacuar teriam deixado uma marca maior do que Steven em toda sua fúria.

Ele se levantou, abalado, debaixo do céu branco. A pá estava ali, onde ele a deixara cair há séculos, a caixa com o almoço e o mapa, jogados a uma distância próxima, artefatos estranhos que não faziam sentido para ele naquele nevoeiro de fim de mundo.

Virou-se para ir embora, mas não tinha ideia de onde estava. Três metros em todas as direções era o máximo de visibilidade para ele, e não havia nada adiante. Alguma coisa lá no fundo da sua mente de garoto comum evitou que ele saísse tropeçando cegamente naquele vazio serpenteante. Ele já ficara preso assim na charneca uma vez antes, envolto pelo nevoeiro e completamente perdido. Aquela brancura se infiltrava nele, até mesmo num dia ensolarado, com céu azul. Há dois anos ele se sentara ao lado de uma sepultura vazia por três horas, mergulhado numa total brancura, antes de o verão emergir e permitir que ele encontrasse o caminho de casa.

A lembrança trouxe Steven de volta para algo parecido com a normalidade e ele teve o bom senso de ficar onde estava.

Sentia frio, mas já sentira mais frio antes. Estava molhado, mas já estivera mais molhado. Não sentia fome, porém. Não estava ferido e, desde que não saísse caminhando como um idiota pelo nevoeiro, as coisas ficariam como estavam.

Lançou um olhar para baixo, na direção da pá, e ela lhe pareceu familiar novamente. Não uma coisa bonita, mas pelo menos era familiar.

A chuva caía de novo agora, e Steven levantou a caixa do almoço e colocou-a sobre a cabeça. A chuva caía amortecida pelas urzes, batia ruidosamente no seu crânio como se ele fosse um telhado de zinco.

Permanecer imóvel o deixaria com mais frio. Relutantemente, ele se inclinou e pegou a pá. Encontrou um lugar onde a primeira camada de terra já fora partida e meteu a ferramenta de novo ali. Foi um esforço meio desanimado, mas o próximo golpe com a pá foi melhor e, no quarto, Steven já voltara ao ritmo normal.

Quando o buraco já atingira a metade do planejado, Steven sabia que iria continuar sua busca, mesmo que o objetivo fosse meramente manter-se aquecido.

Cavar lhe dera um propósito na vida. Era um propósito pequeno, frágil, e não tinha muita probabilidade de terminar em outra coisa senão ir se afunilando até o nada.

Mas ter um propósito já era alguma coisa, não?

Uma vozinha malvada, vinda de algum lugar, importunava-o, dizendo que aquilo não significava nada. Que tudo não significava nada.

Mas Steven ouvia uma outra voz, mais forte. Ela não tinha respostas, apenas uma única pergunta, que o manteve cavando até bem depois que um despercebido sol surgiu no céu invisível.

Se tudo não significava nada, por que ele se importava tanto com aquilo?

13

— Steven! O café!
— Estou indo! — As mãos de Steven tremiam quando ele abriu a carta enviada pelo assassino em série.

> Caro SL,
> Obrigado por sua Grande carta.
> O tempo e a MaRé não esperam por ninguém.
> Sinceramente,
> AA

Steven virou a página com as mãos trêmulas e levantou-a contra a luz. Nada. O papel era de má qualidade e fino, e não havia qualquer impressão nele. Desligou a luz do banheiro, mas também não havia qualquer marca no verso da carta.

Cerrou as sobrancelhas. Que adiantava Avery lhe escrever de volta se ele não ia lhe ajudar? A caligrafia bonita e regular da carta anterior do assassino fora substituída por uma letra irregular, arranhada de forma apressada e descuidada sobre o papel, usando letras maiúsculas de maneira inadequada.

— STEVEN!

— JÁ VOU!

A partir de suas leituras, ele sabia que *serial killers* gostavam de se divertir jogando: primeiro com as vítimas e depois com a polícia. Apreciavam uma exibição. Até onde ele podia ver, era dessa forma que muitos deles eram apanhados. *Se* eram apanhados.

Talvez Avery simplesmente gostasse de receber cartas e o estava incitando a continuar escrevendo.

Mas então, certamente ele se esforçaria para atrair seu correspondente a lhe responder novamente?

Steven não conseguiu decifrar se elogiá-lo por "sua grande carta" era ou não um sarcasmo. Ele era o primeiro a admitir que a correspondência não fora lá grande coisa, mas, se Avery lera e entendera as pistas, então talvez pensasse que a carta era realmente muito boa. Talvez aquela coisa sobre o tempo e a maré significassem que Steven estava certo em fazer aquelas perguntas bem naquele momento. Mas, se Avery encontrara a pista, por que não respondera da mesma forma, com um mapa? Ou...

Steven saltou quando a porta do banheiro abriu-se repentinamente. Era sua mãe, o rosto vermelho pelo esforço de subir correndo a escada.

— Que diabo você está fazendo?

— Mãe! Eu estou no banheiro!

Lettie baixou os olhos para ele.

— Com a calça levantada? Há dez minutos que estou dizendo para você descer!

Ela percebeu a carta na mão esquerda dele.

— O que é isso?

Steven ficou ruborizado e dobrou a carta.

— Nada. — Ele olhou para a mãe e viu uma expressão de paciência resoluta surgir-lhe no rosto. Ela não ia deixar aquilo passar.

— Só uma carta.

— De quem?

Steve murchou sob o olhar da mãe.

— Me dá essa carta.

Ela estendeu a mão.

Steven não se mexeu, mas quando Lettie estendeu a mão e tomou a carta das mãos dele, ele não teve coragem de resistir.

Lettie abriu a carta e a leu. Ficou calada por mais tempo do que possivelmente levara para lê-la, e Steven levantou o olhar para ela, apreensivo. Lettie olhava para a carta como se ela contivesse instruções ocultas de como ela deveria reagir. Virou o papel um breve momento e Steven agradeceu que AA não tivesse desenhado um mapa no verso.

Depois do que pareceram séculos, Lettie de repente devolveu-lhe a carta.

— Desça imediatamente.

Steven ficou atônito. Seguiu-a pela escada, entrando na cozinha, onde uma tigela de cereal com leite o esperava.

A avó dobrou os braços e fuzilou-o com o olhar.

— Então, onde ele estava?

— Na privada.

Ela bufou, como se soubesse o que os garotos da idade dele faziam no banheiro, e isso tinha muito pouco a ver com o que qualquer pessoa decente estaria fazendo lá. Steven olhou para ela e ficou ruborizado ao simples pensamento de que a avó bufasse de novo, confirmando suas mais baixas expectativas.

— Ah, deixa ele pra lá, mamãe.

Steven ficou tão surpreendido que mordeu com força, dolorosamente, a concha da colher. Davey levantou o olhar de seu cereal, mas foi imediatamente intimidado a voltar a comê-lo pela carranca da avó.

O café da manhã decorreu em silêncio. Steven lavou sua tigela e colher e partiu para a escola com a carta do assassino no bolso.

Os garotos encapuzados alcançaram-no no portão da escola. Surgiram de repente, do nada, torcendo os braços de Steven para trás do seu corpo e empurrando sua cabeça para baixo, de modo que ele tropeçou e quase caiu. Vagamente ele ouviu Chantelle Cross dizendo "Deixe ele em paz", o que aumentava a humilhação da agressão.

— Pegue o dinheiro do almoço dele.

— Eu não tenho dinheiro para o almoço. Eu trago sanduíches.

— O que, pateta? — Um deles puxou a cabeça dele pelo cabelo, para que pudessem ouvi-lo, e outro lhe deu tapas, como se fosse um calouro de academia de polícia.

— Eu trago sanduíches — repetiu.

O garoto que segurava seu cabelo deu uma sacudida. Steven cerrou os dentes. Sentiu sua mochila tendo o zíper aberto e desequilibrou-se enquanto eles remexiam o conteúdo. Sentiu-se como um antílope sendo derrubado por cães selvagens, ao mesmo tempo em que a matilha começava a comê-lo vivo. Livros, papéis, canetas, tudo derrubado a seus pés enquanto rasgavam aquela coisa ainda com ele, ainda *parte* dele. Sentiu náuseas.

Subitamente, a lancheira estava debaixo de seu queixo, a tampa aberta para trás. Ele podia sentir o cheiro da pasta de atum e seus olhos arderam de indignação.

— Não tem *bolo*?

Todos riram, mas Steven ficou calado.

— Está com fome?

— Não!

— Ele está com fome.

Uma mão suja pegou um sanduíche e enfiou-o na boca de Steven. Ele tentou desviar a cabeça e manter a boca fechada, mas uma dor aguda na perna fez com que ele gritasse, e o sanduíche encheu sua boca como uma esponja com gosto de peixe, expandindo-se, sufocando-o.

Steven tossiu.

— *Que porra*, inferno!

O garoto com as mãos sujas limpou o pão molhado do rosto enquanto os outros dois gargalhavam.

— Não é nada engraçado, porra!

Ele jogou a caixa do almoço no rosto de Steven, a maçã batendo num olho, o outro sanduíche de pasta de atum forçando caminho por dentro do nariz e esmagando os lábios com as bordas da vasilha, uma *Tupperware* falsa, com uma dor surpreendente.

De repente, a lancheira caiu no chão e os três desapareceram, misturando-se com uma corrente de crianças com seus agasalhos pretos e vermelhos, enquanto a vaga figura de uma professora se dirigia para Steven.

Ele se encolheu enquanto o sangue voltava aos braços.

— Você está bem?

O sangue salgado escorria dentro da boca de Steven, vindo do lábio rachado.

— Estou, professora.

A Sra. O'Leary olhou para Steven. Ela sabia que ele era de uma das suas turmas, mas não conseguia de forma alguma recordar o nome dele. O garoto parecia um idiota. Estava com o rosto vermelho, grandes marcas roxas produzidas no corpo pelo pote de almoço. Metade de um sanduíche ainda estava grudado na sua testa e as bochechas estavam besuntadas de manteiga. Começava a aparecer uma mancha roxa em volta de um olho e ele cheirava a peixe. Foi isso que a fez lembrar-se dele. Ele era o garoto que cheirava a mofo. Qualquer simpatia que ela poderia ter por ele até aquele momento foi substituída por um certo nojo. Mofo e peixe. Ela falou com rispidez:

— Pegue suas coisas, Simon. Já tocou o sinal.

— Sim, professora.

Ela não o reconhecera.

Aquilo o atingiu bem fundo.

Ele era o garoto que escrevia cartas autênticas! *Minha avó engasgou com o seu filé! O Nintendo que você mandou foi o melhor presente que já recebi! Ganhei um troféu por ser o jogador de futebol mais educado!*

Steven imaginou, momentaneamente, se a professora O'Leary se lembraria dele se lhe dissesse que escrevera para um *serial killer* pedindo que o ajudasse a encontrar o cadáver de seu tio, morto ainda criança. Engoliu as palavras, tremendamente infeliz. Ela só se lembraria dele como um mentiroso de imaginação macabra. Ou pior: ela acreditaria e o mandaria parar com a correspondência. Era uma situação em que nunca poderia ganhar.

— Vamos, apresse-se, a campainha já tocou.

— Sim, professora.

Ela ficou parada perto de Steven, impaciente, enquanto ele pegava seus livros e papéis no asfalto sujo e molhado. Steven ficou contente de ver que os sanduíches haviam se desintegrado quase que inteiramente, evitando-lhe a vergonha de ter de reunir os pedaços. A maçã, que deixara seu olho roxo, rolara para a sarjeta, onde ficou para apodrecer.

Ele levou alguns minutos até encontrar a tampa da lancheira, que fora parar debaixo de um carro. Levantou-se de novo, os joelhos enlameados, vendo então a professora segurando a carta de Arnold Avery. Ele ficou gelado.

Obrigado por Sua Grande carta.

Steven permaneceu calado. O que poderia dizer? Ele ficou vendo o rosto dela esquadrinhar o pedaço úmido de papel, um pequeno cerrar de sobrancelhas aparecendo sobre os olhos.

A mente da professora girou lentamente, como os anéis de um cadeado de segredo enferrujado, e finalmente se encaixaram. Ela olhou para ele e Steven sentiu seu estômago contrair.

— Então você também escreve grandes cartas nas horas de lazer?

Por uma fração de segundo ele pensou ter ouvido mal. Mas não tinha. Sentiu o calor chegando à gola da camisa e subindo pelo rosto.

— Sim, professora.

Ela sorriu, aliviada por ter conseguido reunir algum interesse pelo garoto; precisava desses pequenos lembretes para achar que não estava desperdiçando sua vida como professora. Estendeu a carta para ele, que a pegou, hesitantemente.

— Corra agora, Simon!

— Sim, professora.

E ele correu.

Geografia.

Steven desenhou um mapa da África do Sul. Transferiu o desenho para seu caderno de exercícios e começou a assinalar as riquezas minerais. Ouro. Diamantes. Platina. Coisas exóticas. Ele bufou baixinho quando pensou nas riquezas naturais de seu país natal: estanho, argila e carvão eram as únicas coisas que jamais valeram a pena cavar naquele pequeno cume de uma montanha marinha chamada Grã-Bretanha.

Estanho, argila, carvão, e corpos. Corpos enterrados na terra, no solo, na relva. Corpos que adormeceram e morreram silenciosamente, corpos retalhados de pictos, celtas, saxões, romanos e Cabeças Redondas mortos pela espada na suave grama inglesa. E quando as indústrias de carvão, estanho e argila morreram, a indústria de corpos assumira seu papel. Agora os corpos de camponeses saxões eram estudados meticulosamente no horário nobre da TV quando emergiam com cuidadoso auxílio da terra. Um rude despertar após séculos de repouso escondido.

Corpos eram tanto uma riqueza mineral da Grã-Bretanha quanto o ouro era para a África. O império em declínio, reduzido a minúsculos alfinetes cor-de-rosa, tornara-se recolhido e introspectivo, cansado das conquistas e derrotado, descobrindo-se agora como um velho que se senta sozinho na sua mansão em ruínas e começa a telefonar para os números de um caderno de endereços muito maltratado, seus pensamentos indo de um curto futuro para um longo e negligenciado passado.

A Grã-Bretanha foi construída em cima desses corpos dos conquistados e dos conquistadores. Steven podia senti-los naquele momento na terra, debaixo das fundações, debaixo da escola, debaixo do chão da sala de aula, debaixo das pernas de sua cadeira e debaixo das solas de borracha de seu tênis.

Tantos corpos e ele queria apenas um. Não parecia pedir muito.

Enquanto comprimia cuidadosamente o grafite na página em branco, ele imaginava quantos desses antigos corpos estavam no solo por causa de *serial killers*. Quando o programa *Time Team*, do Canal 4, exumava fêmures e crânios do planeta que os continha, será que estavam contaminando uma cena do crime de 2 mil anos atrás? Será que o garoto saxão ou a garota Tudor eram vítimas? Dois de muitos? Será que os arqueólogos, daqui a cem anos, seriam capazes de fazer a ligação entre seis, oito, dez vítimas e dizer com certeza que elas haviam sido assassinadas? E assassinadas por uma mesma mão?

Arnold Avery fora condenado por seis assassinatos. Havia também o tio Billy. Mais... Quem sabia quantos mais? Quantos permaneciam escondidos em covas rasas? Quantos, no decorrer de toda a história? Será que ele esmagara seus ossos debaixo dos pés quando caminhava para casa? Será que seus crânios, sem olhos, o espreitavam quando ele explorava as velhas minas em Brendon Hills? Steven estremeceu e tirou o mapa do alinhamento. Enquanto cuidadosamente calcava Joanesburgo com Joanesburgo, mais uma vez...

— Ah!

As crianças em torno dele riram entre os dentes, e a Sra. James levantou o olhar dos testes que corrigia.

— Alguma coisa que queira compartilhar conosco?

Mas Steven usara o último fôlego para soltar a exclamação e ainda não conseguira controlar a respiração.

* * *

A linha que Steven copiou era ainda mais retorcida do que deveria ser. Suas mãos tremiam; todo o corpo palpitava numa mistura de empolgação e medo.

Ele empurrou o *Atlas de Estradas AA* para longe com tanta força que o livro escorregou da velha mesa de fórmica da cozinha e partiu a lombada quando caiu aberto no chão. Steven nem mesmo notou. Não era a primeira ocasião em que ele usava o atlas. Da outra vez, ele copiara o contorno da charneca de Exmoor numa folha de papel usada por artistas para mandar a Arnold Avery. Dessa vez, ele copiara o desenho em papel de decalque. A fronteira fora de novo marcada, assim como Shipcott.

A televisão ficava na sala da frente, mas Steven ainda olhou desconfiado para o corredor antes de abrir a carta de Avery, alisando-a em cima de mesa. Colocou o papel de decalque sobre a carta, com o "S" sobre o ponto que representava Shipcott. Seus ouvidos martelavam. Os pares de letras destacados, YG em "Your Great", "sua grande" em inglês, e TD em "TiDe", "maré" em inglês, ficavam ambos a nordeste de Shipcott, na direção de Dunkery Beacon.

Avery estava mostrando a ele as covas de Yasmin Gregory e Toby Dunstan.

Ele decifrara o código.

14

Lettie Lamb limpava a grande casa enquanto pensava no seu filho mais velho pela primeira vez em muito tempo.

É claro, ela pensava nele quase todo dia. Por que ele ainda não se levantara? Será que fizera o dever de casa? Onde estava a gravata dele? Mas fazia dias, semanas, talvez até mesmo meses, pensou ela com preocupação exagerada, envergonhada, que ela não pensava *nele*.

E, quase ao mesmo tempo que esse pensamento lhe ocorreu, ela tentou dominá-lo. Não podia pensar em Steven sem pensar em Davey, e não conseguia pensar em Davey sem o sentimento de culpa por saber que ele era seu favorito, e que nunca poderia sentir essa culpa sem pensar na mãe, a pobre Sra. Peters, e como ela amara tanto Billy.

Essa era uma rota bem desgastada, um túnel do tempo ligando as pessoas, de modo que, quando ela pensava em Steven, acabava pensando em Billy. Os dois eram tão intimamente relacionados na sua mente prática que se tornavam quase a mesma pessoa. Steven e Billy, Billy e Steven. O fato de que Steven estava, em termos de idade, tão perto de Billy quando ele desaparecera só servia para aumentar seus pecados. E, embora amasse o filho, ela precisava se lembrar desse fato constantemente, quando seu ressentimento e culpa por causa do irmão eram tão simbolicamente ligados ao próprio filho.

Lettie esfregou uma mancha d'água redonda sobre a mesa do corredor. Deu mostras de impaciência, como se aquele fosse *seu* precioso mogno.

Não era culpa dela. Todo mundo tinha um favorito, não? Era algo natural. E Davey seria o favorito de qualquer outra mãe. Era tão bonitinho e alegre, e dizia coisas engraçadas sem intenção de fazer graça. Por que ela deveria se sentir mal com esse sentimento? Como poderia evitá-lo? Steven não ajudava, com sua natureza reservada e seu cenho sempre fechado marcando o meio da testa lisa. Parecia permanentemente preocupado. Como se tivesse algo com que se preocupar!

Lettie sentiu aquela familiar pontada de raiva de Steven. Aquele merdinha insolente achava que carregava os problemas do mundo nos ombros! Era ela quem tinha de manter todos juntos; era ela quem esfregava os assoalhos de outras mulheres, de modo que Steven pudesse comprar seus doces no Golfinho Azul; era ela que tinha sido deixada para trás para criar dois filhos sozinha, não era? Não ele! Esses eram os dias mais felizes da vida dele, pelo amor de Deus!

A mancha redonda não saía. Honestamente, quanto mais as pessoas tinham, menos se preocupavam. Ela entrou na cozinha e abriu o armário onde guardava os alimentos. Estava abarrotado de comidas extremamente exóticas, algo além de sua compreensão. Tudo do Marks & Spencer. Ela mal reconhecia aquilo como alimento; na sua cabeça não havia conexão entre o que os Harrison mantinham na despensa e as refeições baratas, monótonas, que apareciam na mesa de Lettie.

"Sirva-se", dizia sempre a dona da casa. É claro, ela não se referia aos cogumelos selvagens, aos pasteizinhos ou à galinha a *crème fraîche*, com milho tenro e ervilhas doces. Ela se referia aos lanchinhos e biscoitos que mantinha no que chamava de armário das crianças. Lettie passara longos minutos procurando alguma coisa para comer naquele último armário, mas nunca reuniu coragem bastante para abrir os invólucros dos biscoitos de chocolate que mais pareciam um presente ou para rasgar o alumínio que envolvia os apetitosos aperitivos de queijo cheddar e salgadinhos apimentados. Em vez disso, ela pegava biscoitos recheados e os comia sobre a pia, para não deixar cair migalhas no chão.

Mas ela vira uma variedade de nozes na despensa: vidros com castanhas-do-pará, nozes comuns, amêndoas e nozes da Austrália. As castanhas-do-pará eram de qualidade tão boa que ela não conseguia nem mesmo achar uma quebrada; tinha que cortar uma ao meio.

Esfregou a metade da castanha na mancha redonda da mesinha, observando como ela ficava mais clara.

A carta que Steven recebera. Era por isso que estivera pensando nele. Ela sentia-se um pouco mal sobre o fato de ter lido a correspondência quando obviamente era tão particular, mas que se dane, chamara-o aos gritos durante 15 minutos! Será que ele não tinha ouvidos? As orelhas de Steven se projetavam em ângulos esquisitos, sempre vermelhas nas pontas, não como as de Davey, que eram aveludadas, bonitinhas.

A carta era curiosa. Ela queria perguntar a ele quem a enviara, mas no último segundo não fizera isso. Alguma parte pequena, adormecida, de sua mente lhe lembrara que quando tinha 12 anos ela conseguira que Neil Winstone escrevesse "Seu cabelo é bonito" nas costas de seu livro de exercícios de inglês, de modo que acabara contendo a língua.

Steven parecia jovem demais, alienado demais, *infeliz* demais — cacete!, para ter uma namorada. Mas era óbvio que ele escrevera pelo menos uma carta antes. *Obrigado por sua grande carta*. Lettie ficou imaginando o que seria considerado uma grande carta naqueles dias de mensagens de texto e e-mails. Mais do que duas linhas? Ortografia correta? Ou declarações de um amor eterno?

Ela não estava feliz com o filho. Era apenas mais uma coisa para se preocupar: quanto tempo demoraria para que a mãe de alguma vagabunda de 14 anos viesse bater à sua porta exigindo um teste de paternidade? Lettie franziu as sobrancelhas, vendo um futuro no qual ela e a mãe da garota se revezariam tomando conta do bebê enquanto a vagabunda tentasse em vão conseguir um diploma de curso secundário. Um futuro onde ela, Lettie Lamb, era uma avó com 34 anos. Subitamente, sentiu-se fraca e precisou se apoiar na mesa do corredor. Sentia um vórtex sugando-a na direção da morte, antes que tivesse tempo de viver uma vida adequada.

Quando fora a *sua* chance? Quando *ela* tivera uma chance? Como aquele merdinha tinha coragem de arruinar sua vida? De novo.

E então a culpa e a autocomiseração se uniram.

Seus olhos queimavam e ela enfiou com força o dorso das mãos sobre eles antes que as lágrimas estragassem sua maquiagem. Ainda tinha duas outras casas para limpar antes de pegar Davey na escola; não podia chegar em casa com a cara daquele jeito, arrastando todo mundo com ela para o buraco.

Respirou com força e esperou que aquela sensação maluca de tontura passasse.

Ainda segurava as duas metades da castanha-do-pará nas mãos. Arrebatada por um súbito sentimento de desafio, comeu ambas.

15

SL estava ficando impaciente. Arnold Avery sorriu preguiçosamente e levantou a carta mais uma vez à altura do rosto, deitado no catre cheio de calombos que o acordava dez vezes todas as noites com suas molas afiadas e instáveis.

A carta era de uma simplicidade zen.

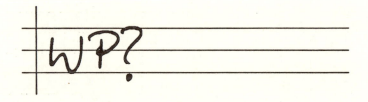

SL queria saber o que ele queria saber. Aquilo divertiu Avery. E também lhe trouxe uma informação. SL se achava muito inteligente mantendo sua identidade oculta, mas acabara deixando, desastrosamente, Avery conhecer o tipo de pessoa que ele era, ou pelo menos fazer boas conjecturas a respeito.

Para começar, pensou Avery, SL jamais estivera preso. Se tivesse sido, ele compreenderia que na prisão quase tudo acontece muito, muito devagar. Os dias passam vagarosamente, as noites ainda mais. O tempo entre o café da manhã e o almoço é um século; entre o almoço e o jantar, dez séculos; entre o apagar das luzes e o sono, uma eternidade. Desse modo, as seis ou sete semanas depois da primeira carta, um tempo que obviamente significava tanto para SL, não significava nada para Avery. Para ele, quanto mais se estendesse aquela correspondência mnemônica, melhor.

Ele ficara surpreso e um pouco desapontado pela fraqueza de seu correspondente. Ele pensara em SL como um intelectual do mesmo padrão que ele, Avery, mas agora percebia que era menos que isso, muito menos. Mostrar sua impaciência assim de modo tão descuidado era a marca de alguém que não ponderava apropriadamente as coisas.

Avery sentiu uma pontada ao se lembrar do dia em que ele esperara Mason Dingle voltar com as chaves do carro. Se pelo menos tivesse sido paciente. Se pelo menos a segunda criança não tivesse entrado no parquinho e subido num balanço perto dele. Se pelo menos ele tivesse conseguido se controlar.

De todos os pensamentos a respeito de sua carreira, Mason Dingle era o que o perseguia como uma catapora. Chegava sem ser convidada ou desejada uma, duas vezes por semana, e o fazia sentir-se idiota e fraco.

Agora ele era um homem diferente. Preso na sua tumba ressonante de pedra e ferro, compreendia o significado da paciência. A conversação educada que mantinha com o guarda Finlay só podia ser conseguida por meio de máxima paciência. Ficar parado na fila esperando a comida por quase uma hora, apenas para ver um macaco com um sorriso zombeteiro dizer que tudo que sobrara da lasanha fora uns pedaços queimados no fundo da panela, era algo que requeria paciência e controle.

Mas era tarde demais. A adaga que se torcia nas suas entranhas era que agora, finalmente, quando ele já dominara a paciência e o controle, ele não tinha nada sobre o que pudesse exercer esse domínio.

Era por isso que essa carta petulante, exigente, lhe deu mais prazer do que qualquer outra coisa desde a primeira e cuidadosa missiva de SL. Ela mostrava uma fissura na armadura dele. Uma revelação canhestra de desejo que deu a Avery algo que ele não sentia havia muito tempo. Aquilo lhe deu poder.

16

Arnold Avery não lhe respondera, e Steven sentiu a ausência da carta como algo físico. Às vezes, ele tinha uma coceira no ouvido ou na garganta. Entre o ouvido e a garganta. Independentemente do quão fundo ele metesse o dedo no ouvido, ou de quantas vezes fizesse um som áspero e rascante com a garganta, nada atingia aquele ponto que o fazia querer chorar de frustração. Não ter uma resposta de Avery era como uma coceira tão profunda dentro dele que o deixava com vontade de lançar-se ao chão, rolar e se contorcer como um cachorro cheio de pulgas, num ímpeto implacável de se coçar.

Fazia mais de quatro semanas e as urzes na charneca já haviam começado a florescer.

Steven era um garoto magro, mas aquelas semanas fizeram com que suas feições ficassem ainda mais marcadas. Pequenas olheiras escuras surgiram debaixo de seus olhos castanhos cansados. O vinco vertical, de sobrancelhas cerradas, inexistente no rosto de crianças, se aprofundava na sua testa.

E ele parou de cavar.

O pensamento o deixava com náuseas e fraco toda vez que ele olhava pela janela do banheiro para a charneca se estendendo atrás das casas. Essa sensação o esmagava, incomodava, assombrava, quando considerava seus ridículos esforços, e o perseguia por ele ter parado.

Estivera tão perto de descobrir a verdade com Arnold Avery que suas escavações ridículas na charneca pareciam cada vez mais risíveis.

Havia um homem que sabia onde o tio Billy estava enterrado. Steven fizera contato com ele.

Esse homem compreendera as regras que Steven criara para eles jogarem e aceitara o jogo.

E assim, Steven abrira mão de seu outro jogo, um jogo que não tinha outros jogadores, não tinha regras e tampouco uma perspectiva realista de ser vencido.

A admissão de que, sozinho, sua tarefa era sem esperança foi o momento mais chocante e doloroso do qual ele se lembrava na sua jovem vida. Aquilo o deixara desorientado e apático a um ponto que até mesmo Lettie notara.

— Não vai sair com Lewis hoje? — perguntou ela, finalmente, e ele, cabisbaixo, simplesmente negou com a cabeça.

Lettie não fez mais perguntas. Torceu para que aquele cenho mais fechado tivesse como causa uma briga com Lewis, e não por ela o ter repreendido hipoteticamente. *Obrigado por sua grande carta.* As palavras giravam inconfortavelmente na mente dela, perturbadoras demais para serem ditas, perturbadoras demais para serem esquecidas.

Ela esperava que a carta fosse de Lewis. Não tinha tempo para se preocupar com qualquer coisa além disso.

* * *

Agora, enquanto o restante da turma se revezava lendo individualmente uma página de *A Espada de Prata*, Steven cerrava as sobrancelhas à meia distância do quadro-negro e imaginava o que aconteceria se Arnold Avery nunca mais respondesse. Será que ele aceitaria isso e continuaria sua vida como antes? Na sua cabeça, Steven insistia que sim, mas imediatamente se ruborizava com a mentira que estava contando para si mesmo. A verdade era que ele passara a depender de Avery. Colocara cada esperança que tinha no anzol do jogo de gato e rato que os dois jogavam.

Pela milionésima vez na sua curta vida, Steven desejou ter alguém a quem confidenciar. Não Lewis, mas alguém mais velho, mais sábio, que lhe pudesse dizer onde e como ele errara e como consertar as coisas.

Ele se amaldiçoou em silêncio, usando hesitantemente a pior palavra que conhecia: "porra". Ele era uma porra de um idiota. De alguma forma, sua última carta enfurecera Avery de tal forma que o condenado pegara a bola e voltara para casa. E assim, como em uma sacudida, Steven lembrou-se de que a bola pertencia a Avery. Com uma sensação desalentadora, o garoto percebeu que, se quisesse continuar o jogo, caberia a ele fazer a oferta de serem amigos de novo, mesmo que isso não fosse verdade. A persistente teimosia que o mantivera naquela cansativa tarefa por três longos anos tornara-o avesso à ideia de fazer propostas de paz para o assassino que, com grande probabilidade, matara seu tio Billy.

Mas, como um rato treinado para se comportar pela aplicação de choques elétricos, a teimosia foi instantaneamente interrompida pelo horror de que possivelmente nunca viria a conhecer a verdade. A sacudida foi tão intensa que todo seu corpo entrou em espasmo e o pulso bateu na carteira produzindo um som alto, doloroso, trazendo-o de volta à sala de aula com estonteante velocidade.

— Lamb, seu epilético de merda!

Todo mundo riu, exceto a Sra. O'Leary, que censurou o encapuzado sem muita convicção, temerosa por não tê-lo expulsado da sala e até mesmo por tentar isso. Em contrapartida, mandou que ele lesse a página seguinte, e o garoto se animou e começou a leitura hesitantemente. Steven suspirou e enxugou o suor da testa. Sabia que não poderia mais seguir sozinho. Como acontecera na ocasião do "incidente com a mandíbula do carneiro", ele divisara uma pontinho de luz no fim do túnel, e sem a ajuda que somente Avery lhe podia dar, sabia que estava perdido na escuridão. Aquela não era uma fantasia momentânea, desencadeada por uma falsa esperança; era progresso real que fizera ao longo de meses de cuidadoso planejamento e execução. Avery era uma chance única. Steven sabia que se jogasse fora essa chance, nunca haveria outra. Ou teria que encerrar permanentemente a busca que dera significado a sua vida, ou então continuaria *ad nauseam*, possivelmente até se tornar um velho esfarrapado que remexia o lixo dos outros. A diferença é que teria a pá enferrujada do tio Jude como companhia em vez de um carrinho de compras roubado.

Steven suspirou ao perceber que não tinha escolha.

Ele não era um garoto que tinha muito do que se orgulhar, de modo que engolir um pouco do orgulho agora seria algo amargo, mas não impossível.

Assim como o tio Jude, descobrira o que queria e o único modo de obtê-lo.

Agora, da mesma forma que Davey, ele teria de ser amigo de Frankenstein.

17

Arnold Avery gostava de pensar nos bancos que construiu como passaportes para sua liberdade.

Desde o primeiro dia de seu encarceramento, Avery tivera um único objetivo em mente: ganhar a liberdade o mais cedo possível, dentro da lei.

A vida não era mais vida. O grito agressivo dos leitores do *Daily Mail*, por toda parte, era música suave para Arnold Avery. Quando foi preso, vira que a vida não significava vida, e ele se lembrava disso de novo na prisão em Cardiff. Ainda assim, se surpreendeu com a sensação de choque inesperado em suas entranhas quando o juiz realmente anunciou a sentença.

Na época em que foi transferido para Heavitree, porém, ele já decidira ser um prisioneiro-modelo, para poder ser libertado quando ainda tivesse cabelos e dentes que o permitissem falar. E enquanto ainda fosse jovem o bastante para se divertir.

Do jeito que ele achasse mais apropriado.

Enfim...

Os prisioneiros-modelo queriam ser reabilitados, de modo que Avery inscreveu-se em incontáveis aulas, oficinas e cursos no decorrer dos anos. Agora tinha diplomas variados, um de nível secundário em matemática, notas bem altas em inglês, artes e biologia, um conhecimento irregular de psiquiatria e um certificado de competência em primeiros socorros.

E tudo isso estava dando retorno. Dois anos antes sua primeira revisão de liberdade condicional aprovara sua transferência: da prisão de segurança máxima de Heavitree para a de Longmoor, em Dartmoor. Até mesmo ele ficara surpreso. Tinha esperança, mas nunca realmente imaginara que sua devoção aparente ao processo de reabilitação conseguiria o objetivo desejado. Foi chocante, realmente, pensou ele na época. Se não fosse quem era, teria ficado nas nuvens. É claro, uma recomendação de que ele não iria escapar de uma prisão de segurança mais baixa não era a mesma coisa que uma comissão de liberdade condicional aprovar realmente sua libertação depois de vinte anos encarcerado. Mas já era um excelente começo.

Comparada com Heavitree, Longmoor era uma acampamento de férias. A unidade de isolamento fora pintada recentemente, os guardas eram claramente menos opressivos e até as oportunidades para exercer atividades de reintegração eram melhores, de modo que ele fez um curso de bombeiro hidráulico também.

Porém, o que realmente o surpreendeu foi a própria aptidão para a carpintaria.

Avery descobriu que amava tudo que se referia à madeira. O cheiro seco da serragem, a quentura macia da textura, a transformação quase alquímica de tábuas em mesas, tábuas em cadeiras, tábuas em bancos. Mais do que tudo, amava as horas que podia gastar lixando e modelando, fazendo pouco uso do cérebro, o que lhe deixava tempo livre para pensar ao mesmo tempo que ganhava pontos para a sua reabilitação, para a liberdade condicional e para o nirvana.

Nos dois anos que Arnold Avery se dedicara à carpintaria, fizera seis bancos. Seu primeiro foi um de dois lugares, desajeitado, com juntas de cavilha; sua obra mais recente foi um bonito banco de três assentos, 1,8m, com pés chanfrados, encosto recurvado adaptado ao corpo e entalhes no formato rabo de andorinha, quase invisíveis.

Agora, enquanto trabalhava no seu sétimo banco, lixando com paciência, Avery deixou a mente devanear suavemente para Exmoor.

Ele quase podia sentir o cheiro da charneca. O solo rico, úmido e a fragrância das urzes combinada com um leve cheiro de esterco de gado, pôneis e carneiros.

Pensou primeiro em Dundery Beacon, onde todas as suas fantasias se encontravam, antes de se espalharem como gavinhas ósseas pelas colinas ao redor. De lá, ele quase que podia identificar as covas individuais, não por meio dos lascivos desenhos da imprensa, mas por lembranças reais. As lembranças que o haviam sustentado durante todo seu período de aprisionamento e que ainda tinham o poder de alimentar suas fantasias noturnas. Bastava esse pensamento para fazer sua boca encher de saliva, que ele engolia sonoramente.

Dartmoor era bem diferente. Aquela charneca era cinzenta, endurecida e resistente à escavação por causa do granito que fazia calombos debaixo do solo e que frequentemente irrompia na fina pele da terra, apontando sinistramente para o céu baixo.

A própria prisão era uma extensão da pedra: cinzenta, inexpressiva, feia.

Havia poucas urzes em Dartmoor, apenas tojos espinhentos e relva amarela cortada como ovelhas tosquiadas. Não havia uma beleza suave ou uma névoa arroxeada.

Dartmoor não era Exmoor, mas ainda assim Avery gostaria de observar a mudança das estações de sua janela estreita.

Sua vista, porém, fora bloqueada por ordem do psiquiatra da prisão. O Dr. Leaver acreditava, de acordo com uma teoria própria, que até mesmo o contato visual com as charnecas seria contraproducente para suas tentativas de purificar a psique de Avery.

A bile lhe subia à garganta juntamente com o ódio e a fúria que ele agora reservava exclusivamente ao Dr. Leaver e ao Sr. Finlay.

Espantava-o pensar que Leaver não compreendesse que aquilo era Dartmoor e que o lugar não continha qualquer coisa que o atraísse, a não ser um passageiro interesse estético. O fato de ambos os locais serem charnecas, aparentemente, era razão suficiente para Leaver, um homem cadavérico com os seus 50 anos, decretar o bloqueio da janela mesmo nos meses de verão, o que deixava Avery deprimido e desanimado.

A verdade era que Leaver estava parcialmente certo e isso era uma terrível armadilha psicológica para Avery. Embora o psiquiatra estivesse enganado em pensar que o prisioneiro dava um valor excessivo à vista da charneca, Avery só poderia convencê-lo disso revelando-lhe a verdadeira importância que dava a qualquer ideia, vista ou simples menção à charneca de Exmoor, a prima menor, mais gentil e bonita de Dartmoor, na costa norte da península.

Se Leaver, ou qualquer outra pessoa, tivesse a mínima ideia de que a simples menção da palavra "Exmoor" proporcionava a Avery uma ereção que durava um dia inteiro, seus já escassos privilégios teriam sido suspensos mais depressa do que Guy Fawkes com o pescoço envolvido por uma corda.

Ele nunca matara um adulto, mas sabia que poderia matar o psiquiatra. O ego monstruoso do homem era alimentado pelo poder que detinha sobre os internos que tratava. Avery não tinha empatia, mas reconheceu o próprio senso de superioridade em Leaver cinco minutos depois de começar sua primeira sessão. Era como olhar o próprio reflexo em um espelho.

Ele sabia que o médico era inteligente. Sabia que Leaver gostava de mostrar isso, especialmente em um ambiente onde tinha todo o direito de se sentir assim. Afinal de contas, qualquer prisioneiro que fosse mais inteligente do que Leaver tinha, pelo menos, que reconhecer que eles haviam sido muito estúpidos em deixar que fossem pegos.

Avery não fazia objeções com relação aos alardes de intelectualidade do médico. Um homem que tivesse um talento deveria usá-lo; um atleta jogando futebol, um malabarista fazendo malabarismos, um homem inteligente mostrando ser mais inteligente que os outros. Era uma coisa darwiniana.

Na presença de Leaver, Avery era um homem inteligente que tinha lampejos de conexão intelectual que o colocavam em um patamar acima do prisioneiro brigão de bar e arrombador de pouca habilidade. Inteligente o bastante para despertar o interesse de Leaver, mas *nunca* inteligente demais a ponto de alertá-lo ou ameaçar seu ego.

Ele pedia aconselhamento ao médico e sempre acatava as decisões dele, mesmo que isso produzisse um efeito adverso para si próprio. O bloqueio de sua janela era um exemplo. Quando Leaver sugerira que aquilo poderia ajudá-lo, Avery controlou seu impulso de rasgar a garganta do homem com os dentes; em vez disso, comprimiu os lábios e balançou a cabeça vagarosamente, como se estivesse examinando a ideia de cada ângulo possível, com as melhores intenções. Depois, suspirara para mostrar que era uma necessidade lamentável, mas, de qualquer forma, uma necessidade.

Leaver sorrira e fizera uma anotação que Avery sabia que o traria para mais perto da vida real, que o esperava além daqueles muros.

Os bancos foram um outro degrau na escada para a liberdade. Mas eram também uma coisa prazerosa de se fazer. E tinham a imensa atração adicional das plaquetas com os nomes...

Avery bateu na madeira com as mãos secas e pegou uma plaqueta de metal brilhante, com um orifício para parafuso em cada canto.

— Posso pegar uma chave de fenda, seu guarda?

Andy Ralph lançou um olhar desconfiado, como se ele já não houvesse usado aquela ferramenta milhares de vezes antes, sem sair por ali desembestado, e entregou a Avery a chave de fenda modelo Phillips.

— De ponta chata, guarda Ralph.

Ralph pegou de volta a chave Phillips e lhe deu a de cabeça achatada, olhando-o ainda mais desconfiado.

Avery o ignorou. Idiota.

Olhou para a plaqueta na sua mão e sorriu ao se lembrar da cena do que fora a sua mais poderosa incursão de poder desde seu encarceramento... Até as cartas de SL.

— Ouvi dizer que você está fazendo bancos, Arnold.
— Estou sim, Dr. Leaver.
— Está gostando?

— É bom. Eu gosto do trabalho. É muito gratificante.

— Bom, bom. — Leaver balançou a cabeça sabiamente, como se fosse o próprio responsável pelo aumento do quociente de satisfação do prisioneiro.

— A questão é que... — começou Avery, depois parou e lambeu os lábios de maneira nervosa.

— O que é? — disse Leaver, subitamente interessado.

— Eu estava pensando.

— Em quê?

Avery se arrumou na cadeira e estalou os dedos, a figura de um homem se debatendo num grande dilema. Leaver fitou-o calmamente. Tinha todo tempo do mundo.

— Eu estava pensando... — Avery baixou o tom de voz para quase um sussurro e começou a encarar os próprios sapatos pretos gastos, enquanto continuava, hesitante: — Eu estava pensando que talvez pudesse pôr uma pequena plaqueta de metal nos bancos. Não naquele primeiro que ficou uma porcaria, mas em alguns dos outros. Os bons.

— Sim?

Avery passou um palito de fósforo debaixo das unhas, embora elas já estivessem limpas.

— Com nomes nelas.

Sua voz desapareceu num murmúrio. Ele não ousou levantar os olhos para o psiquiatra, que agora se inclinara para a frente do seu assento, tentando dar a impressão de que participava de uma conspiração. Avery conhecia aquela jogada.

— Nomes?

— Os... Nomes...

Avery pôde apenas balançar a cabeça, mudo, olhando para o próprio colo e esperando que Leaver estivesse imaginando que os olhos do assassino estavam cheios de lágrimas e que entendera o que Avery tentava dizer.

Leaver colocou o corpo ereto de novo, fazendo barulho com a tampa de sua caneta Parker.

Avery passou a manga pelo rosto abaixado, sabendo que aquilo ajudava a criar a impressão de um homem mergulhado num inferno pessoal, e Leaver caiu no engodo, engolindo o anzol com linha e tudo.

O retardado de merda.

Avery aparafusou a plaqueta de metal no melhor banco construído por ele até então e se afastou um pouco para admirar o trabalho.

Em memória de Luke Dewberry, de 10 anos.

Ah, seus bancos eram efetivamente seu passaporte de saída dali. Mas eram também passaportes para um prazer antes inimaginável, enquanto estivesse preso àquele buraco infernal e cruel.

Agora seus bancos ornamentavam o pátio e caminhos que já evidenciavam o trabalho dos prisioneiros, com seus infalíveis canteiros de flores e cerquinhas bem arrumadas. E toda vez que tinha permissão de sair para se exercitar, Avery ia direto para um deles.

Outros prisioneiros também faziam bancos e começavam agora a pôr pequenas placas neles, a maioria com nomes de seus filhos, amantes ou mães.

Mas Avery não tinha interesse em sentar nos outros bancos. Ele deleitava-se com a plaqueta *Em memória de Milly Lewis-Crupp*; apertava, com o polegar que deixara sujo para aquela ocasião, a plaqueta *John Elliot, de 7 anos*. Numa memorável tarde, ele se esfregara diretamente contra o encosto de um banco enquanto olhava fixamente para as palavras no metal: *Em memória de Louise Leverett*.

Ao mesmo tempo, uma grande parte dele saboreava a deliciosa ironia. Avery era inteligente demais para mostrar a Leaver como era inteligente.

Ou como tinha raiva.

Ou como ficava desesperado esperando receber notícias de SL.

A despeito de seu recém-descoberto controle e paciência, Avery não podia evitar o pensamento se fizera a coisa certa ao não responder à última carta exigente de SL.

Durante as duas primeiras semanas após o lacônico recebimento "WP?", ele gostou de saber que SL esperava por algo que ele, Arnold Avery, não lhe estava dando. Isso trouxera satisfação e sensação de poder a Avery, que ficara energizado com a experiência.

As duas semanas seguintes foram mais difíceis. Embora sua autossatisfação continuasse até certo ponto, também sentia falta de ficar esperando uma resposta de SL para uma carta que ele poderia ter enviado, mas não o fizera. Precisava lembrar a si próprio que estava agindo da maneira certa. Contudo, sua força de vontade vacilava, e ele começou a pensar se SL não desistira. As pessoas não tinham poder estático, era essa a sua preocupação. Ele tinha esse poder, mas era uma exceção. SL ficara impaciente, de modo que talvez também estivesse com raiva, frustrado ou apenas cansado do jogo. O pensamento de que SL poderia não perceber que ele agora deveria fazer uma concessão para acalmar Avery o deixava apavorado.

A primeira comunicação de SL havia inaugurado os quatro meses mais interessantes de todo o encarceramento de Avery, e não estava disposto a aceitar o final da correspondência. Cada carta fora um lembrete de seus tempos áureos, e todo mundo gosta de ser lembrado de seu melhor momento, raciocinou ele.

A quinta semana da moratória unilateral de Avery trouxe desânimo. SL era durão. O assassino passava horas acordado durante as noites, preocupado. Ele tinha amarga saudade das noites que haviam se tornado oásis de prazer desde que a primeira carta de SL lhe permitira examinar suas lembranças com detalhes frescos, de uma maneira que pensava ter perdido há muito tempo. Mas agora ele estava ali deitado, acordado, incapaz de recuperar aqueles sentimentos mais baixos, em vez de se afligir com coisas muito práticas como a falta de confiabilidade do serviço postal, ou o pensamento de que SL talvez tivesse imaginado a correspondência como um ardil doentio, na intenção de produzir nele, Avery, o sofrimento que ele agora experimentava.

Foi esse último pensamento que finalmente fez surgir em Avery a raiva que o mantinha forte. A raiva era um sentimento ao qual ele raramente se entregara desde sua prisão. Sabia que era contraproducente para a vida dentro daqueles muros, que requeria resignação antes de tudo.

Resignação tinha sido sua constante companhia durante anos, nunca deixando que sua raiva contra Finlay ou Leaver irrompesse na superfície, embora ele pudesse senti-la fervendo nas entranhas sempre que via um dos dois.

Agora, na cela mergulhada em escuridão, que nem mesmo permitia a entrada da claridade da lua crescente, Avery adicionou SL a sua curta, mas profunda, lista de odiados, e resolveu que seu antigo correspondente não receberia nada da parte dele. Nem uma palavra, nem um símbolo, nem um pedaço de papel higiênico cuidadosamente dobrado, sujo de merda, até que ele pedisse desculpas.

Fazia cinco semanas e quatro dias da última carta de SL, quando ele recebeu a seguinte.

DESCULPE

Avery sorriu. Fora mais uma concessão do que um pedido de desculpas, mas servia. SL aprendera a lição e percebera que não estava no controle da situação, e que Avery deveria, dali em diante, ser tratado com a devida consideração. Com aquela única palavra, ele reconhecera o poder de Avery.

Então, o condenado sentou-se e ficou pensando em qual a melhor maneira de usar aquele poder.

18

Se Arnold Avery soubesse como Steven lutara para escrever aquela única palavra, teria dado mais valor a ela.

Uma vez que reconhecera sua ofensa e a necessidade de fazer as pazes, Steven escrevera umas dez cartas, mas não enviara nenhuma. Elas iam desde uma litania de razões pelas quais ele estava tão desesperado por respostas, passando por um bajulador pedido de orientação, até um raivoso discurso contra o caráter inflexível do prisioneiro.

MINHA AVÓ É UMA VELHA RABUGENTA, MAS NÃO É CULPA DELA.

TUDO SERIA MUITO MELHOR SE EU TIVESSE O CORPO DE BILLY.

> ESTOU EXAUSTO, VOCÊ PODE ME AJUDAR, POR FAVOR, POR FAVOR, POR FAVOR?
>
> COMO VOCÊ SE SENTIRIA SE EU FIZESSE ISSO COM VOCÊ?

E ele continuara por aí. Uma montanha-russa de emoções que durara semanas e que o deixaram mentalmente doente e tonto de raiva com os pedidos. Em resumo, ele percebera que foi muito mais difícil engolir o pouco de orgulho que tinha do que pensara a princípio.

Afinal, seguindo a brevidade que trouxera o gênio de "Sinceramente", ele escreveu apenas "Desculpe", esperando que Avery achasse, na palavra, qualquer motivação subjacente que melhor servisse ao propósito de Steven. Ele não podia fazer menos do que isso, mas não estava preparado para fazer mais.

Outra semana se passou, durante a qual Lewis afirmou que Chantelle Cox estava caidinha por ele.

Não era a primeira vez que seu amigo estava convencido do poder da própria atração sexual. No verão anterior, Lewis lhe contara casualmente que Melanie Spark deixara que ele tocasse o seio dela. Steven ficara atônito, e foi apenas sua cuidadosa e insistente sondagem que revelou que o toque fora por cima de um casaquinho de malha e uma blusa, na verdade muito mais em uma costela do que no seio. Por sua ousadia, a caprichosa Melanie imediatamente dera uma cotovelada na garganta de Lewis. Quando Steven sugeriu, hesitantemente, que talvez, apenas talvez, Melaine Spark não fora uma participante ativa no episódio, Lewis simplesmente sorrira para ele, com uma expressão de pena, e revelara que as mulheres sempre mudam de ideia sobre sexo, que eram conhecidas por isso.

Mas aparentemente Chantelle Cox não mudara de ideia, ou pelo menos Lewis não tinha hematomas recentes indicando que isso acontecera.

— Eu e Lalo éramos os atiradores de elite, e ela correu para trás do telheiro e eu fui atrás dela...

— Onde estava Lalo?

— Ele ficou muito assustado. Da última vez que perseguiu Chantelle naquele lugar, ela bateu nele com a mangueira. Mas eu dei a volta porque sabia que meu pai usara a mangueira para lavar o carro ontem, e ela estava na frente da casa. Então Chantelle ficou parada ali e eu atirei nela, mas ela não caiu por causa do esterco, entende?

Steven entendia. Ele já "morrera" algumas vezes no esterco atrás do telheiro nos fundos da casa de Lewis.

— Então eu disse: "Se você não cair, vou te fazer prisioneira." Ela respondeu que tudo bem, então eu pus os braços dela atrás das costas e amarrei com minha jaqueta!

Steven assentiu com a cabeça. Ele também já fora amarrado com a jaqueta de Lewis em algumas ocasiões. Não machucava e não era difícil se livrar dela.

— E então ela me beijou, bem na boca.

— Ela beijou você?

— Ela me beijou.

— E teve língua?

— Língua? — Lewis pareceu intrigado.

— Claro — disse Steven. — Ela pôs a língua na sua boca? Uma expressão passou rapidamente pelo rosto de Lewis.

— Que nojo!

Steven ficou ruborizado. Em algum lugar ele ouvira dizer que era isso que as garotas faziam, mas agora, aturdido com a instantânea desaprovação de Lewis, ele não conseguia se lembrar onde ouvira aquilo e se a fonte era confiável. Sua natural deferência para o amigo em todas as coisas do mundo era parte integral da amizade, e agora ele sentia que não apenas saíra da linha, mas que também entrara em um terreno minado. Precisava voltar rapidamente a pisar de novo em terreno firme.

Ele deu de ombros, com uma expressão de quem sente muito. Lewis lançou-lhe um olhar mal-humorado.

— Você tocou o peito dela também? — Steven achou que dar a Lewis a oportunidade de contar vantagem seria sua trilha para voltar à terra firme, e ele não se enganou.

Lewis olhou-o embasbacado, depois balançou a cabeça entusiasticamente.

— Sim, os dois peitos. Ao mesmo tempo. Tive até uma ereção.

Steven sabia que aquilo era mentira. Bem, nem tudo. Ele tinha certeza de que Chantelle Cox beijara e fora beijada por Lewis. Mas ele sempre conseguia dizer quando Lewis abandonava o próprio caminho e se perdia de forma acidental e desastrosa no campo minado das mentiras. Um pequeno lampejo passageiro nos olhos dele precedia qualquer desvio desse tipo, como se seu olho interior estivesse rastreando o horizonte atrás de possíveis armadilhas na sua iminente desonestidade. Steven sempre deixava passar. Era como a metade boa do sanduíche. De que adiantava discutir?

Num súbito impulso de maturidade pouco familiar, ele lembrou que exatamente na semana anterior se desculpara com um assassino compulsivo da vida real. Permitir que Lewis tivesse uma ereção imaginária atrás do telheiro do jardim parecia insignificante em comparação.

Além disso, beijar Chantelle Cox *era* algo para se gabar. Ela não era assim tão bonita, até mesmo pouco masculinizada, mas definitivamente tinha seios pequenos, embora nunca os usasse para provocar os garotos como Alison Lovacott fazia. Aparentemente Steve ouvira dizer que Alison Lovacott mostrara os seios para John Cubby na fila do almoço. Era difícil acreditar no boato, mas se isso acontecera com alguém, definitivamente fora com John Cubby, que havia sido o capitão do time de futebol sub-16 e era, claramente, o garoto mais bonito da escola.

Isso lembrou Steven que fora de John Cubby que ele entreouvira a conversa sobre as línguas e que, portanto, aquilo praticamente era verdade. Agora já era tarde demais, ele recuara de sua posição. Mas o pensamento de Chantelle Cox pondo a língua na boca de Steven não lhe trazia nojo. De fato, a ideia produziu um pequeno estremecimento no seu corpo, coisa não muito desagradável. Ele ficou ruborizado. Talvez ele não fosse normal. Do modo que Arnold Avery não era normal. Ele cerrou as sobrancelhas, perturbado por esse pensamento, e desejou que ele nunca houvesse lhe ocorrido.

— O que há com você? — Lewis olhava para ele com expressão intrigada.

— Nada. — Ele se sobressaltou e levantou o olhar, vendo que já haviam quase chegado à casa de Lewis.

Eles se despediram e Steven foi para casa sozinho.

Sorriu para a avó na janela, mas ela apenas apertou os lábios para ele, como se houvesse agido mal simplesmente por estar chegando em casa da escola.

Davey espalhara cada brinquedo que possuía no corredor atrás da porta da frente. Alguma coisa fez ruído de quebrar sob o pé de Steven e ele entrou e olhou para baixo, vendo uma pedrinha cor-de-rosa partida. Deu um pontapé na coisa, que saiu deslizando na direção do rodapé.

— Steven? — A voz da mãe soou tensa e ele ficou ali parado, imóvel, imaginando se poderia voltar para a porta da frente e sair sem que ela percebesse.

— Ele acabou de entrar. — O tom da avó estava carregado de malícia...

— O que foi? — Steven não pôde evitar a preocupação na sua voz.

— Quer vir até aqui, por favor?

Ele levantou o olhar e viu que a avó fora até a porta da frente para apreciar seus passos duros até a guilhotina da cozinha.

A mãe estava sentada à mesa da cozinha segurando uma carta enviada por Arnold Avery.

Steven sentiu a bexiga se contrair de terror e quase dobrou o corpo, esforçando-se para evitar urinar nas calças. Era a repetição da estação espacial do Lego.

Lettie lançou-lhe um olhar frio.

— Você recebeu uma carta.

Ele não conseguia encontrar palavras. Não conseguia lembrar como se fazia isso. Sentiu que a nuca alfinetava e queimava. Sua vida acabara.

Lettie baixou os olhos para a carta e limpou a garganta.

— Se você mandasse uma foto seria bom — leu.

— Uma foto! Que nojo! — A avó estava de pé atrás dele. Então ela o empurrou para o lado, de modo que pudesse ir até Lettie, e depois tentou tirar a carta das mãos da filha, mas ela não deixou.

— Tudo bem, mãe. Está tudo sob controle.

A avó resfolegou. Eles todos conheciam o som. Significava que ela não concordava.

Enquanto a atenção das duas se concentrava momentaneamente em outra coisa, Steven lançou um breve olhar para o envelope marrom. Como antes, não havia nada nele que indicasse sua origem. Ele sabia que o papel de anotações que Avery usava não tinha o emblema da prisão. Era um papel barato, de caderno escolar. Poderia ter vindo de qualquer lugar. Avery sempre escrevia o número de sua prisão no alto da página, mas, fora do contexto, aquilo não tinha qualquer significado.

O fato de o envelope e o papel de anotações serem anônimos deu esperança a Steven, e a esperança deu-lhe coragem.

— Posso ler a carta?

Lettie e a avó o encararam como se ele tivesse pedido novas cuecas feitas de puro ouro.

— É minha, não é?

Ele chegou até a injetar uma pequena dose de raiva em suas palavras e, de repente, Lettie estava em desvantagem. Ela abrira uma correspondência que não lhe pertencia. Quaisquer que fossem as circunstâncias, a ação era difícil de justificar.

Mas ela tentou.

— Pode ser sua carta, Steven, mas se for de uma garota, então o problema é meu também. Tenho o direito de saber se você está prestes a transar com uma garota e me arranjar um bebê para eu tomar conta. Compreende?

A mente de Steven correu para acompanhar a trilha que sua mãe vinha seguindo há muito tempo. Finalmente, depois de uma agonia de confusão mental que o fez querer enfiar um pouco de bom senso em si próprio, ele chegou lá. A mãe achava que a carta era de uma garota. Uma namorada secreta. Uma namorada com a qual ele poderia inclusive estar transando.

Steven quase riu alto. Estava tão longe de transar com uma garota que nem mesmo tinha certeza se a questão das línguas era verdadeira ou uma piada maldosa. O mais próximo que ele estivera de fazer sexo fora ouvir as fantasias de Lewis sobre peitos e ereções.

Se Steven Lamb fosse o garoto que era no começo da primavera, ele *teria* rido alto. Mas o Steven Lamb que escrevera para um assassino compulsivo numa busca secreta por um cadáver viu a oportunidade e aproveitou-a.

Ele estendeu a mão com firmeza, mas normalmente.

— Eu não posso saber de quem é até ler a carta, não é?

Seu tom calmo e a crescente sensação de culpa de Lettie fizeram com que ela lhe entregasse a correspondência, mesmo com a avó rilhando os dentes atrás dela.

Steven só precisou de um rápido olhar.

Se você manDasse uma foto seria Bom

Era tudo que a carta continha. Nem mesmo as iniciais de Avery. Nada que o incriminasse. Nada que ele compreendesse na hora, mas que iria compreender depois. Tinha certeza de que compreenderia. O D e o B estavam escritos em letras maiúsculas, mas as iniciais DB não significavam nada para ele à primeira vista. O nome de nenhuma das vítimas começava com DB. Não importava; ele vira a carta. Compreendera o código. Iria decifrá-lo.

E, o que era mais importante, a mãe nunca compreenderia.

— Essa carta é daquela tal de AA.

Com uma frieza que o fez questionar sua própria honestidade, Steven deu de ombros.

— É só uma garota, mãe.

— Uma garota querendo uma foto sua! — Lettie tentava recuperar sua suspeita e raiva, mas a franqueza do filho fizera murchar seu ímpeto.

Ele apenas deu de ombros de novo, ao mesmo tempo que metia a carta no envelope e o colocava no bolso de trás de sua calça preta da escola.

— Não é minha culpa se sou bonito.

A balança poderia ter pendido para qualquer lado, mas, para variar, pendeu para o lado dele. O rosto de Lettie relaxou e ela sorriu, depois deslizou os braços em torno da cintura dele, enquanto ele se retorcia para não ser beijado no rosto.

Ele ganhou essa batalha e ambos riram enquanto a avó se afastava na direção da pia, não sem que antes Steven visse a expressão dela relaxar com a tirada dele, e, por um único e passageiro momento, Steven se lembrou por que estava cavando.

Por isso.

Por momentos como aquele, quando um lembrete de que um dia eles poderiam ser uma família de verdade irrompia de repente através da crosta de dor, ressentimento e pobreza, deixando-o feliz e machucado, tudo ao mesmo tempo.

Ele parou de se debater e deixou a mãe abraçá-lo de uma forma que não fazia há muitos anos, permitindo-se relaxar a cabeça no ombro dela enquanto ela lhe dava tapinhas nas costas, como faria com um bebê cansado.

— Você vai ter cuidado, não é, Steven?

— É claro, mamãe.

— Eu só fico preocupada de você sair magoado.

— Eu sei. Vou tomar cuidado.

— Pergunte a ele se está tomando precauções — disse a avó, que voltara à rigidez original mais rapidamente do que ele jamais julgara possível.

Lettie largou-o e fez uma cara de desaprovação para a mãe. O momento passara e Steven endireitou o corpo, um pouco relutantemente.

— Não fique olhando para mim dessa maneira, mocinha. Eu desejaria ter feito isso com você e então você não teria... — Ela parou de falar, mas meneou a cabeça ameaçadoramente para o neto.

Ele enrubesceu, em parte por causa da raiva que sentia da avó, e a mãe deslizou a mão em torno dele.

— Você sabe como se proteger, não é, Steven?

— Mãe! — Ele corou de vergonha, mas uma pequena parte dele se sentiu envaidecida com o fato de sua mãe e sua avó considerarem a possibilidade de que Steven Lamb podia ser tão desejado por alguém, em um momento indeterminado do futuro, a ponto de fazer sexo com esse alguém.

Era um pouco elogioso.

Mas, de resto, aquilo apenas o deixou embaraçado.

Ele se afastou da mãe, sentindo o calor subir à cabeça em ondas.

Mas viu a preocupação nos olhos de Lettie e, como ela o abraçou, deu uma resposta evasiva.

— Não se preocupe, mamãe.

— Não me traga preocupações, está bem?

Ele balançou a cabeça e se afastou, embora pudesse ver pela expressão no rosto da avó que ela achava que ele se safara facilmente demais.

Subiu as escadas de dois em dois degraus. Era fácil, bastava esticar-se um pouco, mas Lewis tentara e não conseguira, de modo que Steven imaginou que o amigo poderia muito bem praticar o exercício se achasse que valia a pena. O esforço o deixou sem fôlego ao chegar no andar de cima.

DB. DB. Nenhuma das crianças tinha essas iniciais. Será que Avery estava lhe revelando um outro crime?

Chegando ao quarto, ele examinou a carta cuidadosamente à luz embaçada que entrava pela janela. Não havia outras marcas que pudesse ver. Pegou o mapa da charneca de Exmoor que usara para sua correspondência com Avery e estudou-o. As letras não estavam posicionadas em qualquer lugar em particular no pedaço de papel. Steven não se preocupou em tentar alinhá-los com nada.

Se você manDasse uma foto seria Bom.

Avery queria uma foto de DB. Mas quem era DB?

Três noites mais tarde, Steven acordou de repente com a resposta.

Podia senti-la nas entranhas.

DB não era um "quem", mas sim um "o quê".

Era o ponto mais alto da charneca, perto do local onde haviam sido encontrados todos os corpos.

Arnold Avery queria uma foto de Dunkery Beacon.

19

Steven levou bem mais de uma hora para caminhar até Dunkery Beacon, mesmo que estivesse andando mais depressa por não levar a pá.

A pá.

Agora que parara de cavar, o simples pensamento da palavra "pá" o fazia se encolher com a culpa do fracasso em potencial.

Mas ele caminhava mais depressa sem ela, permitindo que seus braços oscilassem livremente, ganhando ritmo e um ligeiro suor ao batalhar ladeira acima, sempre ladeira acima, na charneca. Ele nem mesmo se preocupara em trazer sanduíches, apenas uma garrafa d'água e uma câmera que se avolumavam nos bolsos do velho anoraque.

A câmera pertencia a Davey e era um objeto barato e descartável de um conjunto de três que ele ganhara no aniversário. A primeira câmera o irmão gastara fotografando pés, tetos e pessoas, todas borradas. A segunda, ele deixara cair no banho enquanto registrava a épica batalha naval de um herói contra uma praga de seres alienígenas sob a forma de bolhas coloridas de sais para banho. Davey percebera tarde demais que as cápsulas coloridas derretiam-se na água quente, deixando apenas uma fina camada branca de óleo, um pedaço de substância gelatinosa que parecia goma de fruta, e ele, Davey, exposto à ira da mãe, sempre racionando itens que considerava um luxo. Em pânico, deixara cair a câmera.

A terceira ficara acumulando poeira no peitoril da janela até a chegada da carta de Avery, quando então Steven furtou-a sem remorso.

Ele precisava da câmera, Davey não.

Dunkery Beacon não era apenas o ponto mais alto de Exmoor, mas também o mais frio, pensou Steven enquanto o vento fazia chicotear seu anoraque barato em torno do corpo, açoitando dolorosamente suas pernas com o zíper metálico. Ele o puxou para cima a fim de evitar se machucar mais.

Como ela era basicamente a única coisa para se olhar, com exceção da paisagem inexistente, Steven examinou rapidamente a placa que comemorava a doação do Beacon, uma área de notável beleza natural, à nação, em 1935. Os nomes dos benfeitores estavam gravados na pedra e ele não pôde evitar soltar um suspiro. Deveriam ver no que a tal beleza se transformara, pensou.

De Exmoor se podia frequentemente ter uma vista do canal Bristol e, às vezes, dos faróis Brecon, levantando-se do outro lado do canal, na terra estrangeira de Gales. Porém, naquele dia, o céu branco com seu relevo de nuvens cinzentas fugitivas deixava o horizonte indistinto e vazio. Ele se virou e olhou de volta para a trilha grosseira que o levara até ali, àquele pequeno trecho plano de cascalho, que fazia as vezes de um estacionamento. Havia dois carros no local. Não era uma coisa incomum, as pessoas gostavam da paisagem, mas felizmente as pessoas também gostavam de caminhar, e ninguém podia apreciar ambas as coisas a menos que saíssem dos carros.

Steven olhou ao redor, mas não viu ninguém. Era espantosa a rapidez com que as pessoas podiam desaparecer nas aparentemente descaracterizadas colinas de Exmoor.

Dunkery Beacon não era inteiramente assim. Aqui e ali haviam saliências de pedras de antigos montículos funerários. Enquanto fazia vagarosamente um círculo, ele tirou do bolso a câmera de plástico azul, imaginando qual seria o melhor ângulo.

Tudo muito rápido, ele sabia, e sentiu-se mal com esse pensamento.

Avery queria o ângulo que mostrasse a melhor vista da área de Dunkery Beacon, onde enterrara os corpos.

Steven não pensara nos corpos enquanto subia até ali, mas então percebeu que estava parado a 500 metros de três das covas rasas.

Yasmin Gregory.

Louise Leverett.

John Elliot.

Com um sentimento constrangedor de voyeurismo, ele esquadrinhou o terreno ao redor para ver se achava qualquer evidência, mesmo depois de tantos anos, das escavações feitas durante a busca pelos corpos das crianças. Os montículos funerários, marcos que denotavam respeito e honra, tornaram-se meros panos de fundo enquanto sua memória trazia à tona três conjuntos de iniciais desenhadas em caneta esferográfica vermelha no tojo batido pelo vento, e seu olhar de assassino fazia covas rasas na relva, cicatrizes nas urzes. Mas seu intelecto de garoto comum voltou a predominar. Já se passara muito tempo. A relva, o tojo e as urzes já teriam crescido agora, recolonizando o solo exposto, suavizando as feridas ásperas, abertas, de pequenas famílias e de toda a nação. Ele sabia que não havia nada para ver, a menos que a pessoa soubesse exatamente em que ponto olhar, e mesmo assim a imaginação teria que suprir as lacunas.

E então Steven imaginou, olhando através da ocular suja da câmera para uma parte da charneca que, pelo que ele supunha, continha uma das covas, e depois acionou o obturador. A coisa parecia ter terminado bem rápido e facilmente, considerando a longa caminhada em aclive até ali, de modo que se moveu um pouco para o lado e acionou o obturador de novo, antes de descer de volta do Beacon.

Ao cruzar o estacionamento, Steven lançou um olhar despreocupado para os carros. Algumas vezes as pessoas deixavam os cachorros dentro dos veículos em dias quentes. Steven sonhava em achar um cachorro preso numa situação dessas e ser forçado a quebrar o vidro para resgatar o animal, e depois levá-lo para casa, certo de que salvara o bicho de pessoas idiotas, que não mereciam ter um animal.

Mas aquele dia não estava quente, e a maioria das pessoas que trouxeram cachorros para Exmoor chegou lá com o propósito expresso de passear com eles, não deixá-los no carro. Steven suspirou e percebeu que teria de morar perto de um supermercado para ter uma chance decente de transformar sua fantasia em realidade, embora não houvesse supermercados em Shipcott.

Ele se virou e olhou de volta para o Beacon, marrom e feio debaixo de um céu ameaçador.

O ângulo da luz fazia os antigos montículos funerários se destacarem muito mais vistos dali de baixo. O que parecia plano visto do cume sobressaía em relevo visto do estacionamento. Ali, ele pensou, poderia tirar uma fotografia melhor.

Então, com os dedos dormentes por causa do frio, Steven tirou a câmera do bolso mais uma vez, apontando para cima, para o terreno em aclive, e disparou o obturador.

Depois, se virou e começou a voltar para casa.

Steven já alcançara a bifurcação da trilha que o levaria de volta, descendo até Shipcott, quando viu os encapuzados vindos na sua direção, as cabeças baixas enquanto enfrentavam a dura marcha de subida na íngreme colina, vindos do vilarejo.

Steven estacou. Olhou em torno rapidamente como se uma rocha ou um arbusto pudessem, subitamente, emergir da charneca sem quase nenhum traço marcante, oferecendo-lhe um lugar para se esconder. Ele sabia que não adiantava. Sabia que podia fugir das vistas dos garotos bem ali, entre as urzes que cresceram ao lado da trilha. Ele e Lewis costumavam se esconder dessa forma do cachorro idiota do amigo, Bunny, quando ele ainda era vivo. Esperavam até que Bunny partisse atrás de um coelho e então se lançavam entre os arbustos e assobiavam. Davam risadas abafadas, olhavam furtivamente e sussurravam, ouvindo o cão, um cruzamento de labrador, fuçando na charneca ao seu redor, e sempre levavam um choque quando o animal finalmente os encontrava, com o grande focinho úmido, a língua balançando para fora da boca e os latidos agitados.

Mas essa era a visão de um cachorro.

Steven sabia que se ele deitasse entre as urzes agora, quando os encapuzados chegassem a 3 metros dele, veriam sua forma achatada se destacando entre as flores, como um avestruz estúpido que esconde a cabeça na areia, e então ele seria humilhado, perseguido e espancado.

Durante um momento ele apenas ficou ali, parado, esperando que um dos garotos ofegantes levantasse o olhar para a trilha em frente e o visse, enquanto decidia a melhor forma de correr.

A câmera.

O pensamento simplesmente surgiu na sua mente. Se o pegassem, levariam a câmera. Ou a quebrariam.

Rapidamente ele puxou-a do bolso, escolheu um lugar e deixou-a cair entre as urzes. Tentou gravar a localização no seu cérebro. Duas urzes rosa claro com um tojo entre elas, perto daquela pedra em forma de feijãozinho.

Levantou os olhos para os encapuzados no momento exato em que um deles olhou para cima e o viu, e percebeu que deixar a câmera no chão o fizera perder a vantagem que tanto precisava para se virar e correr.

Num segundo os três estavam em cima dele.

— Lamb — disse o mais alto deles.

Ele não respondeu e os três ficaram momentaneamente indecisos sobre o que fazer com ele.

— Você tem algum dinheiro?

— Não.

Mas, sem ligar para o que ele dissera, as mãos ásperas e rudes, revistaram-no, puxando seus bolsos para fora e jogando a garrafa d'água na trilha rochosa, onde o plástico vazio fez um barulho característico. Acharam 34 centavos no bolso da calça e a carta de Arnold Avery dobrada no bolso de trás.

O menor dos garotos deu um empurrão no peito de Steven, fazendo com que ele recuasse, ainda que estivessem num aclive.

— Você disse que não tinha dinheiro.

Ele deu de ombros. O garoto mais alto desdobrou a carta.
— *Se você mandasse uma foto seria bom*. O que isso quer dizer?
— Nada.

O garoto alto lançou um olhar penetrante para Steven e para a carta, decidindo se dava ou não importância àquilo. Por fim, simplesmente rasgou a carta em pedacinhos e espalhou-os por cima das urzes. O garoto menor empurrou-o de novo, dessa vez no ombro. Ele podia sentir que os três estavam loucos para que ele revidasse, querendo um desafio que justificasse as próprias ações. Quando Steven não reagiu, o garoto do meio puxou o anoraque de seus ombros, querendo arrancá-lo. Dessa vez ele reagiu, dobrando os cotovelos para prender o anoraque.

— Me dê isso aí, seu imbecil.

Steven não confiou na própria voz. Não queria contar aos encapuzados que, se ele chegasse em casa sem o anoraque, sua mãe iria ficar maluca. Era um casaco velho e não completamente impermeável, mas ele sabia que a peça ainda não estava no fim de sua vida útil, até onde lhe cabia decidir. Não conseguiria dizer a ela que o anoraque fora roubado, pois ela iria se queixar com os pais dos encapuzados, e aí é que sua vida viraria um inferno. Mas o pensamento de ter que dizer a ela que esquecera a peça na charneca ou a perdera na escola subitamente encheu seus olhos de lágrimas quentes, enquanto o garoto do meio puxava com mais força a peça de roupa, satisfeito por Steven estar resistindo.

Steven mordeu o lábio para conter as súplicas enquanto o insistente movimento do encapuzado que puxava o anoraque pelo braço o fez perder o equilíbrio e cair para o lado. Imediatamente o garoto do meio viu uma abertura e o empurrou naquela direção, fazendo-o ajoelhar-se num tojo espinhento. Seu pulso direito torceu ao se prender no punho da roupa, momentaneamente aguentando todo o seu peso enquanto ele caía, e depois não resistiu, libertando-o e o fazendo cair de lado.

Ele sentiu as cerdas espinhentas penetrarem no braço, no rosto e até mesmo através do agasalho e da calça jeans; jogou a cabeça para cima para proteger o rosto, e ouviu os encapuzados rirem.

— Peguem o tênis dele.

A raiva que começara a surgir em Steven quando o garoto pegara seu anoraque fez com que ele, agora, desse pontapés enquanto os garotos tentavam tirar seus tênis. Eram novos, presente do último Natal. Sua mãe ficava zangada quando ele chegava com os calçados enlameados; iria matá-lo se ele chegasse sem eles.

Os garotos agarraram suas pernas que se debatiam e ele curvou o pé, num esforço para conservar o tênis esquerdo, mas ele também foi arrancado.

Suas lágrimas agora eram de impotência furiosa. Queria matar os três; queria puxá-los pelas orelhas e dar uma joelhada naqueles rostos risonhos; queria pegar uma pedra em forma de feijãozinho e bater com ela naquelas bocas que riam até que seus dentes virassem cacos quebrados e ensanguentados.

Em vez disso chorou enquanto os encapuzados tiravam seu tênis direito e iam embora aos risos.

Ele esperou e continuou chorando, encolhendo-se pela dor dos espinhos do tojo que o feriam, mas amedrontado demais para segui-los de perto.

Finalmente Steven se levantou, tomando o caminho de volta pela trilha. Uma de suas meias fora puxada até metade do seu pé. Eram suas meias favoritas; sua avó tricotara para ele no aniversário de dois anos atrás, e ele as conservava para ocasiões especiais, para não gastá-las. De algodão cinza e reforçadas, com a dobra do pé bem-feita, que a avó chamava de calcanhar francês, elas tinham forma própria, como as meias que se vê em desenhos animados. Quando as ganhou elas eram grandes para ele, mas agora já estavam apertadas, porém ainda assim ele as usava em ocasiões especiais. Aquele dia era uma ocasião especial por causa da fotografia de Dunkery Beacon. Agora ele se lembraria da data por outras razões também. Começou a chorar de novo, tornando difícil a tarefa de encontrar a pedra com formato de feijãozinho através das lágrimas, mas conseguiu achá-la, por fim. Depois disso, começou a descer a trilha. Foi uma caminhada lenta e dolorosa. Quando chegou à escadinha da cerca que levava pelos fundos das casas até a rua, as meias já estavam cheias de buracos.

— Como assim, perdeu? — Lettie ainda não estava furiosa, mas já estava chegando lá, e Steven sabia que isso aconteceria em pouco tempo.
— Desculpe.
— Como é que você pode perder o seu anoraque e seus tênis? E não sabe dizer onde.
— E arruinar as meias — falou a avó, fazendo coro. — Levei semanas para tricotar essas meias, mesmo com a minha artrite. Você não dá valor a nada.
— Eu gostava *muito* delas! — disse ele, zangado por a avó não pensar assim. Será que ela não vira como ele as guardava para ocasiões especiais? Esse pensamento o fez começar a chorar de novo, e parte de sua mente suspirou, deprimida, ao pensar nisso. Já estava cansado de chorar por aquele dia; mal podia acreditar que ainda havia mais choro dentro dele.

— Steven está chorando, mamãe! — falou Davey, intrigado.

— Vá se foder, Davey — exclamou ele.

— Como você tem *coragem* de usar essa palavra nesta casa?

Lettie deu-lhe um tapa na nuca, não com força, mas de qualquer maneira aturdindo-o e chocando a todos, o que provocou um terrível e palpitante silêncio.

Sua mãe *nunca* lhe batia no rosto ou na cabeça. Ocasionalmente, ela lhe acertava nos braços e nas pernas com um cinto, mas a cabeça era território proibido numa compreensão tácita de que apenas bêbados e inquilinos de prédios da prefeitura batiam em seus filhos assim.

Steven queria pedir desculpas. Queria muito fazer isso. Queria que a mãe o abraçasse de novo, do modo que fizera no outro dia. Queria descansar a cabeça no ombro dela e voltar a ser um bebê, sem se preocupar com meias, tênis, anoraque, os encapuzados, a pá, cadáveres ou assassinos compulsivos. Queria se recolher à sua cama, tomar um copo de leite quente com açúcar, e ter alguém cantarolando para ele dormir enquanto recebia cafunés no cabelo.

Ele estava cansado da sua vida.

Mas ela batera na cabeça dele.

Portanto, em vez de pedir desculpas, ele gritou:

— Vá se foder você também! — E depois passou correndo pela mãe, foi para cima e fechou a porta do quarto com tanta força que ela subiu a escada batendo os pés nos degraus, num acesso de fúria.

Ele sabia que se excedera.

Se não tivesse ficado com tanta raiva, Lettie teria visto como ele estava amedrontado, parado junto à cama, os olhos arregalados, as mãos estendidas diante do corpo, em atitude de rendição, incerto se ela ainda tinha algum controle.

— Mamãe, desculpe!

Mas era tarde demais. Ela deu outro tapa na cabeça dele, e depois outro, e bateu nos braços, mãos e orelhas, até que finalmente choveram tapas e socos fracos, com os punhos fechados, nas costas dele, enquanto ele se encolhia por cima da cama, a cabeça entre os cotovelos.

Foi o berreiro histérico de Davey que fez Lettie recobrar o juízo, por fim. Ela pegou o filho favorito nos braços e acalmou-o com suavidade.

— Veja como perturbou Davey! — gritou ela para Steven, a voz aguda com o sentimento de culpa. — Agora desça para o chá.

— Não quero nenhum chá. — A voz dele foi abafada pela colcha.

— Muito bem — disse Lettie, levantando Davey mais alto e colocando-o na cintura. — Então, não tome nada.

Steven ouviu-os saindo e descendo a escada. Ele ouviu a voz de Lettie, baixa e gentil para com Davey, e uma parte dele compreendia que ela estava tentando compensar o que fizera, mesmo que não diretamente com ele, Steven.

Ele fungou, se coçou e começou a sentir as partes do corpo onde o anel da mãe o atingira, na orelha esquerda, no pulso esquerdo e na omoplata, causando um vergão. Levou o dedo à orelha e encontrou um pequeno ponto sangrando. Os ouvidos também zumbiam um pouco e a maçã do rosto direito queimava por um tapa recebido. Ele subiu na cama, virou-se para a parede e encolheu-se um pouco mais, como uma bola. Abraçou-se a si mesmo, subitamente sentindo frio, mas sem querer entrar debaixo das cobertas de novo.

O toque de algo suave no ombro espantou-o. A avó pegara a colcha atrás dele e a estendera sobre ele. Ele cruzou o olhar com o dela rapidamente, mas ela logo se empertigou e virou-se para sair.

— Vovó!

Steven esperava que ela se virasse e olhasse de volta, como acontecia nos filmes, mas ela continuou andando, desaparecendo no corredor.

A voz dele soou áspera com o choro, mas, de qualquer forma, ele falou, como se ela o estivesse ouvindo; como se ela se importasse:

— Eu guardava as meias para ocasiões especiais. Eu gostava muito delas.

Steven pensou ter ouvido a avó fazer uma pausa no alto da escada, mas não teve certeza.

20

As fotografias ficaram uma droga.

As que ele tirou na parte mais alta de Dunkery Beacon estavam embaçadas pela trepidação do vento, e na foto feita no estacionamento aparecia a lateral de um carro no lado esquerdo do enquadramento.

Mas, devido ao fato de ele ter gastado todo o dinheiro mandando revelar o filme, e porque a última foto estava pelo menos bem focada, Steven a escolheu para enviar a Arnold Avery.

21

O guarda Ryan Finlay gostava de confiscar fotografias enviadas aos prisioneiros, e aquele dia não era exceção.

Geralmente as fotos eram embaçadas, retratos feios das esposas ou namoradas dos prisioneiros deitadas em camas desarrumadas, usando peças de *lingerie* que não combinavam. Em algumas ocasiões, elas incluíam sem querer algum detalhe doméstico que destruía qualquer fantasia duvidosa que pretendiam oferecer. Um gato malhado; uma criança suja olhando pelas barras de um berço; caixas de pedaços de galinha frita no chão do quarto de dormir.

Às vezes os prisioneiros recebiam as fotos, às vezes não. Quanto a isso, Ryan Finlay era Deus.

Nudez total implicava em confisco imediato, assim como qualquer ato lascivo ou simulação nesse sentido. Essas fotos deveriam ser destruídas, e se a esposa do prisioneiro fosse feia, elas passavam de mão em mão na cantina dos guardas, acompanhadas de comentários depreciativos, para depois serem eliminadas. No caso de censura, o prisioneiro em questão recebia apenas uma etiqueta na carta com a observação "conteúdo confiscado".

Sean Ellis nunca recebera uma carta sem uma etiqueta assim. Sua esposa era tão excitante e desinibida que as fotos que ela frequentemente mandava constituíam a maior parte da coleção pessoal de Ryan Finlay, e o ladrão de bancos que atirara no rosto de dois caixas numa pequena filial do Barclays, em Gloucestershire, provavelmente já esquecera completamente como sua esposa era debaixo da sóbria capa impermeável bege que ela usava para visitá-lo. Ellis nunca se queixou, e isso fazia com que Finlay e os outros guardas rissem. O pobre imbecil provavelmente pensava que a patroa estava mandando fotos do cachorro vira-lata da família.

Hoje Finlay e seu colega Andy Ralph estavam sentados à mesa de fórmica na sala do correio, abrindo despreocupadamente os envelopes endereçados aos prisioneiros.

— O que você acha? — E Ralph levantou uma foto de um envelope recém-aberto. Mostrava uma pequena garota loura sem os dentes da frente, acalentando um gato manso junto ao peito.

— Para quem é?

Ralph olhou para o envelope.

— Karim Abdullahai.

Finlay balançou a cabeça.

— Aquele tarado negro como um ás de espadas. Essa daí não deve ser parente dele.

Ralph, cuja própria pele era de uma tonalidade um pouco mais clara do que carvão, jogou a foto de lado e pôs uma etiqueta na carta, sem fazer comentários.

A foto da esposa de Ellis era relativamente pudica naquele dia, o rosto pálido enquanto ela levantava um corpete azul-claro para expor os seios perfeitos.

— Meu Deus, olha esses peitões aqui.

Ralph deu uma olhada e sorriu.

— Uma dupla do caralho.

Finlay suspirou. Já fazia anos desde a última vez que tivera nas mãos um par daqueles, tão firme. Ele teria necessitado de uma caixa de papelão para transportar os peitos esticados e enrugados de sua Rose.

A foto não era muito lasciva e, se fosse de outra esposa ou namorada, Finlay a teria deixado passar sem hesitação, mas ele não podia deixar que Ellis percebesse que todas as fotos jamais vistas poderiam muito bem ser parecidas com aquela e começasse a criar um inferno, de modo que colou uma etiqueta na carta que acompanhava a foto e colocou a imagem no bolso.

Eles trabalharam em silêncio por alguns minutos, esforçando-se para ler as cartas quase ilegíveis, separando fotos e pequenos presentes, como seis lâminas de barbear de segurança, uma dezena de camisinhas, *Origami para principiantes*.

Ralph deu um rápido olhar para a foto de uma garota ruiva segurando uma caixa de pizza, e leu a carta que a acompanhava, "... *De noite eu penso em você me cumendo por traz...*"

Ele suspirou.

— Não sabe nem escrever "comendo" e "trás".

Usou a caneta preta do censor para corrigir as palavras antes de colocar a carta na pilha de entregas, e depois pegou a correspondência seguinte, endereçada a Arnold Avery.

Não havia carta e a foto mal tirada quase não mereceu uma olhada mais séria. Certamente não precisava permissão de Finlay, o oficial superior. Andy Ralph era bem capaz de discernir o que era lascivo, o que era excitante e o que era fetichista. Ele não necessitava de ninguém para lhe dizer que uma foto de um carro e uma colina chuvosa não se encaixava em nenhum daqueles padrões. Muito menos Ryan Finlay.

O branquelo safado e racista.

Ao ver a foto, Arnold Avery achou que ia desmaiar. Pensou que desabaria com a mera descarga erótica provocada por ela. Quis imediatamente chorar por ainda não ser noite nem estar escuro, mesmo que sua cela estivesse sempre numa penumbra por causa das tábuas que tampavam a janela. Bem, Leaver poderia ter bloqueado a vista de uma charneca através das barras, mas ele tinha na sua mão a vista de outra que o agradava ainda mais.

Seu olhar de assassino identificara imediatamente o lugar. Yasmin Gregory. Lá estava ela. Ou estivera até algum tempo depois de sua prisão, quando as equipes de peritos forenses entraram em cena e Exmoor começara a revelar seus segredos sinistros. Não lhe haviam permitido voltar à charneca, nem mesmo para apontar o local dos corpos. Eles sabiam muito bem que era isso que ele queria: ter mais uma oportunidade de sentir, entre os dedos, o solo contendo os corpos, mais um olhar para as covas sujas que ele cavara entre as urzes. Cruelmente, eles lhe negaram isso, até mesmo quando por fim desistiram de buscar mais vítimas. Mas eles não podiam apagar suas lembranças. Não puderam na época, e não podiam agora, como se elas fossem espirradas sobre ele como um bálsamo picante.

Ele estacionara naquele lugar, perto de onde estava o carro na foto tirada por SL. Ele subira com YG a estreita trilha na direção do cume da colina arredondada. Podia senti-la agora, leve em seus braços, e se lembrar de como ela se sentira debaixo dele, quando ainda estava quente e machucada.

Sacudiu-se todo, como um cachorro. Não agora! Não agora! Aquela era uma sensação muito boa, muito intensa para ser desperdiçada à luz do dia. Precisava parar de olhar para a foto. Tinha de fazer algo para se distrair até o apagar das luzes.

Enfiou a foto debaixo do travesseiro e abriu o livro que estava lendo. Era um bom livro, *The Black Echo*, e até a chegada da foto de SL a obra o estava interessando muito. Isso tinha passado. Agora o livro não tinha mais interesse, e umas dez vezes durante a hora seguinte Avery teve de colocá-lo de lado e meter uma mão debaixo do travesseiro para tocar a foto.

O almoço lhe deu um pequeno alívio, embora sua perna balançasse nervosamente durante a refeição.

A tarde se arrastou horrivelmente; o jantar trouxe outro rápido consolo. As luzes se apagaram às dez e meia, mas duas horas antes Avery tirou a foto debaixo do travesseiro e examinou-a novamente, guardando-a para quando estivesse sozinho no escuro.

Avery calculou que SL usara uma câmera barata. Tudo parecia estar em foco, ao mesmo tempo; qualquer pessoa, até alguém não muito competente, usando uma câmera melhor, teria ajustado a distância focal para deixar o fundo indistinto e salientar Dunkery Beacon. A despeito disso, seus olhos eram atraídos inexoravelmente para o trecho de terreno onde YG estivera, entre dois montículos funerários que se destacavam das urzes de cada lado da cova, a cerca de três quartos do aclive até o cume.

Emoção e lembranças envolveram Avery.

O dia estivera claro, não cinzento como na foto. O céu era de um azul puro e havia muita gente caminhando por ali, de modo que Avery tivera de esperar até depois do pôr do sol para que seu carro ficasse sozinho no estacionamento de cascalho e ele pudesse tirar o corpo de Yasmin da mala e carregá-la para o lugar de seu repouso final.

Sentiu como se uma faca afiada revolvesse suas entranhas enquanto pensava nela sendo levada do lugar que havia preparado, e enterrada em outro local que ele não escolhera. Pior, num lugar que ele não conhecia. Ele estava certo de que a localização da nova cova da menina fora anunciada nos jornais, mas essas notícias não lhe foram mostradas. Tudo que ele guardara de Yasmin Gregory eram lembranças. E aquela fotografia.

E ele poderia ter visto a cova de John Elliot também se SL não houvesse bloqueado a vista com aquele carro idiota. JE não era seu favorito. O menino mijara nele. Avery estremeceu com a lembrança. Os olhos apertados, quase fechados, seu nariz escorrendo desesperadas bolhas de meleca porque não conseguia mais respirar pela boca. Aquilo fora bastante ruim no momento, mas então, um pouco antes de ele matar o menino, sua bexiga cedera de puro terror, deixando a urina molhar a boa calça de Avery. Ele fizera o menino pagar por isso, mas teve de jogar a roupa fora, junto com os sapatos, que não haviam sido baratos. O pensamento dos fluidos do menino neles revoltou seu estômago. Mesmo agora, aquele pensamento lhe trazia arrepios.

Avery afastou a lembrança; estava estragando o momento. Voltou sua atenção de novo para a fotografia. Sim, o carro bloqueava a vista. Era algo ruim. Outra coisa que revelava que SL não era fotógrafo era o enquadramento ruim.

Pela primeira vez desde que recebera a foto, Avery voltou seu olhar penetrante para o carro, como se pudesse ver através dele o trecho da charneca, atrás.

Tudo que podia ver do carro era o para-lama da frente, o espelho retrovisor e parte da porta. O veículo era azul-escuro e

Avery não conseguiu identificar a marca, apenas estava em seu caminho, o que o enfurecia.

Não era de sua natureza se sentir enganado, e enganado era exatamente como ele se sentia. Olhou raivosamente para o veículo, projetando sua fúria que não podia ser perfeitamente percebida por seus olhos, atraídos inexoravelmente para a cova de Yasmin Gregory.

E então os olhos de Avery se arregalaram e ele trouxe a foto para mais perto do rosto, de modo que quase tocava seu nariz.

Um único arquejo, agudo, escapou de seu peito e então sua respiração parou completamente.

Se não tivesse ficado obcecado pelo carro, ele poderia nunca ter visto aquilo! Um rio de gelo correu por sua espinha quando pensou no que deixara de notar.

Bem nítido no espelho retrovisor havia um pequeno, mas bem focado, reflexo do fotógrafo.

E, embora a imagem fosse minúscula, tudo mudou para Avery naquele momento. A sensação de poder ver Exmoor novamente se tornou secundária perto da espantosa e sufocante excitação que o varreu instantaneamente como um tsunami, algo muito familiar que encheu sua virilha de sangue e sua boca de saliva.

SL era um menino.

O pensamento rodopiava e adernava loucamente em torno de sua cabeça, como um fogo de artifício numa pequena sala.

Um menino.

Apenas um menino.

Seus olhos ardiam e o coração disparado martelava nos ouvidos enquanto ele olhava fixamente para a imagem, a respiração suspensa.

Um menino. Talvez 10 ou 11 anos. Magro. Cabelo escuro revolto pelo vento. Calça jeans, tênis brancos sujos. A imagem era pequena e o rosto obscurecido pela câmera... Mas se havia uma forma que o cérebro de Arnold Avery estava condicionado a reconhecer era a forma de uma criança.

Ele aspirou fortemente com o lamento estremecedor de um desejo intenso.

SL era um menino.

Um menino que lhe mostrara possibilidades.

Um menino que lhe dera poder.

Um menino que, inserindo inteligentemente a própria imagem na foto até então inocente de Dunkery Beacon, entregara a Arnold Avery o mais claro dos convites...

22

O tio Jude voltou.

Num dia eles eram apenas quatro e no dia seguinte, cinco.

Steven estava no seu quarto lutando com 3x-5y e todas as suas intrigantes variações quando ouviu um ruído na entrada e a voz do tio perguntar:

— Como vai a horta?

Steven olhou em volta com uma expressão de surpresa que rapidamente tentou esconder. Não era legal parecer feliz demais ao ver alguém.

— Os tomates estão uma porcaria — disse ele, indiferente —, mas as batatas estão ótimas.

— Bem, qualquer idiota pode cultivar batatas. Veja os irlandeses. — Ele sorriu.

— Você é irlandês!

— É por isso que eu sei.

Ele entrou no quarto, mexendo nas coisas de Davey, o sorriso sempre no rosto, e Steven percebeu que o tio não tentava esconder como estava feliz em vê-lo, e ficou com vergonha de não ter feito isso. Balançou as pernas para fora da cama e lançou os braços em torno da cintura do tio, sentindo as mãos daquele homem grande nas suas costas dando-lhe pequenas pancadinhas, dizendo "oi" depois de tanto tempo.

Um súbito impulso de contar tudo ao tio Jude apossou-se dele como uma loucura.

Deixar o tio assumir as decisões; deixar o tio visitar Arnold Avery na prisão e conseguir a localização do corpo; deixar o tio desenterrar Billy e ficar com a glória. Steven não se importava mais, só queria acabar com aquela provação.

Ele abriu a boca...

— Estou vendo que o carrinho de sua avó ainda está firme.

Steven balançou a cabeça, subitamente inseguro da própria voz.

— Vi sua avó andando com ele por aí. Toda satisfeita.

Steven hesitou e depois balançou a cabeça. Ele não queria estragar aquele assunto tão bom. Sabia que o tio Jude não estava apenas querendo ser simpático. A avó amava o carrinho e o levava consigo mesmo quando não ia fazer compras. Seus quadris já fraquejavam e agora o robusto carrinho era também um meio de ela se apoiar, naquele andar estranho, bamboleante.

— Estou vendo como você está alto.

— É mesmo. Todas as minhas calças estão muito curtas.

— Eu ouvi dizer que calças pescando siri são a última moda.

Steven bufou e eles se separaram.

— Por onde você andou? — Ele tentou evitar o tom acusatório da voz, mas mesmo assim ela saiu queixosa.

— Por aí.

— Por que não veio nos visitar?

Mais uma vez Steven ficou com vontade de morder a língua. O tio Jude não era seu pai. Por que ele deveria vir visitá-los se não estava mais saindo com sua mãe?

Mas o tio Jude apenas abriu as mãos e suspirou.

— Você sabe como são as coisas, Steven. Relacionamentos.

Steven sentiu uma pequena onda de orgulho com o fato do tio ter dito aquilo para ele, como se soubesse como funcionavam os relacionamentos. Aliado à lembrança ainda fresca de que sua mãe acreditava que ele sabia como funcionava o sexo, aquilo o fez sentir-se tanto um adulto como uma farsa.

— Acho que sei — disse ele.

A pergunta que ele estava desesperado para fazer ficou presa na garganta. Sentiu-se agradecido por isso ter acontecido.

Perguntar ao tio Jude quanto tempo ele iria demorar-se com eles seria apenas desafiar o destino.

A avó conservou os lábios serrados durante o jantar, lançando olhares desaprovadores para as unhas do tio Jude, mas Lettie parecia uma mocinha, tendo soltado o rabo de cavalo que mantinha sempre preso, e Davey tagarelava sem parar, bombardeando o tio Jude com perguntas, dando opiniões e declarações parcialmente verdadeiras que arrancaram risadas de todos.

— Tio Jude, eu vou plantar uma árvore de salsichas!

— Por que não tenho barba?

— Tio Jude? Você sabia que as arames farpados são feitos de porcos-espinhos?

Steven soltou um suspiro silencioso. Não era de admirar que o favorito de sua mãe fosse Davey, ele era tão divertido.

Permanecendo em silêncio, Steven obteve a informação de que sua mãe esbarrara no tio Jude na loja Jacob's e que o convidara para tomar um chá, embora houvesse uma disputa a respeito de quem convidara quem.

Isso não fazia diferença. O tio Jude estava de volta à mesa da cozinha, e como ele melhorava o humor da avó, trocava ironias com Lettie e brincava com Davey, Steven sentiu uma inusitada sensação de otimismo cair sobre seus ombros.

Pediu licença logo depois de comer os feijões assados e correu como um louco para a charneca, com seus tênis novos e baratos, para onde deixara a pá seis semanas antes.

A ferramenta estava lá. Era a mesma.

Retornou com o passo apressado, segurando-a com a mão pálida, e deu a volta pelos fundos da casa. Exatamente como o tio Jude, sua pá voltara para casa.

Ele passou em revista o terreno do quintal e, na sua mente de menino, viu onde deveria plantar os tomates e as alfaces, que podiam ser plantadas em vasos e colocadas no alto para evitar as lesmas. As batatas ocupariam a maior parte do terreno, mas havia espaço para uns poucos pés de morango, para que a mãe se sentisse chique quando chegasse a época de Wimbledon. O Sr. Randall cultivara melões no ano anterior. Ele lhes dera um, e mesmo sendo meio sem gosto e ressequido, Steven ficou espantado que algo tão exótico pudesse nascer no quase infértil solo inglês. Talvez ele pudesse cultivar melões, aqueles com a polpa laranja.

Agarrou a pá com mais força na mão e pensou em cavar a terra para fazer nascer a vida, em vez de procurar a morte.

De repente, do nada, ficou contente de sua mãe ter comprado tênis novos na Banbury's. Esperava, de coração, que dessa vez eles bastariam.

Steven encostou a pá enferrujada na parede dos fundos e sorriu para si mesmo.

Era esse o gosto da normalidade, e era uma coisa boa.

23

Arnold Avery nunca pensara em fugir da prisão. Não realmente.

É claro, nos primeiros meses de aprisionamento ele ficara deitado, acordado, e pensara nas coisas que faria se ganhasse a liberdade de novo. Mas o conceito de escapar não era algo importante na sua mente. Presumia que em algum momento ele receberia a liberdade condicional, e que para chegar esse momento cumpriria pelo menos a pena de vinte anos que o juiz recomendara no seu julgamento.

Parecia justo. Apesar de ser um assassino de crianças, Avery era um cidadão obediente às leis, que votava nos Conservadores com "C" maiúsculo, que achava que a maior parte das penas de prisão eram terrivelmente inadequadas e que a libertação antecipada de alguns prisioneiros era uma desgraça.

E então, quando se viu enfrentando um mínimo de vinte anos preso, Avery não se lamuriou e queixou, nem apelou à Corte alegando ter bons antecedentes e ser bom contribuinte. Em vez disso, tomou a decisão consciente de fazer o máximo para assegurar que era um excelente candidato para receber a liberdade condicional, assim que se tornasse qualificado para tanto.

Quando os três homens o estupraram no banheiro, Avery permitiu que os tarados se divertissem à custa de sua humilhação sem nunca se queixar ou revidar.

Quando foram oferecidas aulas de melhoria e reabilitação, Avery se inscreveu e se esforçou pelo menos o mínimo possível para ficar entre os primeiros de cada curso.

Quando o Dr. Leaver mandou que sua vista da charneca fosse bloqueada, deixando-a em permanente semi-escuridão, Avery lhe agradeceu.

E quando foi levantada a questão das outras crianças desaparecidas, Avery jurou por todos os santos que não matara Paul Barrett, William Peters ou Mariel Oxenburg. Elas podiam estar mortas, mas aquelas três crianças tinham o poder de estender o período que ficaria à disposição de Sua Majestade, e ele nunca permitiria que fizessem isso com ele, por maior que fosse a dor dos pais angustiados.

Avery sabia que a liberdade condicional depois de vinte anos estava longe de ser um fato consolidado, mas sabia que daria a si mesmo a melhor chance possível disso acontecer, e estava portanto conformado de esperar mais alguns poucos anos para ver o resultado. Dentro de 12 meses poderia estar inscrito num programa de prisão aberta, em Northumbria, que tinha como objetivo preparar os internos para a liberdade. Tudo estava caminhando exatamente como planejado.

Até que ele descobriu que SL era apenas um menino.

Um menino com o qual ele construíra uma atmosfera de confiança.

Um menino com o qual compartilhava segredos.

Um menino que queria tanto uma coisa dele que podia ser convencido a fazer... Simplesmente qualquer coisa.

E, se não fizesse, então isso também não seria problema.

Mas a coisa teria de ser imediata. Não dali a dois anos, quando talvez lhe fosse concedida a liberdade condicional. Então, o foco do menino na sua busca teria dado lugar a alguma distração sem graça de adolescente na forma de uma missão inteiramente diferente. E certamente não se ele fosse libertado para viver em alguma porcaria de abrigo provisório lá para o norte, longe de sua amada Exmoor.

Arnold Avery passara 18 anos observando e esperando, submetendo-se, cumprindo sua pena... Foram 18 anos sem lembranças frescas de como simplesmente as crianças podiam ser excitantes. Por mais que ele houvesse tentado conservar essas memórias, as antigas tinham inevitavelmente se deteriorado pelo excesso de uso.

A foto de SL fora uma supernova iluminando os recessos poeirentos de sua mente. Penetrara na sua lógica e nas boas intenções como um raio laser em uma lente de aumento. Agora seu cérebro estava constantemente desperto e alimentado por uma desesperada carência e por possibilidades. Assim como Steven pusera o olho na fresta da porta e vira um futuro de verões e skates, Avery também vira que seu futuro, seu futuro *imediato*, podia ser, da mesma forma, preenchido com imensos prazeres. Alguma coisa química fora liberada no cérebro de Avery, algo que afiara sua luxúria e embotara seus sentidos mais à flor da pele. A mesma mudança química o fizera abusar de um menino enquanto esperava a chegada da polícia a pedido de outro menino. Tudo em que ele conseguia pensar era em SL. Sabia onde morava. Tinha uma vaga ideia da aparência dele. Podia guiá-lo, tentá-lo, orientá-lo.

Desorientá-lo.

À sua vontade.

A perspectiva de controle era deliciosa. A recompensa, preciosa. O menino estava ali, à sua disposição.

De repente, todo o tempo do mundo pareceu tempo demais para Avery.

Tudo poderia acontecer!

SL poderia se mudar; poderia morrer; poderia simplesmente perder o interesse. Avery precisava escrever para ele. Tinha de dar-lhe esperanças de que o cadáver que ele procurava estava a um palmo de distância. Tinha de mantê-lo fisgado.

Ele se ressentia da súbita mudança que o tornara tão necessitado e que criara uma ferida no seu recém-descoberto poder. Mas ele conhecia um meio seguro de recuperá-lo. Se precisasse ceder um pouco de poder agora, para conseguir controle completo e prazer sublime mais tarde, então isso era uma troca que ele estava preparado para fazer.

De modo que foi com uma sumária percepção — e imediata rejeição — de arrependimento que Arnold Avery concluiu que precisava fugir da prisão.

E precisava fazer isso rápido.

Esse súbito senso de urgência o teria tornado um homem descuidado, imprudente e estúpido.

Mas transformou Avery no *Superman*.

Ele acordara de sua hibernação, rejuvenescido e atrevido, com todos os sentidos mais alertas.

Sabia que era inteligente e que não usava essa inteligência havia muito tempo. As cartas de SL haviam estimulado seu QI adormecido, mas agora que estava bem acordado ele podia sentir os neurônios faiscando como motores potentes e a inteligência percorrendo seu corpo como conhaque numa noite fria.

Agora, todo dia continha uma oportunidade que ele não queria perder. Compreendia a necessidade da cautela e do planejamento, mas também reconhecia que era preciso explorar vias inesperadas. Era um ataque duplo do intelecto, e ele se sentia vivo com o desafio.

Assim que passou a se preocupar, Avery começou a observar as coisas numa interminável corrente de informações que fluíam por sua mente. Cada pequena parcela dessas informações era acessada, catalogada e armazenada para exame futuro.

Ele sempre soubera que o guarda Ryan Finlay era um idiota do caralho, mas agora seus olhos claros e calmos viam que Finlay era um idiota do caralho com um grande molho de chaves às quais ele dava muito pouca atenção.

As chaves ficavam penduradas no cinto de Finlay e deviam ser mantidas em segurança, fora da vista dos presos, na pequena bolsa de couro daquele cinto. As autoridades sabiam que até mesmo um simples olhar para uma chave podia causar uma impressão indelével na mente criminosa, de um modo que a honestidade e a moral nunca haviam conseguido. Em poucas horas um prisioneiro podia fabricar uma chave usando as capas duras arrancadas de livros encadernados ou as extremidades das caixas de cereal; não seriam duráveis, mas teriam apenas de funcionar uma vez.

Por essa razão, os guardas deviam mantê-las escondidas o tempo todo. Na realidade, destrancar uma porta, colocar as chaves na bolsinha de couro, andar 3 metros e precisar tirá-las de novo para destrancar a segunda porta era algo que não estimulava a obediência às regras.

Finlay não seguia as regras. Avery achava que, a seu modo pequeno e gordo, o guarda se considerava acima dessas insignificantes regrinhas, assim como ele próprio. Exceto, é claro, que para Finlay quebrar as regras significava lidar com as chaves de modo rápido e descuidado. Quando *ele,* Avery, quebrava as regras, isso significava tirar a vida de uma criança indefesa por estrangulamento.

Tudo era relativo.

Arnold observara agora que Finlay não só detestava ter as chaves chocalhando contra seu quadril de tamanho considerável, mas que também gostava de soltá-las inteiramente do cinto e girá-las nos dedos, enquanto ia de lá para cá nos corredores, seus passos ecoando. Como Finlay era a antítese da postura atlética e da coordenação motora, às vezes ele deixava as chaves caírem, e, quando isso acontecia, levava um século para pegá-las, suspirando e gemendo para se inclinar até o chão e depois voltar à postura ereta. Uma vez de pé, ele piscava meio aturdido por alguns segundos, pois o esforço de curvar-se lhe tirara todo o sentido de orientação.

Avery ficou atento a cada movimento. Observava o guarda chegar ao bloco de celas; o observava ir embora; observava cada chave que ele escolhia do grande molho preso ao anel. A chave do bloco era grande, comprida e de um modelo antigo. Quase primitiva. As chaves que ele usava para destrancar as celas eram do tipo Yale. Isso era mais difícil. Além delas e da mais simples, do bloco, Avery contou sete outras chaves no molho de Finlay. Ele não sabia o que elas abriam, mas tinha o pressentimento de que sete chaves seriam mais do que suficiente para levar um homem para fora dos muros da prisão, ou algo bem perto disso.

O criminoso era bem esperto para achar que bastava pegar as chaves e fugir, mas isso era algo para ele ponderar; informação catalogada.

Os muros da prisão de Longmoor, de apenas 3 metros de altura, aproximadamente, eram os mais baixos do país. Entretanto, qualquer homem que conseguisse transpor a cerca, escalar o muro e não quebrar os tornozelos quando caísse do outro lado se defrontaria com um obstáculo muito mais difícil. A própria charneca de Dartmoor.

Por mais de um século, as autoridades prisionais haviam se fiado na grande extensão da vegetação para manter os prisioneiros dentro dos muros. Nas poucas ocasiões em que houve fugas, os guardas se preocupavam apenas em patrulhar as estradas, confiantes que elas eram o único caminho possível para a liberdade. Os prisioneiros que tentavam atravessar a charneca estavam condenados a enfrentar os caprichos do tipo de cativeiro próprio de Dartmoor: seu inclemente e imprevisível microclima. Até mesmo no verão, se um ataque cardíaco não exaurisse os fugitivos naquela paisagem sem árvores, o tempo podia fazer uma espetacular reviravolta e estender um lençol de nevoeiro úmido e frio sobre a área em minutos, congelando seus ossos enquanto tropeçavam cegamente entre rochas de granito do tamanho de construções, através do argiloso terreno escorregadio e caindo em súbitos e aderentes pântanos, que provocavam o homem desprevenido com miragens de relvas vigorosas, crescendo quase hidroponicamente por toda a superfície.

A charneca era, quase sempre, a vencedora no jogo da fuga.

Agora, com o efetivo de prisioneiros aumentando exponencialmente e a exigência intrometida do público para uma maior eficiência no serviço, uma robusta cerca de elos de arame fora erguida a 3 metros, para dentro, dos muros de pedra. O aramado também tinha apenas 3 metros de altura, mas recebera como elemento dissuador uma serpentina de arame farpado, afiada como navalha. Havia quatro portões trancados na cerca de arame, como se houvesse necessidade de sair e ir pegar uma bola de futebol chutada para fora ou algo assim.

O muro sozinho teria sido sedutor. Ele e a cerca de arame farpado, porém, eram uma perspectiva desencorajadora.

Mesmo assim, Avery amoleceu uma barra de sabão em água quente e a mantinha em seu bolso o tempo todo, sofrendo com o resíduo espumoso que o sabão deixava na calça, dizendo a si mesmo, repetidamente, que sabão *não podia* ser sujo; na verdade, era a antítese da sujeira, e, portanto, ele podia e *devia* suportar o constante peso gordurento em sua pessoa. O que faria, se algum dia conseguisse uma impressão da chave no sabão, isso ele não tinha certeza. Atravessaria aquela ponte, se chegasse, e sentia que alguma coisa útil estava do outro lado.

Também pensou nas paredes de sua cela. Eram feitas de pedra, mas a argamassa entre os blocos era naturalmente vulnerável. O inimigo da fuga pelas paredes era o tempo, que ele não tinha muito, e a luz, que ele tinha demais. Embora a cela dele fosse mais escura do que a maioria por causa das tábuas na janela, as luzes elétricas se acendiam às seis e meia da manhã e assim ficavam até às dez e meia da noite. Avery começou a raspar a argamassa em torno de uma pedra debaixo de seu catre por volta das onze horas, usando o cabo de sua escova de dentes.

Três horas depois, ele fizera uma pequena reentrância na argamassa e tinha um cabo de escova de dentes bem afiado. Desistiu da parede, mas manteve a escova de dentes dentro do travesseiro. Aquilo era uma prisão e nada devia ser desperdiçado.

Duas noites mais tarde ele usou o cabo da escova, agora afiado, para afastar a tábua que tapava a janela. A argamassa em torno das barras era mais macia do que a das paredes e, quando o céu começou a clarear, ele expusera cerca de 6cm da base de uma das barras. Era uma alteração que teria sido detectada quase que imediatamente em qualquer cela da prisão. Isto é, qualquer uma que não tivesse a janela tapada por tábuas por ordens expressas do Dr. Leaver. Em dois anos ninguém jamais retirara as tábuas e Avery não via razão para que fizessem isso agora.

Avery não levava grande fé nos seus próprios planos. Compreendia que seu desapontamento era proporcional à enorme brecha entre expectativas e realização. Não gostava de ter esperança, nem mesmo da palavra, que implicava numa espécie de reconhecimento impotente dos caprichos do destino. Preferia chamar de "opções" o que tinha e, quando seu desejo de fugir se transformou numa necessidade imperiosa, ele cuidou para não deixar inexplorada qualquer opção.

Sempre sozinho na cela, quando não era chamado para o banho ou para as refeições, Avery agora começou a ficar recostado na cerca oposta à porta, como fazia a escória dos prisioneiros, para observar a vida na prisão. É claro, a escória fumava enquanto fazia isso e Avery não. Hábito sujo. Ele via os dedos amarelados dos outros presos e estremecia. Só Deus sabia como eram os hábitos dessa gente no banheiro.

Desejava não ter pensado nessas coisas. Fazia sua bile alcançar a garganta. O pensamento de ficar sujo o fazia estremecer, mas as reais funções corporais o deixavam sentindo-se grudento e enjoado, e a sensação de náusea, com a implícita ameaça de vômito, podia forçar cada vez mais a realização das próprias esperanças.

Respirou fundo e focalizou a atenção em Sean Ellis, que era a pessoa mais próxima dele, aquele da esposa fogosa e das fotos furtadas.

Avery olhou para os dedos de Ellis e achou que eram de um tom rosado saudável, de modo que, mais para afastar a própria náusea do que qualquer outra coisa, cumprimentou-o levemente com a cabeça e levantou as sobrancelhas, numa saudação neutra.

— Tudo certo — retornou Ellis.

Aquilo revelou a Avery que ele era novo o bastante em Longmoor para não saber o que Avery fizera, ou mau o bastante para não dar importância a isso. Avery tinha esperança de que fosse a segunda opção; estava farto de ver criminosos comuns, imbecis, olharem para ele como se ele fosse o cocô do cavalo do bandido. Não queria a amizade deles, tampouco necessitava delas. Porém, mesmo depois de 18 anos, ainda ficava sinceramente incerto do motivo pelo qual alguns assassinos angariavam o respeito dos outros prisioneiros, enquanto ele era vilanizado. Isso alimentava seu sentimento de ter sido trapaceado no que lhe era devido: espanto e deferência pelos seus crimes, pelo menos.

Ellis certamente era novo na Unidade de Prisioneiros Vulneráveis. Avery imaginava vagamente o que ele teria feito que exigia proteção, mas também sabia que, no final, essa informação viria à tona, por mais que um pedófilo ou um delator tentasse mantê-la em sigilo.

— Cigarro? — ofereceu Avery.

— Não, não fumo. Obrigado.

Avery fez uma rápida avaliação de Ellis. Era um homem alto, de forte compleição, com um nariz achatado de gângster, mas olhos castanhos cautelosos e sobrancelhas incongruentemente espessas. Avery não sabia, ou não se importava, com o fato de que eles foram os últimos olhos que dois caixas bancários haviam visto em suas vidas. Só sabia que, em muitos anos, sua primeira tentativa de falar com um colega de prisão como um semelhante começara bastante bem.

— É um hábito nojento. — Ele deu de ombros. — Só tenho cigarros para ser sociável. — Era verdade. Três dias depois de ver a fotografia de SL, Avery comprou meio maço de cigarros de Andy Ralph, somente para o caso de precisar estabelecer o tipo de conversa que começara naquele momento com Sean Ellis.

Ellis balançou a cabeça e depois voltou sua frágil atenção para o estardalhaço produzido pelo jogo de pingue-pongue acontecendo três pisos abaixo deles, assistido através de uma malha de redes de segurança destinadas a evitar a longa queda de um assassinato ou suicídio.

Sob circunstâncias normais, Avery teria ficado contente com o término rápido do diálogo. Ele não ansiava por companhia ou conversa. Mas agora tinha um propósito, e sabia que precisava se empenhar.

Subitamente, aquilo representou um esforço durante um tempo que pareceu uma eternidade. Avery esquadrinhou o cérebro atrás de uma tirada que não parecesse forçada. Ou que levantasse suspeita. Ou que fosse ambígua. Finalmente, Arnold Avery, assassino compulsivo, aquele estranho, aberração da natureza, avesso a quaisquer regras que não fossem as suas, virou o rosto para as claraboias sujas que deixavam entrar uma parca luz na ala, e observou, como se fosse alguém tomando um transporte para o trabalho:

— Que porra de tempo ruim!

Ellis levantou uma sobrancelha para ele, depois olhou para cima, espantado com a observação.

— Para se estar lá fora — pilheriou Avery, abrindo um sorriso.

Ellis compreendeu a tirada, graças a Deus, e deu uma risada contida.

— Então temos sorte de estar aqui dentro — disse ele, e Avery sorriu um pouco mais, para deixar Ellis se apossar da piada. O grande imbecil.

Ellis era novo no bloco de celas. Talvez soubesse o que fazer com o molde de uma chave feito na barra de sabão. Talvez *não*. Mas talvez sim.

— Arnold — apresentou-se ele, estendendo a mão direita como se fosse um advogado numa conferência.

— Sean — disse Ellis, sua mão grande e áspera apertando a de Avery, que era menor. Avery não gostou do gesto, que o fez sentir-se pequeno e fraco, mas apesar de tudo deu um sorriso.

— A comida daqui é uma merda — acrescentou, fornecendo a Avery uma informação gratuitamente.

A informação dizia que Ellis não estava preso há muito tempo, o que explicava a razão de estar falando com ele, em primeiro lugar, e que Ellis não estivera preso em qualquer outro lugar durante muito tempo. Comida de prisão era sempre uma merda, seja lá onde você estivesse, e isso era simplesmente um fato. Arnold Avery cessara de reclamar mentalmente da comida havia tanto tempo que era uma surpresa para ele que alguém não tivesse esse conhecimento implantado no âmago de seu ser, como a habilidade natural para respirar ou da própria preferência sexual.

— Merda enlatada — concordou ele, sociável, contente de Ellis ter tomado a iniciativa na conversa. — Você tem dinheiro para gastar na cantina?

A cantina vendia biscoitos, chocolate e frutas a preços inflacionados, o que significava que um dia de trabalho podia render uma banana para lá de madura, se você tivesse muita sorte.

— Tenho — respondeu Ellis. — Minha mulher me manda dinheiro vivo. — Ele meteu a mão no bolso de trás da calça, tirando um invólucro de plástico laminado com uma fotografia. Ele a apresentou orgulhosamente, ostensivamente esperando parabéns pela escolha da parceira.

Avery pegou a foto e examinou a Sra. Ellis levantando o olhar de um sofá forrado de algodão, feio, mas caro. Olhos de corça, pele clara. Na casa dos 30 anos. Teria sido uma menina linda 25 anos antes.

Ele ouviu Finlay se aproximando. Aqueles pés chatos, aquelas chaves descuidadas.

— O que vocês estão olhando aí? — disse Finlay, num tom de camaradagem forçada.

— Uma foto da esposa de Sean, Sr. Finlay.

— Então deixe eu dar uma olhada. — O guarda pegou a foto da mão de Avery sem pedir permissão e apertou os olhos para olhar a mulher que agora já fazia parte de suas fantasias mais vívidas.

— Muito bonita, Ellis — elogiou ele, cautelosamente.

— De tirar o chapéu — acrescentou Avery, tentando, mas não conseguindo evitar um toque de ironia na voz.

— Sim, é mesmo — disse Ellis.

Finlay devolveu a foto para Ellis e Avery viu os olhos castanho-escuros do grandalhão se suavizarem como os de um chimpanzé enquanto ele passava o polegar calejado pelo rosto da mulher, antes de colocar a foto de volta no bolso.

— Até mais tarde, parceiro — disse Ellis ao se afastar e seguir pelo corredor, os largos ombros curvados.

— Tchau — disse Avery, embora desprezasse o coloquialismo do diálogo.

Ele não conhecia o amor, mas tinha um faro para descobrir vulnerabilidades, e acrescentou aquela à sua pequena mas crescente coleção de informações que começara a acumular como bugigangas.

Finlay piscou para Avery.

— Fico imaginando quem está fodendo com ela agora...

Avery deu de ombros e Finlay mudou de assunto, olhando-o afetuosamente com olhos que ele imaginava serem astutos.

— Não é do seu feitio puxar conversa, Arnold.

— Queria mudar um pouco de ares, Sr. Finlay.

— Seu psicólogo vai ficar contente. — Finlay riu com a própria piada, e Avery levantou as sobrancelhas em aparente aprovação. — Você já deu ao seu parceiro aquele velho computador? — O imbecil rodou as chaves, sem perceber como realmente era negligente sua atenção à segurança pessoal.

— Ainda não, Sr. Finlay. — Avery deu um brevíssimo sorriso. — Mas quando alguém fica pedindo alguma coisa com insistência, o senhor sabe que, no fim, vai ter que dar o que ele pede.

— Isso é bem verdade, Avery.

As chaves caíram com ruído no chão e ele respirou fundo, como se preparando para mergulhar num arrecife para resgatá-las.

Avery moveu-se rapidamente para pegá-las. Ele viu um lampejo de pânico nos olhos de Finlay um segundo antes de devolvê-las de modo casual e voltar a olhar para baixo, para a rede de segurança, como se a ação tivesse muito pouca importância para ele. A seu lado ele ouviu o guarda pendurar as chaves no cinto. Aquilo não o preocupou. Finlay era um canalha preguiçoso e aquela precaução não duraria.

— Obrigado, Avery.

— O prazer foi meu, Sr. Finlay.

24

Milagrosamente, Steven e o tio Jude levaram apenas algumas horas para limpar anos de mato crescido e lixo do quintal da casa.

Ambos estavam sem camisa e suando. Steven, magro e de pele clara, e Jude, corpulento e bronzeado.

O garoto soprou as bochechas de satisfação, o suor escorrendo pelos olhos; enxugou-os, contente por perceber que se sujara de terra ao fazer isso.

Lewis não parecia impressionado.

— E o jogo dos atiradores de elite? — queixou-se ele. — Não vai haver mais lugar para se esconder?

Como de costume, Lewis aparecera por volta das dez da manhã para ajudar a limpar o quintal e se dedicara a dirigir as operações, levando à boca, diretamente do pirex, garfadas do espaguete à bolonhesa frio que sobrara do jantar preparado por Lettie na véspera.

Tio Jude piscou para Steven, que sorriu. Lewis repôs com barulho o garfo no prato vazio.

— Eu não sei por que vocês simplesmente não *compram* a porra das cenouras.

Steven ficou calado. Comprar as cenouras parecia realmente uma opção mais sensata. Ele se sentiu um idiota, mas também com raiva de Lewis, de modo que continuou a cavar.

Lewis transpôs o muro baixo.

— Vejo vocês mais tarde — disse ele friamente.

— Você não vai nos ajudar a cavar? — perguntou Steven, de modo conciliador.

— Negativo — respondeu Lewis. — Vocês estão fazendo tudo errado.

Ele desapareceu pela porta dos fundos e Steven cerrou as sobrancelhas depois que o amigo saiu.

— Não ligue para ele — disse o tio Jude.

Foi o que Steven fez.

Ele e o tio Jude beberam água diretamente da mangueira e riram de coisas bobas, e quando a avó não deixou que eles entrassem para o chá, as roupas sujas como estavam, eles se despiram e entraram na cozinha descalços e de cuecas, fazendo com que Davey e Lettie rissem. A avó virou as costas, mas Steven sabia que ela não estava zangada, nem mesmo ligeiramente aborrecida, porque não apertou os lábios nem bateu com a colher ao retirar dos pratos os restos pegajosos do guisado cinzento.

Ao cair da noite, Steven tinha o corpo todo dolorido e estava exausto, mas havia no quintal um pedaço de terra negra recém-capinada, recém-revirada, com as sementes plantadas e marcadas em fileiras bem-arrumadas com barbantes, junto com uma cobertura de tela de galinheiro para proteção contra gatos e pássaros.

Conforme o sono tomava conta de seu corpo, Steven pensou que sua pá nunca se acomodara tão bem à sua mão como hoje, e que Arnold Avery, o tio Billy e o "incidente com a mandíbula do carneiro" pareciam um sonho ruim que ele tivera certa vez, quando era um menino pequeno e alienado.

25

Quando a fogosa esposa de Sean Ellis desatou em lágrimas, ele ficou chocado e depois envergonhado com a explosão emocional. Não gostava de mostrar emoções em público. Até mesmo quando o juiz o sentenciou a um mínimo de 16 anos, ele mantivera a compostura e se virara, dando uma piscadela de conforto para a esposa ao descer de volta para as celas.

Agora, enquanto ela chorava, seu primeiro olhar foi ao redor, para seus colegas de prisão, a fim de avaliar suas reações. Quando viu que os outros demonstravam pouco interesse no incidente, voltou novamente a atenção para a esposa, Hilary.

— Hilly — disse ele, a voz baixa —, o que foi, meu amor?

Hilary Ellis chorou ainda mais alto, os punhos fechados, o rosto ficando quente de emoção, a maquiagem escorrendo pelas bochechas.

— Você não me quer mais.

— O quê?

— Você não me quer mais!

Sean Ellis ficou confuso. Ele adorava a esposa. Sentia tanta falta dela que às vezes esse sentimento doía. Ele a queria, sempre a quisera, e nunca desejara outra mulher depois que a conhecera. A tortura de estar preso não era o confinamento, mas o medo de que ela iria gradualmente se afastar dele, que espaçaria as visitas cada vez mais e que um dia ele receberia não a visita da belíssima esposa, mas os papéis do divórcio entregues por um frio advogado. A expectativa desse rompimento mantivera Sean Ellis acordado durante as noites por dois longos anos, de uma maneira que os rostos dos surpresos caixas bancários nunca poderiam imaginar. O terror de perdê-la o levara a denunciar o traficante companheiro de cela; traição que concedera uma redução de dois anos na sua pena e uma rápida transferência para a Unidade de Prisioneiros Vulneráveis, onde ele teria a chance de completar sua sentença em liberdade.

E ali estava ela, chorando porque *ele* não a queria mais!

Sean Ellis ficou tão confuso quanto é possível para um homem ficar, o que é muita coisa.

— Meu amor, como você pode dizer uma coisa dessas? — Ele agarrou as mãos dela e olhou com amor e espanto para o rosto da esposa, vermelho, inchado e manchado de negro por causa da maquiagem. — Eu amo você! Eu quero ficar com você! É claro que quero! Você ficou maluca! Quem não iria querer uma mulher como você?

— Mas as fotos! — gemeu ela. — Você não gosta das fotos! Você nunca disse nada sobre elas! Você acha que sou uma prostituta!

Convenientemente entreouvindo a conversa, o guarda Ryan Finlay fez as chaves tilintarem nervosamente. Que merda.

Ellis afastou o cabelo molhado de lágrimas do rosto de sua mulher e tomou-lhe o queixo nas mãos.

— Que fotos, meu amor?

Ele ouviu a descrição que ela fez das fotos que vinha mandando toda semana para ele desde seu encarceramento, uma descrição aos arrancos, entrecortada, repleta de soluços, e ele sentiu sua confusão transformar-se dolorosamente em uma fúria glacial.

26

Quando a mais recente carta de Arnold Avery deslizou silenciosamente por sobre o tapetinho de entrada, Steven não estava lá para pegá-la.

Lettie disse que faria chá e saiu silenciosamente de sua cama quente.

Ela olhou para os meninos quando passou pela porta entreaberta do quarto. Na madrugada cinzenta, sem graça, Davey era uma confusão retorcida de braços e pernas, enquanto Steven se comprimia contra a parede, achatado e sem atrapalhar o sono do irmão. Ele vestia o pijama do Homem-Aranha, curto demais, que ela comprara para ele no Natal passado. A calça ia até o meio da canela e a parte de cima e de baixo não se encontravam mais, expondo uma fatia de pele clara e os vagos nódulos da base de sua espinha. O lençol e a colcha formavam um monte desarrumado nos pés de Davey.

Apenas o relógio da cozinha acompanhava o calmo respirar dos meninos, e Lettie sentiu um pequeno arrepio elétrico passar por seu corpo, como se fosse o fantasma do amor.

Ao pé da escada ela pegou a correspondência, suspirando mentalmente para as pequenas janelas.

A avó estava na cozinha derramando o restante de meio litro de leite em duas tigelas de cereal.

— Não ouvi você levantar — disse Lettie, aborrecida, sem razão, por não estar mais sozinha.

— Não consegui dormir — retrucou a avó.

Lettie pôs a chaleira no fogo e folheou as contas. O único envelope sem uma janela era um envelope de papel pardo fino endereçado para SL, rua Barnstaple 111, Shipcott, Exmoor, Somerset. Devia ser para Steven.

Ela sentiu seu ânimo ficar amargo e examinou a procedência. Plymouth. Lettie não conhecia ninguém em Devon. *Eles* não conheciam ninguém em Devon.

A escória.

— O que é que você tem aí?

— Contas.

Ela abriu todos os envelopes com janelinha enquanto esperava a água ferver. O ruído surdo da chaleira elevou-se, felizmente, para abafar o som da mãe derramando leite da colher de volta para a tigela.

Deixou o envelope pardo fechado no balcão e ficou encarando-o, como se pudesse adivinhar sua mensagem através de algum dom psíquico.

SL. Steven Lamb.

Segredos. Códigos. Intriga.

Alguma coisa que fazia sentido apenas para o olhos de Steven e não para os dela.

Para Lettie, não havia isso de "segredo bom". Se alguma coisa era boa, você não a guardava como segredo; você contava para todo mundo e preparava um bom chá.

Ela franziu as sobrancelhas para o envelope e o colocou na pilha de contas, depois verteu água quente nos envelopinhos de chá e foi até a geladeira.

— Você usou todo o leite?

A avó meteu uma colherada de cereal empapado na boca.

— O leiteiro vai chegar logo.

Lettie fechou com força a porta da geladeira e derramou o chá na pia, com envelopinhos e tudo, batendo com as canecas na tábua de secar louça.

A avó deu de ombros.

— Esse cereal suga o leite como uma esponja.

Aquilo era demais.

Lettie agarrou o envelope pardo e abriu-o. A avó olhou-a cautelosamente.

— Outra conta?

Lettie esquadrinhou a página com os olhos. Um número sem sentido no alto; não era uma data. O mesmo das outras duas cartas. E uma mensagem curta.

Boas notícias vão chegar logo!

Boas notícias para quem? Para ela? Pouco provável. Para Steven? Também pouco provável.

Se a carta fosse daquela menina. Se aquela menina estivesse grávida. Se o bebê estivesse para nascer... Apenas uma vagabunda imbecil de quinta categoria poderia possivelmente pensar que *essas* eram boas notícias.

Lettie quase soltou um grito agudo com a injustiça da situação. Logo agora que as coisas pareciam melhorar! Por que nada poderia dar certo e *continuar* certo para qualquer um deles?

Ela quase chamou Steven, mas o pensamento de confrontá-lo sobre algo assim enquanto ele ficava ali, parado, todo desgrenhado, olhos cheios de sono, no seu pijama curto demais para ele, era mais do que Lettie poderia suportar.

Depois de alguns segundos de meditação ela acendeu o gás e, ignorando os resmungos da mãe, queimou a carta.

A caixa de quinquilharias de Arnold Avery estava transbordando. Em poucas e breves semanas ele a enchera com cuidadosas observações de enganos casuais, atalhos furtivos, regras contornadas e imperfeições do material dos muros em torno dele. Estava quase estourando de tantas alternativas.

As chaves eram a opção mais atraente; roubadas de Ryan Finlay ou impressas furtivamente na sua nojenta barra de sabão, ele poderia fazer um molde. Esse molde ele rechearia com madeira, do tipo usado para reparar talhos e defeitos em móveis velhos; havia um pouco desse material na oficina. Uma camada de verniz para vedar e reforçar, e ele teria os meios para sair de sua cela, do bloco de celas, de... Deus sabia onde. Ele diminuíra a perspectiva para duas chaves: uma abriria as portas duplas para o bloco, a outra destrancaria um dos quatro portões na cerca de arame farpado que corria paralela ao muro da prisão. Bastariam duas chaves. Uma num lado da barra de sabão, a outra no outro lado. Avery gastou longas horas praticando a destreza com a mão que precisaria para completar a tarefa: pressionar a escova de dentes na barra, medir o exato grau de força que forneceria um molde capaz de ser trabalhado e recompensar-se com olhares rápidos para a imagem do menino refletida no espelho retrovisor. Ele raramente se permitia mais, mesmo quando conseguia duas impressões perfeitas em menos de cinco segundos. Tempo, algo que ele antes dispunha à vontade, parecia agora precioso e fugidio, e Avery evitava olhar para a fotografia de SL o máximo possível. Ele sabia que poderia perder dias inteiros em fantasias tecidas em torno daquela imagem. Dias inteiros que agora eram vitais para fugir da prisão, substituindo a fantasia pela realidade.

Continuou a trabalhar nas barras de sua janela à noite, sua escova de dentes, tão versátil, expondo cada vez mais centímetros de metal, porém sem uma linha de chegada em vista, seja literal ou figurativamente. Avery não se importava. Sua paciência, alimentada pela prisão, era refinada e ele continuava a trabalhar na janela porque cada grão de poeira de argamassa cinzenta que cobria seus dedos simbolizava um progresso real para um objetivo tão desejado, de modo que ele finalmente compreendeu toda a merda que os budistas falavam.

Fez algumas poucas tentativas para conversar com outros presos. Incursões cautelosas, que no fim só o fizeram ganhar um rápido "vá se foder, seu pedófilo" e um chute tão perto dos testículos que não fez diferença, deixando-o reduzido no chão de linóleo, rouco de medo e ódio, antes que Andy Ralph se interpusesse entre ele e o agressor.

Então, ele voltou-se para Ellis, mas percebeu que houvera uma mudança na atitude do grandalhão. De calmo para nervoso, de aberto para soturno e irritável, tudo isso se revezando.

Acontecera alguma coisa.

Ele não tinha tempo para desperdiçar esperando que o retraimento do outro fosse embora, de modo que perguntou a razão da mudança e Ellis contou o que acontecera. Simples assim.

Hilly vinha mandando fotos para Ellis e ele não as recebia. Agora Hilly achava que ele não a amava mais. E se Hilly achava que ele não a amava mais, então de que adiantava ficar esperando-o? Na mente de Ellis, as chances de receber os papéis do divórcio aumentaram mil vezes. Se Hilly se divorciasse dele, não haveria mais esperança no final daquele encarceramento cruel e duro, sua Hilly não estaria aguardando seu retorno com um beijo ardente, recebendo-o na porta com uma camisola *baby-doll* que ela comprara na Ann Summers; não haveria noites diante da televisão com uma garrafa de vinho branco, com o gosto de morango do batom brilhante que ela usava somente para ele. Ele nunca mais acharia uma mulher como Hilly. Se ela se divorciasse dele, ele não se importaria se fosse enforcado.

Ao dizer isso, estava quase chorando.

— Eles podem me enforcar.

Avery teve de se conter para não rir. De verdade. O idiota melodramático. Enforcá-lo! Por causa de batom e calcinhas! Gente como Ellis *merecia* ser enforcada. Ele próprio apertaria o nó em torno do pescoço do homem apenas para se ver livre daquele chorão cheio de autocomiseração por um amor perdido.

Por um momento, Avery deliciou-se com uma doce fantasia em que olhava para aqueles olhinhos de chimpanzé, reluzentes e transbordando de emoções ridículas, antes de puxar a corda que abria o alçapão e ficar observando a cabeça do idiota se deslocar dos ombros.

Ele queria alertar a Sean Ellis que a puta de sua esposa não estaria mandando fotos para ele se ela não quisesse servir de objeto de masturbação para qualquer um que pusesse os olhos nelas.

Em vez disso, disse-lhe, com ar conspiratório:

— Ele lê tudo, sabe. Também furta o que gosta.
— Quem? — perguntou Ellis, intrigado.
— Finlay. — E Avery deu de ombros.
Não custava nada plantar uma semente de ódio.

Ryan Finlay nunca tivera oportunidade de falar com o Dr. Leaver. "Garoto mimado" era a palavra que ele e os outros guardas usavam sem pensar duas vezes quando se referiam às atribuições do psicólogo, e Finlay sentia, sem pensar, que o que Leaver fazia se enquadrava perfeitamente naquela categoria, juntamente com privilégios de televisão e uma opção de prato vegetariano nas refeições.

Assim, quando Finlay passou pelo médico que esperava fora da porta de sua sala, olhando para o corredor enquanto Arnold Avery era levado de volta à sua cela certa tarde, foi com uma boa dose de sarcasmo que ele perguntou:

— Outro curado, doutor?

Leaver piscou os olhos rapidamente para Finlay, depois voltou a olhar para a figura de Avery, desaparecendo, flanqueado por Andy Ralph e Martin Strong, os encarregados de mantê-lo vivo na curta jornada entre os blocos.

— Eles têm direito a tratamento — disse ele, um pouco tenso.

Finlay bufou, mas Leaver não olhou para ele. Isso irritou o guarda. Ele estava acostumado a ser ouvido no trabalho. Obedecido. Não ignorado.

— Aquelas crianças que ele matou também tinham direitos, não tinham?

Ralph e Strong haviam alcançado a porta de barras de ferro no final do bloco. Strong destrancou a porta enquanto Ralph olhava despreocupado para as próprias unhas. Avery ficou de lado, parado, uma figura magra, inofensiva, do lado dos dois guardas corpulentos.

Leaver finalmente respondeu:

— Aquelas crianças não eram minhas pacientes.

Um coração mole do cacete! E o homem *continuava* sem olhar para ele! Finlay ficou com vontade de meter a mão com força no peito daquele pretensioso para uma pequena lição. Fazer com que o todo-poderoso Dr. Leaver lhe desse o respeito que merecia.

— Então mandam gente como aquele cara para um buraco moleza como esse, ele faz uns trabalhinhos na madeira, e o senhor escreve seus relatoriozinhos, tapa a janela dele com tábuas, ele mantém as mãos limpas e diz "Sim, Dr. Leaver", "Não, Dr. Leaver", mas no fim das contas isso não significa nada porque fazem disso aqui uma porra de um hospital. Só temos de remendar os caras e dar um pé na bunda deles depois porque precisamos de suas camas.

Esperando incitar Leaver a dar uma resposta, Finlay só conseguiu ficar com o rosto todo vermelho. Fixou o olhar no doutor, mas ele observava calmamente Avery até que desaparecesse de sua vista, atravessando as portas duplas. Então, finalmente Leaver se virou e encarou diretamente Finlay, e pela primeira vez o guarda da prisão olhou bem dentro dos olhos que haviam procurado luz nas almas negras de mil assassinos de caráter deformado, e sentiu um arrepio vindo diretamente de um filme de terror ruim.

— Ah, nós sempre teremos uma cama para Arnold Avery. — E Leaver deu um sorriso vazio. — Ele não vai a lugar algum.

27

O Dia dos Pais na casa de Lewis não era uma data especial. Ele geralmente esquecia e, quando se lembrava, a mãe apresentava um cartão qualquer para que escrevesse alguma coisa e o presenteasse com uma desajeitada miscelânea de constrangidos sentimentos. Às vezes, era ela própria que tinha de escrever as frases no cartão porque Lewis não se lembrava nem de fazer isso. Às vezes, ela também se esquecia, mas o que importava era a intenção, mesmo que a lembrança da data raramente ocorresse antes da metade da manhã, quando a Radio 2 começava a tocar músicas dedicadas ao Dia dos Pais, e o pai de Lewis tivesse de fingir que para ele estar em casa com a mulher e o filho era o bastante.

Lewis foi direto para as revistas enquanto Steven olhava a insignificante coleção de cartões para os pais na loja do Sr. Jacoby. Se fosse comprar algum — coisa que não faria, é claro —, qual seria? Carros de corrida? Canecas de cerveja espumante? Desenhos eróticos? Havia um com um vaso de flores, uma pá e um par de luvas jogadas fora descuidadamente, mas Steven achava que aquele era um cartão para se mandar para um velho, e o tio Jude não era um velho.

E também não era o pai de Steven.

O pensamento trouxe-lhe uma pontada de tristeza, mal disfarçada por um apressado golpe de indiferença simulada que ele sentia pequena e oca em seu coração.

— Você vai comprar cartão de Dia dos Pais?

Lewis levantou o olhar vazio da revista *BMX Monthly* em direção a Steven, embora não possuísse uma bicicleta e fosse um ciclista supercuidadoso com o lindo veículo novo que *realmente* tinha.

— Merda. Acho que sim. Escolhe um para mim, tá?

— Qual?

— Qualquer um.

Steven olhou de novo os cartões com mais atenção. Nenhum deles parecia adequado ao pai de Lewis. Não havia um sequer com palavras cruzadas e um casaco de malha de lã. Ele finalmente se decidiu pelo cartão com a cerveja espumante, porque certa vez vira o pai do amigo entrando no Leão Vermelho, e porque ele se lembrava de ter aberto a bem guarnecida geladeira da mãe de Lewis para tirar um refrigerante para cada um e vira um pacote de seis latas de Bud Light. Aquilo ficou gravado na sua memória porque parecia uma coisa americana demais para o pai de Lewis beber. Uma coisa muito esportiva.

— Esse está bom?

— Está sim — respondeu o amigo, sem nem olhar para o cartão. — Me empresta duas libras?

— Eu não tenho duas libras.

Lewis olhou para o preço nas costas do cartão.

— Que seja, 1,20. Minha mãe vai pagar você.

Steven só ganhava duas libras por semana de dinheiro para gastar. Às vezes nem isso, se o medidor de gás precisasse ser alimentado.

Ele suspirou e procurou nos bolsos. Ao longo dos anos, Lewis já devia ter pedido emprestado centenas de libras e nunca lhe pagara um único centavo. Steven levantou o assunto certa vez e Lewis lhe disse para não ser tão sovina.

— Só tenho 1,50.

— Serve.

Lewis pagou ao Sr. Jacobs e embolsou os 30 centavos de troco.

Avery não fazia ideia de que era o Dia dos Pais até que uma agitação percorreu a fila do café da manhã, um boato de que iam comer salmão.

A notícia chegou ao homem à sua frente, que virou-se, viu que Avery estava atrás dele, fechou a cara e voltou-se para a fileira de bandejas e o eco do metal contra metal. E assim a corrente de informação quebrou-se bem ali, e todos os homens atrás de Lewis não receberam a notícia antecipada da iguaria rara.

— O que há? — perguntou Ellis sem grande interesse.

— Use o nariz, Ellis! — Ryan Finlay riu da própria piada. Ele precisou fazer isso porque ninguém mais riu.

— Salmão — avisou Avery.

— O quê?

— Vamos comer salmão.

— Por quê?

— Dia dos Pais.

Ellis já pegara mingau no primeiro balcão. Então Avery observou o colega olhando para Finlay, que percorria a fila. Como de costume, o guarda rodava as chaves nos dedos gorduchos como um pistoleiro condenado. Então, virou-se e caminhou de volta na direção deles.

Com interesse, os olhos claros de Avery relampejaram, de Ryan Finlay para Sean Ellis, que por sua vez decidira focalizar seu olhar ligeiramente vago em Finlay sempre que o via.

Ellis fora um desperdício de tempo no que dizia respeito às chaves. De fato, até a barra de sabão estava desistindo do plano, e se encolhera a um ponto em que havia mais espuma do que matéria sólida. Avery estava pensando seriamente em abandonar os moldes de sabão, como experimentos fracassados.

Enfim.

Desde aquela conversa chorosa com a vagabunda da sua esposa, Ellis não fazia nada senão amarrar a cara. Avery fizera o possível para tirá-lo da depressão, mas o homem estava obcecado por Ryan Finlay. Será que ele ficara com as fotos? Será que as guardara para si mesmo? Será que as devolvera? O que Avery achava que o guarda fizera com as fotos? Será que ele, Ellis, poderia exigir que elas fossem entregues? Avery se arrependia de ter insinuado que Finlay estava guardando as fotos. O resultado desse ato foi tornar o único colega de prisão que falava com ele um homem inútil, tedioso e que lhe ocupava horas preciosas. Assim como acontecera com a barra de sabão, Avery estava pronto para desistir de Ellis como um desperdício do seu tempo.

Mas agora, com nada para fazer senão se arrastar na direção do prometido salmão, e com Finlay quase no mesmo nível deles, ele pensou que seria divertido cutucar a onça com vara curta.

— Você tem filhos, Sean?

Ellis lançou um olhar vago para Avery.

— O quê?

— É Dia dos Pais — disse Avery vagarosamente, como se falasse com uma criança. — Você tem filhos? Você e Hilly?

— Não.

Alguma coisa começou a crescer no oceano do cérebro de Ellis.

— Que pena — acrescentou Avery.

— É mesmo — respondeu Ellis, cerrando as sobrancelhas sobre o mingau na bandeja, mas sem realmente o enxergar.

Avery suspirou pesadamente e depois falou com cuidado, no silêncio que se formou entre eles.

— Provavelmente nunca terão, agora.

De repente, o fato de estar preso há dois anos — e de passar pelo menos mais 12 ali — atingiu Sean Ellis como uma bigorna atirada contra o coração, sugando todo o ar de seu peito, num enorme choque.

Por um momento, ele balançou o corpo ligeiramente, os olhos vagos e a boca pendente, segurando-se na fila do café da manhã...

Ryan Finlay rodopiou as chaves.

— Mais rápido, Ellis! — disse ele, numa alegria inconsciente de que era a última coisa que falaria na vida.

Sean Ellis virou com força a bandeja de estanho no rosto de Finlay. O suporte não era pesado e a tigela de mingau era feita de plástico, mas a força da extrema fúria de Ellis, por trás do metal, fez o guarda desabar como uma árvore cortada, sangue espirrando do nariz como água de uma flor usada para pregar peças.

Houve um segundo ou menos em que as coisas poderiam ter ido num sentido ou noutro. Os homens poderiam ficar parados assistindo Sean Ellis espancar Ryan Finlay com sua bandeja, fazendo o mingau espirrar como lama, até que outros guardas o tirassem dali.

Ou a prisão poderia ter virado um pandemônio.

Depois do mais rápido dos momentos, a última opção foi a escolhida.

Os prisioneiros largaram o salmão, desfizeram as filas e se amontoaram sobre Finlay. As dezenas de guardas que, apenas momentos antes, estavam simplesmente futucando os narizes, entediados, correram para ajudar, agitando os bastões como um time de futebol de fim de semana, mal treinados e se desentendendo, correndo juntos atrás da bola.

Alguns prisioneiros viraram-se contra os guardas que chegavam, outros começaram a brigar entre si, aproveitando a oportunidade para acertar contas rápido e duramente, sem as cansativas trocas de cigarro e favores sexuais.

Soaram apitos e gritos de "Fechem! Fechem"! vindas de vozes em pânico. Em meio ao som de ódio, o som de bandejas e mesas de fórmica reviradas ecoavam pelo prédio.

Avery se adaptou tão rapidamente que teria gerado um impacto no darwinismo. Antes mesmo que Ryan Finlay batesse no chão, seus pensamentos foram do salmão e de Ellis para a imagem de SL, refletida no pequeno foco do espelho lateral de um carro. Conforme os outros presos se empilhavam em cima de Finlay, ele deixou cair a bandeja sobre as chaves que deslizaram docilmente da mão do guarda.

Ninguém viu. Ninguém se importou. Todos os outros estavam brigando.

De fato, pensou Avery calmamente, é por isso que não pertenço a esse meio, com toda essa gente imbecil.

A despeito de toda a atenção focalizada em outros lugares e de sua atitude exterior calma, Avery sabia que precisava agir rapidamente. A qualquer momento os guardas retomariam o controle da cozinha e a oportunidade estaria perdida. Pior ainda, os guardas talvez não conseguissem recuperar o controle da cozinha.

Assassinos de crianças eram considerados a escória da terra pela escória da terra. Se o tumulto crescesse, Avery sabia que boa parte dessa violência seria dirigida contra ele e seus semelhantes.

Embora compreendesse que a rapidez era a raiz da coisa, ele gastou algum tempo avaliando a situação. Os empregados civis da cozinha haviam desaparecido atrás dos balcões de onde serviam a comida, ou pelas portas que diziam FUNCIONÁRIOS DA COZINHA APENAS.

Avery passou o corpo por cima do balcão e deixou-se cair atrás dele, para ganhar mais tempo de planejamento.

Ele nunca estivera ali, atrás do balcão. Olhou em torno de si e viu que caíra numa pequena poça de mingau, que encharcava seu sapato. Era apenas um sapato preto fornecido pela prisão, mas Avery mantinha o seu muito limpo e a irritação tomou conta dele, com aquela sujeira. Olhou ao redor procurando um pano e viu batatas fritas e velhos pedaços de cenoura debaixo do balcão. Fez uma careta; se soubesse como aquele lugar era sujo, nunca teria comido nada produzido ali.

Agarrou alguma coisa branca de uma prateleira baixa debaixo do balcão, que ele percebeu ser a túnica do chefe de cozinha.

Por um segundo, ele ficou verdadeiramente dividido entre vestir a túnica e limpar seus sapatos com ela, mas finalmente tirou o suéter da prisão com as faixas azuis reais nas bordas e vestiu a túnica.

Ao mexer na túnica viu uma caixa de barras de chocolate na prateleira mais baixa. Avery não era chocólatra, mas agarrou meia dúzia e encheu os bolsos da calça jeans com elas.

Viu também uma outra pequena pilha de coisas brancas. Gorros. Gorros de papel nojentos que faziam com que os homens e mulheres atrás do balcão ficassem todos com a aparência de vítimas de câncer, sem cabelo e assexuadas. Todos ficavam parecidos.

Rapidamente meteu um dos gorros na cabeça, abaixando-o bem sobre o rosto antes de afastá-lo para trás, puxando o cabelo para fora da testa. Deu uma olhada na porta de aço inoxidável do armário e viu alguém com cara de pastel olhando para ele. O cara de pastel deu um leve sorriso tenso.

Depois, antes de se levantar, Avery usou seu suéter de malha para limpar o mingau dos sapatos.

Ergueu-se, ficando o mais abaixado possível, de modo que qualquer um olhando na sua direção veria apenas o topo de seu chapéu branco sobre o balcão, e rapidamente atravessou a porta com o letreiro FUNCIONÁRIOS DA COZINHA APENAS. Ficou surpreso de vê-la destrancada. Aquilo era uma prisão, pelo amor de Deus. Será que eles realmente achavam que um letreiro bastava como impedimento? Se fosse esse o caso, então metade do efetivo de presos de Longmoor seria provavelmente de homens livres, que nunca transgrediram um letreiro de "Invasores serão processados" ou "Sempre pegamos ladrões de lojas". Por Cristo, se fosse simples assim, eles todos teriam se mantido longe de confusão e o lugar estaria vazio.

A despeito de sua situação difícil, Avery não pôde deixar de sorrir ao pensar no efeito que poderia ter sobre ele se sua vizinhança tivesse cartazes anunciando "Não mate criancinhas".

Ele se virou e seu sorriso morreu quando viu os aterrorizados cozinheiros e copeiros, todos civis, amontoados na parede mais distante da porta de saída, olhando para ele com ar amedrontado e desconfiado. Imediatamente ele se voltou para a porta por onde entrara, procurando uma tranca sem encontrá-la.

— Onde está a tranca? — perguntou, ansioso.

— Não tem nenhuma — disse um rapaz com acne no rosto que Avery suspeitava escarrar no vidro de mostarda. Ele não parecia tão presunçoso agora, pensou Avery com alegria. A acne ficara mais viva com o pavor e o lábio inferior tremia.

— Me ajude a bloquear a porra da porra antes que aquele bando todo invada aqui!

Avery agarrou um carrinho de metal de transportar bandejas e deslizou-o contra a porta. Ele sabia que aquilo era inútil, mas era só para demonstração. Uma mulher gorducha, de meia-idade, cuja etiqueta com o nome dizia "Evelyn" correu em socorro, aparentemente tendo decidido que Avery precisava ser ajudado, segundo a ideologia de que o inimigo de meu inimigo é meu amigo.

Juntos, eles puxaram e com esforço conseguiram colocar um freezer na frente da porta. No meio da tarefa, quatro ou cinco dos mais ou menos dez membros da equipe da cozinha se apressaram para ajudar.

Uma vez que o freezer foi movido de lugar houve uma pausa e Avery sabia que eles estavam todos desconfiados dele de novo.

Sua mente funcionou velozmente procurando uma forma de lidar com a situação, e ficou agradecido de ter treinado isso recentemente.

Ele tinha três coisas a seu favor: primeiro, sabia que o serviço prestado por civis na cozinha era no esquema de revezamento. Antes daquele dia só se lembrava de ter visto o Garoto-Catapora e Evelyn, sendo que os outros não compareciam à prisão havia tempo demais para que ele os retivesse na memória. Segundo, ele era um homem sem características marcantes e não se destacaria numa multidão qualquer, muito menos num grupo de homens todos vestidos de cinza e malhas azuis. Mesmo que eles soubessem quem ele era, a túnica branca e, principalmente, o boné com rede no cabelo eram um disfarce que neutralizava as feições de qualquer um que os usasse.

O ponto final a seu favor era que, à parte o Garoto-Catapora e um velho tão curvado que parecia um macaco de circo, metido nas suas calças frouxas e quadriculadas, todas os outros auxiliares da cozinha eram mulheres. E que se fodam as mulheres; ele sabia que elas eram muito menos dispostas a desafiar um homem do que outros homens. Atendo-se a essas verdades, ele soprou as bochechas numa simulação de alívio e encarou todos eles.

— Um bom dia para se começar um novo trabalho!

— É mesmo, que merda — disse o Garoto-Catapora, abalado.

Os outros lançaram apenas um olhar fugaz, de apaziguamento. Estavam trocando olhares cautelosos, e Avery percebeu que precisava fazer alguma coisa se queria sair daquela situação.

Ele apresentou as chaves.

— Alguém sabe qual dessas abre a porta?

Houve uma pequena onda de alívio.

— Onde você conseguiu as chaves? — perguntou o macaco de circo, com ar desconfiado.

— Com um dos guardas. Ele me disse para tirar todo mundo daqui o mais depressa possível. — Enquanto falava, foi até a porta de saída e começou a experimentar as chaves.

— O que aconteceu com ele? — perguntou o macaco de circo, jogando a cabeça para trás na direção dos sons da confusão.

— Só Deus sabe — disse Avery, enfático. — Só estou interessado no que vai acontecer conosco.

Foi uma jogada de mestre. A equipe da cozinha ainda não confiava nele, ele percebia isso, mas agora eles se reuniram em torno da única chance de escapar, como pintinhos recém-chocados, ansiosos, preparados para arriscar acompanhá-lo desde que isso os afastasse dos sons da balbúrdia que estrondeava em seus ouvidos. O menor dos dois males, pensou Avery com um pequeno sorriso. Talvez fosse a única vez na sua vida que até mesmo esse título depreciativo poderia lhe ser dado.

A quarta chave fez girar a fechadura com um clique satisfatório, e Avery ficou para trás, educadamente, deixando todo mundo sair antes dele. Agora, eles começaram a balançar a cabeça, agradecendo e murmurando "obrigado" enquanto passavam. Apenas o macaco de circo ainda o olhou pesaroso por estar sendo libertado.

Uma batida na porta atrás deles fez com que todos se apressassem, e Avery fechou a porta de saída.

Evelyn ia na frente e, enquanto ele corria para acompanhá-la, uma meia dúzia de guardas passou por ele. Avery reconheceu cada um deles, mas os olhos dos guardas passaram por sua túnica e pelo chapéu branco usado pelo pessoal da cozinha como se ele fosse invisível.

Sabia que a equipe não lhe permitiria sair andando pelo portão da frente com eles. Uma vez em segurança, cercados por guardas que não estavam apavorados e fugindo, provavelmente o macaco de circo levantaria suas suspeitas.

Foi por isso que, quando passou pela ala A, Arnold Avery deixou-se ficar silenciosamente para trás do grupo, tirou a túnica e chapéu brancos, escondeu-os atrás de um grande arbusto florido cujo nome ele não sabia, então seguiu para a cerca de arame.

Corria o boato de que a cerca estava sob tal tensão que uma pá atirada contra ela com força o bastante a romperia como uma sacola de papel inflada de ar. Avery não acreditava nisso. E nem precisava. Ele tinha as chaves do castelo.

Pouco antes, na ala D, ele passou pelo banco com a plaqueta "Em memória de Toby Dunstan". Dois carcereiros corriam na sua direção e Avery sabia que tentar esconder qualquer coisa de um carcereiro era o modo mais rápido para ser parado, interrogado e revistado. Portanto ele se certificou de que percebessem que já os havia avistado antes de pegar o banco e, com dificuldade, colocá-lo nos ombros.

— Roubando um banco, Avery? — disse um deles, enquanto os dois passavam apressados, as suspeitas desvanecidas pela ousadia do gesto do assassino.

— Isso mesmo, Sr. Priddy! — replicou ele espertamente, e esboçou uma continência.

Ambos os homens riram e não pararam.

Não houve alarme. Alarmes apenas alertam outros prisioneiros. Fugas, rebeliões, lutas, todas esses eventos eram denunciados pelo crepitar dos rádios, pelos rostos vermelhos e suados dos guardas e pelo inusitado som de pés correndo quando chegavam os reforços na área afetada.

Avery colocou o banco a 50 metros de distância, ao lado de um dos quatro portões.

Ele foi andando, embora desejasse correr para os fundos da ala, para onde estava o banco de Yasmin Gregory. No caminho, passou por dois outros bancos, mas que não haviam sido feitos por ele. Ele sabia que aquilo era uma coisa idiota, e que ele se culparia mais tarde se fracassasse, mas ele queria, precisava, fazer isso.

Foi cambaleando para o portão do aramado com o banco YG e, com uma das mãos surpreendentemente firme, tirou as chaves de Finlay do bolso.

A primeira funcionou, e Avery soube que o destino estava sorrindo para ele.

Dois bancos, cada um com 60cm de comprimento. Um muro com 3m de altura.

Devia ser o bastante.

Ele arrastou os bancos para fora e trancou o portão da cerca de arame atrás dele, depois colocou o banco de Toby em cima do banco de Yasmin e experimentou o equilíbrio e a resistência, balançando a torre de madeira.

O banco de Toby fora o segundo que ele fizera, e não era tão forte quanto o de Yasmin, que fora o quinto. Mas ambos eram fortes o bastante.

Depois de algumas tentativas frustradas, em que seu peso ficou desequilibrado e ele balançou perigosamente, Arnold Avery escalou a torre de madeira com os nomes de suas vítimas crianças, chutou os bancos para longe sem nem mesmo olhar para trás e deixou-se cair cuidadosamente do alto do muro na grande expansão aberta de Dartmoor.

28

Steven tirou as meias e, hesitante, calçou os tênis frios, molhados, fora da porta dos fundos.

Eram cinco e meia da manhã e ele se sentia estúpido, como se tivesse 6 anos de novo e estivesse acordando para um Natal que ele sabia que nunca aconteceria.

Steven sorriu para si mesmo. Natal em junho. Ele vinha se sentindo assim todos os dias daquela semana, deslizando para fora da cama por cima de Davey esparramado como uma estrela-do-mar nos lençóis, pisando na tábua que rangia fora do quarto de Billy, agarrando-se ao corrimão para controlar o baque de seus pés nos degraus. Então, tremendo um pouco, em parte por causa da quentura do sono dando lugar a um novo dia frio que afetava sua pele, em parte de empolgação, ele atravessou a cozinha na ponta dos pés rapidamente, a luz do sol distribuindo raios de poeira dourada pela janela.

E tudo por causa dos pequeninos rebentos verdes que haviam começado a aparecer como esmeraldas espargidas na terra escura da horta.

As cenouras surgiram primeiro e a garganta de Steven apertou quando as viu. Quase gritou! As cenouras estúpidas! Ele nem mesmo gostava de cenouras!

Tentou não mostrar sua empolgação enquanto contava ao tio Jude sobre o alimento, mas o tio também ficara empolgado por conta própria, e imediatamente deixara de lado suas fatias de bacon para ir ver a novidade. Steven sentira-se como um homem apresentando seu novo bebê. Gostaria de ter um cigarro naquele momento. Em vez disso, o tio Jude pusera uma mão na nuca dele, o que era ainda melhor.

Depois das cenouras, os feijões surgiram no pé das estacas às quais estavam atados, parecendo tendas indígenas. Naquele exato momento parecia impossível que as pequenas partículas verdes inermes poderiam jamais subir até a altura das tendas. Steven encheu-se de espanto só de pensar que iriam inclusive tentar.

Ficou imaginando o que viria em seguida.

Foram as batatas.

Mas antes disso, três dias depois de as primeiras cenouras aparecerem, Steven chegou da escola e não viu a avó na janela.

O terror se apossou de seu coração, mas tentou não correr pela casa gritando o nome dela.

— Vovó? — chamou ele no pé da escada. Nenhuma resposta. Ele subiu até a metade dos degraus e viu que a porta do banheiro estava meio aberta. Ela não estava lá.

Não havia ninguém em casa.

Steven atravessou a cozinha correndo e parou, atônito.

A avó estava na horta. Examinava os rebentos e mexia na terra aqui e ali com a bengala. Não com crueldade, percebeu

Steven, mas do mesmo modo que ela tocara nas rodas de seu carrinho.

O mesmo carrinho que a avó agora segurava firme para se apoiar enquanto rolava e fazia curvas com ele, caminhando na horta cheia de calombos.

Vou fazer uma trilha para ela, pensou Steven, uma trilha bem aplainada.

Em seguida, ele correu de volta para dentro da casa e saiu pela porta da frente, pegando a mochila da escola no caminho.

Um pouco depois ele acenou um "olá" para a avó de lábios cerrados, imóvel na janela, e entrou na casa pela segunda vez em dez minutos.

Essa lembrança cegou Steven até ele estar no meio da horta; então ele parou subitamente.

Os brotos de feijão estavam derrubados.

Ele correu o restante do caminho, reprimindo a inquietação que começara a sentir no estômago.

As estacas que sustentavam as plantinhas não haviam caído. Elas foram arrancadas e espalhadas pelo resto da horta.

Ou o que restava dela.

Alguma coisa grande e pesada pisoteara e remexera a terra preta, macia, dando pontapés nos pequenos frutos que agora jaziam espalhados como corpos num campo de batalha, os brilhantes uniformes verdes expondo os membros nus, magricelos, que nunca deveriam ter sido expostos.

Steven queria que o autor daquilo fosse uma raposa. Ou uma vaca. Ele chegou até a olhar em torno da horta à procura de uma vaca fugida. Um vaca seria ruim, mas não tão ruim quanto o simples fato de que uma pessoa fizera aquilo. Uma pessoa ou várias.

Os encapuzados. Os encapuzados haviam feito aquilo. Na sua mente, Steven pôde imaginá-los pisoteando e rindo enquanto esmagavam os tenros brotinhos debaixo dos pés, os rostos escondidos retorcidos de uma alegria estúpida.

Mas, enquanto tentava se convencer da ideia, Steven sabia que os encapuzados não iam se dar ao trabalho de fazer aquilo, nem o conheciam tão bem a ponto de saber que *ele* ficaria magoado.

Com o coração despedaçado, Steven sabia que o autor fora Lewis.

29

Devido ao distúrbio na cozinha, ao fato de Ryan Finlay ter sido levado às pressas para o hospital — e dali para o necrotério —, e também ao portão da cerca que Avery trancara ao sair, demoraram quase um hora para descobrir que ele estava desaparecido, e não porque havia sido espancado ao entrar numa cela errada, ou escondido em outro lugar para se proteger. Passaram-se ainda mais uns vinte minutos antes que um guarda visse os bancos com plaquetas de Toby e Yasmin e alguém percebesse que Arnold Avery pulara o muro.

Desde que fora promovido ao cargo de vice-diretor da Prisão Aberta de Newport, em South Wales, o diretor do presídio de Longmoor perdera quatro prisioneiros. Quatro em quatro anos. Não era um número espantosamente alto. Longmoor era uma prisão de treinamento; uns poucos prisioneiros selecionados chegavam inclusive a trabalhar fora dos muros, em serviços de limpeza ou em fazendas, como parte de seus programas de reabilitação. Em duas ocasiões, como resultado do baixo efetivo de guardas, alguns homens simplesmente se esconderam atrás de máquinas ou saíram andando na direção do nevoeiro espesso. Todos os quatro foram recapturados nas estradas antes que qualquer motorista lhes desse carona.

No entanto, quatro fugas em quatro anos representava um padrão infeliz. Era como se pudesse haver cinco fugas em cinco anos, seis em seis anos, e assim por diante, e isso trazia palpitações ao diretor.

Desse modo, quando a fuga de Avery foi descoberta, todos os guardas disponíveis foram imediatamente despachados para as estradas, e bloqueios de tráfego foram montados para revistar os veículos que saíam da área. Presumiu-se que, como os outros antes dele, aquele fugitivo em particular se encaminharia para a estrada mais próxima e faria sinal para um carro parar, pedindo carona, ou roubaria o veículo. Fazer alguma coisa diferente era estúpido e perigoso, até mesmo no verão.

Tendo assumido esse ponto de vista, o diretor pensou em outra coisa: os fugitivos exerciam má influência na equipe de segurança, o que diminuía seu moral.

O diretor era um homem bom e queria manter o máximo de autoridade possível.

Se pelo menos Avery fosse recapturado dentro das próximas horas. Se pelo menos o fato de um conhecido ex-assassino de crianças ter ultrapassado o muro fosse mantido longe da imprensa até ele estar de novo preso dentro daqueles mesmos muros...

O diretor era um homem bom.

Mas fez uma escolha ruim.

Não chamou a polícia.

A primeira meia hora de liberdade de Arnold Avery, depois de 18 anos na prisão, foram os piores trinta minutos de sua vida.

Assim que se ergueu da queda de 3 metros de altura, ele entrou em pânico.

Esse sentimento o agarrou pela garganta e apertou-a; ele saiu correndo cegamente pela charneca, o terror fazia com que gemesse cada vez que parava para recuperar o fôlego, fôlego de alguém fora de forma. Suas pernas queimavam, sentia punhaladas nos pulmões, tudo isso a 400 metros do muro da prisão. Anos sentado em sua cela, pensando, não ajudaram em nada seu tônus muscular.

Cambaleou, arfou e gemeu até que sua própria autodisposição finalmente expulsou o pânico e forçou-o a parar, readquirir o controle e avaliar a situação.

Seu pânico não tinha razão de existir. Por mais que olhasse para trás, ele não viu sinais de perseguição. A própria prisão se dissolvera atrás dele como um sonho ruim.

Construída numa grande depressão natural do terreno, o presídio de Longmoor era uma monstruosidade de pedra do tamanho de um vilarejo, mal sendo avistada pelos milhares de excursionistas e turistas que enchiam a charneca todo verão. Num minuto estavam caminhando tendo como companhia apenas uma relva amarela baixa e pálidos afloramentos de granito; no minuto seguinte estavam olhando para um grande círculo cinza-escuro dentro de uma cratera, muitas vezes com tetos e chaminés pontiagudos atravessando o nevoeiro, como se toda a prisão estivesse afundando num lago de leite sujo.

Naquele momento, sem a vista da prisão e apenas a charneca ensolarada em torno de si, Avery sentiu o pânico se esvair e espalhar com a ajuda da brisa revigorante. Naquele lugar ele percebeu a súbita e hilariante empolgação de estar livre.

Teve um quase irresistível desejo de estender os braços e sair rodopiando vertiginosamente pelas encostas.

Diferentemente dos que o haviam precedido na fuga, ele não tinha a intenção de fazer sinal para um carro parar, ou tampouco se aproximar de uma estrada, se pudesse evitar.

Teria pensado em furtar um carro, mas era um *serial killer*, não um ladrão de carros comum, e não tinha ideia de como fazer uma ligação direta num veículo, ou sequer como invadi-lo sem ter que bater com um tijolo no vidro da janela.

Pela primeira vez em 18 anos, Avery se arrependeu de ter se isolado dos outros prisioneiros. Ele poderia ter aprendido muito. Tarde demais agora.

Torceu para que nunca precisasse de um carro. Mas sabia que no instante em que começara a correr, o relógio passara a marcar o tempo. Logo o seu rosto estaria nas telas da TV. No dia seguinte, pela manhã, estaria na primeira página de todos os tabloides.

Avery usava a camisa de listras azuis e brancas fornecida pela prisão e calça jeans azul-escuro. Desejou ter conservado o suéter porque, embora fosse verão, o sol ainda não havia aquecido o ar. Sabia que esse desejo seria ainda maior quando caísse a noite.

Passou por dois carneiros pastando no gramado vasto e imaculado da charneca. Nenhum dos dois se dignou a lançar-lhe um olhar.

Agora ele caminhava devagar, sem saber para onde, apenas reorganizando seus pensamentos enquanto seguia adiante.

Sua garganta já estava relaxada e fria o bastante para ele poder apreciar adequadamente o ar claro, fresco, que não cheirava ao jantar de hoje ou às meias de ontem. Era uma sensação intoxicante e ele chegou a ficar tonto ao inspirar fundo para dentro dos pulmões aquele ar, sentindo-o pressionar as pontas dos dedos, como que substituindo a atmosfera estagnada da prisão.

Por não ter sentido uma ânsia de escapar até receber a foto que SL lhe enviara, Avery tinha apenas uma vaga ideia do que o esperava. Sabia, por exemplo, que o sul e o leste de Dartmoor eram coalhados de pequenos vilarejos, alguns com pouco mais de um punhado de casas em torno de uma agência de correios ou uma parada de ônibus coberta. Também sabia que o norte e o oeste da charneca tinham uma população ainda menor. Além disso, ele só sabia que em algum lugar, entre ele e a borda norte de Dartmoor, havia quilômetros de um terreno desolado e difícil, intercalando rochas e lodaçais. Juntando isso ao tempo imprevisível, não era de admirar que outros fugitivos preferissem as estradas, a despeito da maior probabilidade de serem apanhados, ao considerarem a menor probabilidade de morrerem.

Mas agora que ultrapassara o muro, Avery não tinha nada a perder e tudo a ganhar evitando ser recapturado.

Tudo mudara. Se fosse novamente preso agora, ele perderia os 18 anos de bônus conquistados por ter sido um prisioneiro modelo. Sua chance de liberdade condicional era agora precisamente zero, e ele apodreceria na prisão por mais 25 ou 30 anos talvez, retornando a algum lugar como a prisão de Heavitree, onde passara os primeiros 16 anos de sua sentença afogado no medo e na imundice.

Ele preferia morrer a voltar para lá.

Avery percebeu com um pequeno sobressalto que aquilo era verdade, e depois o sobressalto transformou-se numa acalentadora certeza. Havia algo de estimulante em ter ficado com apenas uma opção. Isso colocava a mente em foco.

— Que manhã linda!

Ele se virou e viu um homem de meia-idade, acompanhado por uma mulher que Avery presumiu que fosse a esposa, a apenas uns poucos metros de distância. Ambos carregavam bastões de caminhada, mochilas para passar o dia e invólucros com mapas. Os dois usavam shorts cáquis sobre as pernas enrugadas, as dele magras e peludas, as delas teimosamente gorduchas.

Graças a Deus parara aquela corrida desesperada. Eles certamente teriam notado.

— Sim. — Ele assentiu com a cabeça, concordando plenamente.

— Vai fazer calor.

— Sim — disse ele de novo, sentindo que deveria fazer uma contribuição maior à conversação, mas sem saber o que dizer.

— Nós estamos indo para Great Mis.

Avery notou que agora os olhos do homem o examinavam da cabeça às botinas fornecidas pela prisão, procurando algum indício de que ele era um excursionista e começando a suspeitar ao não encontrar nada nesse sentido. Avery ficou momentaneamente contente por ter jogado fora o suéter; o cinza-escuro com a reveladora faixa azul na bainha o denunciaria num instante.

— E você? — perguntou o homem, mostrando interesse.

Os neurônios de Avery, recentemente ativados, felizmente reagiram rápido.

— Ah, eu não estou caminhando — respondeu ele num tom que poderia fazer os dois excursionistas se sentirem idiotas de terem pensado tal coisa. — Estou só esticando as pernas. Estou a caminho de meu trabalho em Tavistock, e pensei em aproveitar... — ele fez um gesto abrangente com o braço — ... tudo isso. Meu carro está bem ali depois daquela encosta.

Ambos olharam para a encosta, depois de novo para ele, e Avery lhes deu um sorriso especial. O homem não chegou a sorrir de volta, embora tenha balançado a cabeça aceitando a explicação, mas a esposa se abriu toda num sorriso, olhando para ele com felicidade.

— Ah é, hoje o tempo está muito bom para se ficar enfiado num carro ou num escritório.

Depois eles balançaram a cabeça, achando finalmente um terreno em comum, em todos os sentidos.

A esposa cutucou alegremente o marido com o bastão.

— Vamos então, paizinho.

O homem deu um pequeno sorriso e levantou as sobrancelhas para Avery antes de começar a andar.

— Boa caminhada para vocês — falou Avery vendo os dois se afastarem, e eles se voltaram para acenar para ele.

O fugitivo soltou um suspiro de alívio. O encontro poderia ter sido constrangedor e, o que é mais importante, demorado em excesso.

Ele sabia que o tempo era importantíssimo. Havia coisas que precisava fazer, coisas que preferia não ter de fazer. Desejava apenas se dirigir para o norte e continuar andando, mas a despeito do pânico inicial por estar livre, já imaginara um plano. Agora tinha apenas de segui-lo.

Tinha de dar a si mesmo a melhor chance possível de sucesso. Precisava aproveitar ao máximo seu tempo de fuga.

Precisava enviar um cartão-postal.

Avery caminhou três horas antes de ver o vilarejo, e quando isso aconteceu, estava tremendo. O sol que anunciara sua liberdade era agora um disco fino, pálido, num céu branco e esfumaçado.

Não era exatamente um vilarejo, e ele nunca soube o nome do lugar, porque não se aproximou dele pela estrada. Foi bordejando a charneca por sobre as vinte e tantas casas de formato estranho até que viu a loja, então desceu e passou entre as casas para chegar lá.

A loja era muito pequena, apenas a sala da frente adaptada de um bangalô de dois andares, com paredes salientes e cristal nas janelas. Um cartaz do *Western Morning News* o fez sentir-se subitamente como se viajasse ao passado. A manchete dizia: CHARLES E CAMILLA VISITAM PRYMOUTH. Coitados, pensou Avery.

Uma estante rotativa em mau estado fora da loja mostrava cartões-postais amarelados. A maior parte era de Dartmoor, com carneiros ou lindos bangalôs de telhados cor-de-rosa, mas havia um compartimento que tinha diversos cartões iguais, mostrando Exmoor coberta por um tapete de urzes arroxeadas. O estômago de Avery contraiu-se com a visão. Ele pegou todos os seis cartões da estante e meteu-os no bolso de trás. Depois pegou outro cartão, mostrando carneiros de Dartmoor, e entrou na loja.

Embora o céu tivesse ficado encoberto, seus olhos ainda precisaram se ajustar à penumbra interna. Havia uma estante de jornais numa parede, prateleiras com mercadorias na outra e um freezer cheio de sorvetes no meio da loja. Avery pôde ver que as prateleiras estavam abarrotadas com uma espantosa variedade de coisas: detergente em spray, papel higiênico, comida para cachorro, barras de chocolate, latas de molho curry, pregos, Band-Aids, Coca-Cola, escovas de limpeza...

Uma olhada para o freezer de sorvetes mostrou que a maior parte dele continha ervilhas congeladas e pedaços de galinha. No canto ele reconheceu um pirulito de marca conhecida, e nada mais.

Havia um pequeno balcão e uma máquina registradora arcaica, mas ninguém para atender, de modo que ele abriu uma garrafa plástica de 1 litro de água e sorveu diversos goles. Havia uma caixa de esmolas em cima do balcão com o letreiro BARCOS SALVA-VIDAS RNLI. No meio de Dartmoor? Quem se importava com aquilo? Ele balançou a caixa rapidamente e quase sorriu; aparentemente, ninguém.

— Tudo bem? — Uma garota alta e magra de uns 15 anos deslizou para dentro da loja e desabou numa cadeira de cozinha atrás do balcão.

— Oi — disse ele. — Você tem cartões-postais de Exmoor?

— Os cartões estão ali fora.

— É, eu sei. Eu dei uma olhada. Mas não vi nenhum de Exmoor.

Ela olhou para ele com expressão vazia.

— Estamos em Dartmoor.

— Eu sei. Quero um cartão de Exmoor.

Ela olhou para a porta como se o cartão-postal de Exmoor fosse chegar a qualquer minuto.

— Não temos um?

Avery respirou com força. Controle. Paciência. Lições valiosas.

— Não.

A garota deu sinais de impaciência e ficou subitamente de pé. Avery viu que ela usava calça jeans justíssima nas pernas mais finas que ele vira na vida. E umas ridículas sapatilhas de balé. Ela passou por ele com um andar preguiçoso, sem nem lançar-lhe um olhar de volta, e saiu da loja.

Ele ficou observando a garota rodar ruidosamente a estante no seu eixo enferrujado, os olhos azuis ligeiramente saltados, e depois cerrar as sobrancelhas para os cartões, mordiscando um cacho de seu cabelo castanho-claro.

Ela era velha demais para ele. Sua inocência já fora perdida, ou estava bem escondida atrás do tédio e da idiotice. Isso o fez odiar ainda mais a garota parada ali, mão no quadril, olhando para os cartões postais que ele já examinara.

— Não vejo nenhum — disse ela, finalmente.

— De fato — concordou ele.

— Desculpe. — Ela não parecia estar pedindo desculpas. Ele gostaria de fazê-la pedir desculpas, seria muito fácil, mas ele não queria perder tempo.

Avery a seguiu de novo para dentro da loja.

— Você pode ver se tem algum em estoque?

— Acho que não.

— Pode checar para mim?

Ela jogou o cabelo no ar como resposta. Ele precisou reunir toda a força para manter o autocontrole.

— Por favor?

Ela fez um som de irritação com os lábios e desapareceu pela porta interior. Ele a ouviu subindo ou descendo alguns degraus de madeira, um andar surpreendentemente firme para uma garota tão magra. Isso fez ele perceber que ela estava fora de vista.

Ele sorriu, depois se inclinou sobre o balcão e apertou a tecla ABRIR da velha e suja máquina registradora que parecia mais uma caixa de dinheiro elegante. Havia 60 libras em notas de 10. Avery pegou três delas e um punhado de moedas de uma libra. Da última vez em que estivera numa loja ainda existiam notas encardidas, verdes, de 1 libra.

Ele observou um suéter cardigã verde-claro pendurado nas costas de uma cadeira e o enfiou em uma sacola plástica.

Encheu o restante da sacola com bolos, amendoins, alguns sanduíches já prontos de queijo e tomate e água; depois se afastou da porta para ficar fora da vista de quem passasse pela calçada. Pegou um caneta esferográfica mastigada do balcão e escreveu alguma coisa em um dos cartões-postais de Exmoor.

Ele ouviu a garota subindo e descendo os degraus de novo e meteu o cartão de Exmoor no bolso no momento em que ela reaparecia.

— Não temos!

— Ah, bem. Eu vou levar esse aqui, por favor. E um selo de primeira classe.

A garota serviu-o de má vontade e ele pagou pelo cartão com a imagem dos carneiros com uma única moeda de uma libra, colocando o troco na caixa de doações do RNLI.

Fora da loja ele tentou lamber o selo, mas viu que ele já estava com cola, uma novidade à qual precisava se ajustar.

Ao colocar o cartão-postal de Exmoor na caixa de correio, percebeu que a hora de coleta da correspondência seria dali a apenas meia hora. Avery não era louco, ele sabia que isso não significava que Deus estava do seu lado. Mas também sabia que Deus sequer se importava, tanto com um lado quanto com o outro.

Quando se achou a uma distância razoável do vilarejo ele sentou-se na relva tosada pelos carneiros, comeu três tortinhas de cereja e bebeu um terço da água. O açúcar espalhou-se pelo seu sangue e fez com que se sentisse forte e confiante. O sol surgiu e o aqueceu, então ele se deitou de costas e espreguiçou-se como um gato no telhado de uma garagem.

Levantou um quadril, tirou um dos cartões-postais remanescentes do bolso de trás da calça e abriu o zíper.

* * *

Vinte minutos mais tarde, Avery levantou-se e examinou os arredores mais um vez.

Não procurou se orientar da maneira tradicional. Não precisava fazer isso. Sentia uma atração estranha, irresistível em seu peito e não podia fazer nada a não ser segui-la.

Com o sol agora aquecendo suas costas, Arnold Avery, *serial killer*, apertou o passo e seguiu para o norte.

30

Devido aos remendos na horta, Steven chegou atrasado à escola e não conseguiu ver Lewis antes que o sinal tocasse. Eles não estavam nas mesmas aulas e Lewis, na hora do almoço, não apareceu na porta do ginásio, que era o lugar onde sempre se encontravam.

Steven se protegeu do vento e comeu seu sanduíche sozinho, incerto se esperava Lewis ou se ia procurá-lo. Ambas as opções pareciam patéticas e nenhuma delas lhe deu qualquer pista de como devia proceder quando ele e o amigo se encontrassem face a face.

Sua mãe pusera uma barra de chocolate Mars na sua lancheira — não uma marca genérica de qualidade inferior —, algo que, num dia qualquer, teria entusiasmado Steven. A barra de chocolate significava que sua mãe estava feliz. É claro, era o tio Jude que a estava fazendo feliz, não ele, Steven, mas todos se beneficiariam com os respingos de felicidade. Lewis não apareceu para apreciar o chocolate, e isso o decepcionou um pouco. Ainda assim, Steven comeu a guloseima enquanto olhava pelo lado positivo: se Lewis não tinha aparecido para admirar o chocolate, pelo menos não comeria metade dele.

Mas depois que a doçura caramelada deixou sua boca, a amargura da amizade traída ainda permaneceu.

Ele viu Lewis no final do dia, empurrando outras crianças enquanto atravessava correndo a multidão nos portões da escola, olhando em torno nervosamente, como se pudesse estar sendo perseguido. Steven se escondeu atrás das latas de lixo da cantina e ficou ali, olhando para o tênis novo e barato, já rachando e se desfazendo devido a uma combinação de baixa qualidade e de um garoto hiperativo.

Ele sabia que Lewis o estava vigiando, na esperança de não encontrá-lo no caminho para casa. Steven ainda não sabia o que dizer ao amigo, de modo que ele deixou o outro se adiantar bastante e então foi caminhando para casa tão devagar que Lettie apertou os lábios para ele pela primeira vez em dias.

— Você chegou tarde.

— Eu fiquei ajudando o Sr. Edwards a guardar o material do ginásio. A porta estava trancada e ele precisou ir até o escritório pegar a chave.

Steven pensara na mentira durante a interminável caminhada até em casa. Soou tão plausível ao sair de sua boca que os lábios de Lettie se afrouxaram, aceitando a desculpa, mas a avó olhou para ele fixamente e Steven sentiu as orelhas arderem.

Mas ela não disse nada, e o tio Jude desceu a escada assobiando "There is a Green Hill Far Away", a canção favorita dela, de modo que o chá decorreu sem maiores incidentes, até que o tio Jude disse:

— Você viu a horta?

Steven balançou a cabeça evasivamente, mas não olhou para ele.

— Você tem alguma ideia do que aconteceu?

Ele abanou a cabeça e colocou a manteiga de má qualidade num pedaço de pão, esperando que o silêncio tornasse a mentira, de certa forma, menos pecaminosa.

O tio Jude deu de ombros e suspirou.

— Podemos colocar os feijões de volta no lugar, mas vamos perder muitas cenouras e batatas.

Steven fez que sim.

— Vamos fazer isso depois do chá, se você quiser.

Ele fez que sim com mais vigor. A noite estava calma e quente, e ele achou que reparar os danos era uma coisa atraente. Estava temeroso que o tio Jude perdesse o interesse, que a horta tivesse sido uma coisa de momento e que estava acabada.

— Fico imaginando se o seu amigo não gostaria de ajudar.

— Quem? — disse Steven, desconfiadamente.

— Aquele que ladra mas não morde.

Steven ruborizou quando compreendeu que a piada era sobre Lewis, e teve vontade de rir, mas rapidamente controlou o impulso com um sentimento de culpa, sentindo-se nervoso pela perspectiva de nunca mais ver o melhor amigo de novo.

— Por que você não vai lá perguntar a ele? — O tio Jude o examinava agora com um olhar cuidadoso. Steven viu ele trocar um rápido olhar com a mãe.

Ele sabia. De alguma forma.

Steven olhou para as tirinhas de peixe assado com pedaços de pão à sua frente.

— Acho que ele não vai querer. Cavar não é a dele.

O garoto prendeu a respiração, esperando que o tio Jude discutisse com ele ou o fizesse entregar Lewis. Mas isso não aconteceu.

— Então somos nós dois — falou ele, e Steven o encarou pela primeira vez no dia, sorrindo.

31

Arnold Avery estava certo a respeito de que direção tomar, mas estava errado sobre o decorrer do tempo.

O diretor da prisão queria manter o moral alto.

Quando deu cinco horas da tarde e Avery não fora recapturado, ele entrou na sua Mercedes Kompressor e cruzou a charneca onde chuviscava, convencido de que era apenas uma questão de tempo e motivação descobrir o paradeiro do fugitivo.

E ele estava ficando ainda mais motivado.

Cada hora que Avery continuasse livre aumentava seu sentimento de culpa de não ter chamado a polícia. E cada hora em que ele não chamava a polícia aumentava seu desespero para trazer Avery de volta, preso, sem que ninguém sequer soubesse que ele fugira.

Quando caiu a noite sem que o fugitivo fosse recapturado, a frustração do diretor por não ter acionado os policiais mais cedo transformou-se em um inquieto pressentimento e, logo depois, em puro pânico.

Foi nessa condição que ele arriscou todo o seu futuro em Avery estar de volta à prisão pela manhã.

O que significou que, quando isso não aconteceu, o diretor, entorpecido e candidato à fila do desemprego, só chamou a polícia às sete da manhã, quase 24 horas depois de Avery pular o muro.

32

O soldado Gary Lumsden, de 16 anos, não gostava do exército, mas, como seu pai antes dele, gostava de armas.

A diferença, pensou Lumsden, era que seu pai nunca possuíra uma arma tão letal quanto o fuzil SA80A2, com seu carregador de trinta projéteis, um alcance de precisão de 365 metros e uma velocidade inicial de quase 1 quilômetro por segundo.

Não que seu pai tivesse se importado muito com qualquer desses detalhes técnicos, é claro, pensou Lumsden: Mason Dingle só iria querer saber se a arma era barata e se podia ser rastreada.

Mas Gary adorava os detalhes técnicos. Certamente desejava que o SA80A2 tivesse um nome mais glamoroso, como Colt.45 ou Uzi. Mas foram os detalhes técnicos que fizeram sua boca salivar durante as 13 semanas de duro treinamento básico, os punhos cerrados ao lado do corpo quando o segundo-tenente Brigstock, no alto de sua arrogância, recém-saído da Academia Militar de Sandhurst, o repreendia como um odioso irmão mais velho.

Pensar no SA80 virou uma obsessão. No treinamento de ordem unida seus olhos se desviavam furtivamente para espiar outros recrutas carregando suas armas, e ele mais sentia do que ouvia os cliques surdos de metal sobre metal, o deslizamento agudo de armamento bem cuidado. Pendurado pelos braços doloridos sobre um fosso de lama na pista de treinamento de assalto, seus ouvidos ficavam conectados aos estalidos rápidos dos tiros disparados no estande próximo. À noite, enquanto o homem no beliche inferior ao seu fazia com que os dois balançassem ao ritmo de um sexo imaginário, a pele de Gary Lumsden se arrepiava, em vez disso, com o pensamento de segurar seu SA80 na mão esquerda enquanto o dedo indicador direito se contraía num gatilho fantasma.

E agora ele finalmente tinha a culminação de todos aqueles detalhes técnicos na arma fria e pesada em suas mãos. O soldado Gary Lumsden precisou se conter para não levantar, girar nos calcanhares e fazer jorrar sobre seus companheiros de pelotão balas de grande calibre à velocidade de 700 tiros por minuto, apenas para ver como a arma se comportaria. Ansiava senti-la esquentar em suas mãos, cuspir fogo de seus dedos, ecoar nos seus ouvidos, cometer um assassinato à distância.

Em vez disso, o soldado Lumsden respirava pela boca à medida que o momento da verdade chegava.

O SA80 se adaptava a ele como um novo membro. Eles haviam sido separados no nascimento e agora a arma fazia parte dele outra vez. Ele a limpara e montara novamente, então a limpara de novo. Conseguia fazer aquilo de olhos vendados. Trate sua arma bem e ela o tratará bem. Por esse raciocínio, a arma do soldado Lumsden deveria descer com ele toda manhã e preparar-lhe bacon e ovos.

Mas agora, finalmente, era a vez da arma provar seu valor.

Controlando sua empolgação, ele fez mira sobre um alvo de papelão que nem mesmo tinha uma forma humana; eram apenas cinco pequenos círculos com uma mosca no centro, numa página. Um alvo de merda.

Ainda assim, ele mirou, relaxou, expirou com suavidade e puxou o gatilho amorosamente. O recuo daquele único tiro atingiu seu ombro, e o papelão se agitou ligeiramente, permitindo que ele visse que atingira o alvo.

— Muito bem, Lumsden!

Ele nem ouviu o tenente falar. O tiro abrira um manancial de prazer tão grande que o fez encolher-se. Precisou morder o lábio para não gemer. Nunca, em um milhão de anos, ele imaginava que sua arma seria *tão* boa para ele.

Num momento, ele pensou no pai.

O pai de Lumsden compartilhava seu DNA, mas não seu nome. Graças a Deus. A vida já fora bastante dura para os irmãos Lumsden sem o estorvo de carregar um nome como Dingle. Não era de admirar que o velho tivesse pavio curto.

Esse pavio curto se traduzia em rápidos socos contra o jovem Gary e seu irmão Mark. Os garotos não se queixavam; nunca haviam conhecido uma realidade diferente. Exatamente da mesma maneira, eles nunca tiveram roupas que não fossem furtadas de lojas, comida na mesa adquirida legalmente, brinquedos que não fossem comprados com dinheiro para o almoço roubado.

Nem mesmo a mãe deles pertencia realmente ao pai: ela era uma das seis mulheres na província de Lapwing que haviam dado à luz a seus filhos, o primeiro deles vindo ao mundo pouco antes de Mason Dingle ter completado 15 anos. Gary e Mark tinham uma meia-irmã com quem não possuíam afinidade alguma, e só conheciam seus meios-irmãos pelo temperamento explosivo e pelos angelicais olhos azuis que todos compartilhavam.

Os oito garotos, com idades entre 6 e 17 anos, rondavam pela região, desconfiados uns dos outros, conscientes da fraca ligação da qual todos se ressentiam. Havia longos períodos de calma instável, pontilhada de fortes, mas de menor importância, erupções de pequena violência. O pai deles transitava entre as famílias, ficando apenas até o ponto em que as coisas paravam de seguir conforme ele queria, e então ele ia em frente, para começar tudo de novo. Não tinha favoritos, mal parecendo reconhecer os garotos, e sua contribuição se limitava a atrair visitas por parte da polícia tarde da noite ou logo pela manhã.

Gary Lumsden foi preso pela primeira vez aos 9 anos, por ter furtado um tubo de pasta de dentes da loja da esquina. Sua mãe o enviara para buscar a pasta, mas não dera qualquer dinheiro, e Gary não esperava que ela fizesse isso. O lojista o segurara com tanto força pela camisa até a chegada da polícia que Gary ficara com marcas vermelhas nas axilas durante dias.

Ele sabia que furtar coisas era errado, mas somente de um modo abstrato. Na escola isso era errado, mas em casa era o único modo que conhecia. O pensamento de ir trabalhar em outro lugar, ganhando dinheiro para comprar as coisas, era algo estranho para ele. Gary não conhecia qualquer experiência de alguém em sua família fazendo tal coisa e pensava ser algo idiota tentar isso. A pasta de dentes estava na loja e tudo que ele tinha de fazer era transferi-la para o banheiro da mãe com o mínimo de estardalhaço.

A polícia chegou e levou-o para casa, em vez da delegacia. O policial conduziu-o da viatura para a porta da frente, segurando-o com tanta força que revelou a Gary que ele gostaria de fazer muito mais do que aquele exercício sem finalidade. Alguma coisa dentro do jovem garoto compreendera que aquilo não era apenas em relação a ele; que o tratamento brutal do policial que o conduzia fora desencadeado por experiências anteriores, das quais Gary não tinha conhecimento. Mas no momento era ele que estava em foco.

Sua mãe fora incapaz de vencer a embriaguez para se mostrar minimamente interessada no policial a sua porta, e depois, além de sua reclamação por ele não ter arranjado a pasta de dentes, o assunto morreu. Considerando que desde os 4 anos Gary vinha diminuindo o já reduzido estoque da loja da esquina, seu primeiro encontro com a polícia parecia um preço ridiculamente pequeno a pagar.

Ocasionalmente Mason Dingle "sumia", mas sempre voltava e nunca parecia envergonhado, emendado ou mudado com a experiência, e Gary e Mark não tinham dúvida de que um dia seguiriam o ofício do pai.

Até que viram *Irmãos de Guerra* num DVD pirateado. Então, tudo mudou.

Subitamente eles se transformaram em garotos bons, firmes, corajosos, nobres, mesmo que fosse apenas em suas mentes. Deixaram de ser famosos jogadores de futebol e gângsteres e começaram a ser soldados.

Nem tudo correu bem. A princípio, ser soldado significava trocar os pequenos roubos e furtos nas lojas por ataques barulhentos diretos, usando ameaças, táticas diversionistas e confusão para encobrir suas atividades. Aprenderam que isso se chamava estratégia militar.

Houve um intervalo no novo jogo deles quando encontraram uma pistola preta e opaca numa caixa em um alpendre. A arma tinha a inscrição FEITA NA CHECOSLOVÁQUIA em um dos lados, com as letras CZ dentro de um círculo em cada uma das extremidades da inscrição. Estava suja e arranhada, mas era a coisa mais linda que cada um deles jamais encontrara. Durante seis horas estonteantes, Mark e Gary Lumsden tomaram um ao outro como refém, deixaram anéis na pele das têmporas comprimindo o cano da arma contra ela, mal contendo a empolgação que a violência despertava.

Então, o pai os surpreendeu brincando com a arma e deu-lhes uma surra que os deixou cheios de marcas pretas e azuis.

Mark não tinha uma ambição sequer, e a surra eliminou qualquer ousadia que ele possuía com respeito à CZ, mas, aos poucos, com a memória recente da pesada pistola em suas pequenas mãos, Gary começou a aspirar ter uma arma.

Uma arma grande.

Uma arma que ele pudesse dizer que era dele. Uma arma que ele nem mesmo tivesse de furtar. Uma arma com a qual pudesse, se possível, atirar em pessoas reais com o mínimo de repreensão.

O Exército britânico o chamava com clamor e ele estava longe de ser surdo.

Pegou panfletos, fez ligações telefônicas gratuitas, soube que uma ficha policial não deixaria que ele fosse recrutado, e limpou sua barra.

Durante sete anos, Gary Lumsden falara e sonhara com pouca coisa que não dissesse respeito a conseguir uma arma. Entrou para a escola preparatória do Exército e era o único garoto que comparecia toda semana, chovesse ou fizesse sol. Um intelecto que não fora exercitado em aulas de inglês ou história começou subitamente a ser ampliado por sinais, regulamentos, ordem-unida, botinas engraxadas e uniformes bem passados. Odiava tudo aquilo, mas cada brilho nos botões, cada meia-volta na marcha, cada insulto lançado por outros garotos invejosos de olhos azuis do seu bairro, cada detalhe o levava alguns segundos mais perto de sua arma.

E tudo que ele sofrera, a dor, o trabalho duro, a humilhação, o medo, a pobreza, tudo teria valido a pena no segundo em que puxasse o gatilho e sentisse a adrenalina de ter a morte em suas mãos.

Embora sua vez de atirar tivesse acabado por ora, Gary Lumsden não se uniu aos colegas à procura de uma posição mais confortável na grama úmida nem se virou para observar seus companheiros dispersos no terreno puxando os próprios gatilhos.

Em vez disso, fez novamente pontaria contra seu alvo e relaxou a respiração. Seu dedo endureceu no gatilho e, com dificuldade, ele o retirou inteiramente, temendo um aperto por reflexo que significaria descarga não autorizada de sua arma e todo o tipo de represões caindo sobre sua cabeça quando voltassem para Plymouth.

Ele apurou sua linha de visão com um dos quatro pequenos alvos no cartão, sabendo que podia acertá-lo, esperando, esperando por sua vez para atirar de novo.

Um tiro, um zunido e risos esparsos à sua esquerda indicaram que alguém atirara tão longe do alvo que merecia risadas. Gary Lumsden não se preocupou em tirar os olhos do cartão. Ambos abertos, do modo como haviam lhe ensinado. Ignorando o esquerdo, usando o direito.

Alguma coisa se moveu na visão embaçada de seus olhos. Lumsden focalizou a vista novamente e viu um homem atravessando o estande de tiro, muito adiante dos alvos, talvez a uns 400 metros de distância, indo para o norte.

Ele cerrou as sobrancelhas, levantou a cabeça um pouco e olhou para a esquerda e para a direita para ver se mais alguém avistara o homem. Seu colega mais próximo, soldado Hall, estava a 20 metros à sua direita, olhando para o próprio alvo, de modo que ele estava ligeiramente oblíquo em relação a Lumsden. Hall era negro, o que significava que era alvo dos preconceituosos do pelotão. À sua esquerda, ele podia ver apenas as botinas e os macacões de camuflagem úmidos do soldado Gordon, que tinha cabelo ruivo e que, portanto, sofria nas mãos de quase todo mundo. Nenhum dos dois olhava na direção do homem.

Lumsden moveu seu SA80 para poder olhar para o homem pela mira telescópica, mas mesmo assim ele estava longe demais para encher seu campo de visão. O homem caminhava, mas não parecia um excursionista. Lumsden podia ver que ele não levava bastão nem mochila. Em vez disso carregava o que parecia um saco plástico! Aparentemente tinha acabado de sair de uma lanchonete! Não usava nem mesmo uma jaqueta impermeável, apenas uma camisa que parecia azul à distância, e calça jeans. Era a pior coisa que um excursionista poderia usar. Quente no sol e fria, pesada e lenta para secar no nevoeiro e na chuva, muito mais frequentes. Isso confirmou a primeira impressão de Lumsden de que ali, na charneca, o homem estava fora de seu ambiente. Para começar, parecia não ter checado os avisos de treinamento de tiro que eram o bê-á-bá de todo excursionista experiente em Dartmoor. Com uma única chamada de seus celulares, os excursionistas podiam descobrir se ia haver treinamento com tiro nos estandes que cobriam o quadrante nordeste da charneca. Aquele homem não devia ter checado. E, se houvesse visto os avisos em vermelho e branco, então ele os ignorara ou estava sendo bastante imbecil para passar por eles, entrando na zona de perigo.

O dedo do soldado Lumsden deslizou suavemente de volta para o gatilho de seu próprio fuzil, seu SA80A2 pessoal.

O cara estava simplesmente pedindo para ser atingido por uma bala perdida. Ou uma bala nem tão perdida.

Lumsden seguiu o progresso do homem com a retícula da mira telescópica, as mãos firmes, a respiração calma.

Se puxasse o gatilho agora, poderia até mesmo atingi-lo, mas a sensação de ter o homem sob sua mira, enquanto o aço frio esquentava debaixo de seu dedo, era quase estonteante.

À sua esquerda, um outro estalido e ele ouviu o soldado Knox dizer "merda" bem alto, mas não estremeceu por um momento sequer.

Cada célula de seu corpo estava focada no andarilho. Cada pequena parcela de seu autocontrole impedia seu dedo de puxar o gatilho do modo que ele queria.

Disparar um tiro sem autorização era uma transgressão séria. Disparar o tiro na direção de uma outra pessoa sem haver uma situação de guerra era um caso de corte marcial. Atirar num civil que saíra para um passeio em Dartmoor quase que certamente significaria prisão. E ele dera duro por muito tempo para não seguir seu pai e Mark ladeira abaixo! Não havia meio de ele estragar tudo agora, não agora, quando ganhara seu fuzil.

Lumsden suspirou para dentro; suspirar para fora faria sua mira hesitar.

Quatrocentos metros. Era esse o alcance de sua arma. O andarilho estava provavelmente além dessa distância. A despeito da facilidade com que mantinha o homem na sua mira, Lumsden sabia que as chances de atingi-lo, se ele *fosse* atirar, seriam mínimas. Embora o tempo estivesse bom para os padrões de Dartmoor, havia ainda uma pequena brisa a compensar. Depois de 400 metros o tiro começaria a perder impulso, direção, e se tornaria imprevisível.

O homem desapareceu atrás de umas pedras e Lumsden moveu suavemente seu fuzil para esperar que ele aparecesse de novo, sentindo uma nova onda de emoção quando o indivíduo ficou diretamente sob sua mira.

Ele se aproximava de um pequeno rochedo a uns 50 metros a sua frente. Se o alcançasse, Lumsden o perderia.

Uma sensação de urgência fez com que seu dedo encostasse firme no gatilho, e ele teve de fazer um esforço consciente para relaxar. Sua respiração sibilava nos ouvidos; embora o pelotão ainda estivesse atirando nos alvos, os tiros soavam abafados e distantes para ele.

Lumsden admirou o próprio autocontrole. Ele ainda era jovem, mas o treinamento básico eliminara o restante da criança que ainda existia nele, endurecendo-o, modelando-o como adulto. Sabia que já era uma pessoa melhor do que seu pai, seu irmão e qualquer um de seus meios-irmãos.

Nas suas mãos ele detinha o poder de vida ou morte. Gary Lumsden, o menino, teria atirado; Gary Lumsden, o soldado, era mais rígido do que o menino. Ele sentiu uma inusitada onda de orgulho.

O homem continuou andando, a cabeça baixa, atravessando um trecho de terreno iluminado pelo sol, e o soldado continuou mantendo-o sob sua mira, firme e cuidadosa. O rochedo se aproximava, de modo que o tiro fatal estaria perdido, mas ele não estava disposto a dispará-lo, disse a si próprio; precisava continuar no controle, fazer a coisa certa, crescendo e se tornando um homem.

Seu alvo subiu na primeira das grandes rochas cinzentas. Duas mais e ele estaria fora de sua visão, atrás do rochedo maior.

Em menos de dois minutos, o soldado Gary Lumsden detivera o poder de infligir morte instantânea, mas, em vez disso, escolhera deixar que a vida continuasse. Era como ser Deus.

Seus angelicais olhos azuis doíam de calor com o pensamento de quão longe ele já chegara, enquanto observava o homem imbecil estender a mão para alçar o corpo para a rocha seguinte. Tão pequeno, tão vulnerável, sem imaginar como estivera perto...

Todo o corpo do soldado Lumsden pulsava com o conhecimento de que isso significava algo essencial; que ele se lembraria daquele momento para sempre.

E então, num súbito e furtivo triunfo da natureza sobre o treinamento, ele puxou o gatilho.

Arnold Avery abriu os olhos para um céu branco uniforme, as costas molhadas e uma dor aguda no braço esquerdo.

Seu primeiro pensamento, enevoado, foi que um pássaro o atacara. Um pássaro grande. Tudo que ele se lembrava era de ter se debatido no ar fresco de Devonshire ao cair da rocha onde estava de pé.

Voltou a cabeça com dificuldade para um lado, e uma folha de relva dura pinicou sua bochecha. Havia um disco de alguma coisa de branco puro com dois pontos vermelhos ao lado de sua cabeça; ele levou diversos segundos piscando para compreender que aquilo era uma tortinha de cereja, que caíra de sua bolsa de coisas roubadas. Um ponto vermelho na cobertura de glacê era a cereja, o outro era um pingo de sangue.

Avery gemeu quando se sentou e viu a manga esquerda escura e vermelha. Encolheu-se de dor ao movimentar o braço. Doía, mas não estava quebrado.

Ele olhou em torno e não viu nada nem ninguém. Mas então, nada e ninguém podiam vê-lo; ele caíra numa depressão rasa, atrás do rochedo. Não tinha ideia de quanto tempo ficara inconsciente ou do que acontecera com ele. Sua teoria do pássaro era insustentável, ele já sabia, mas não tinha outras. A charneca se estendia em torno dele por quilômetros, parecendo agora amarelo-cinza sob as nuvens carregadas.

Tirou o braço da manga, enxugando o sangue com a bainha da camisa, e viu um vergão vermelho atravessando a parte superior do bíceps, como se alguém houvesse metido o dedo indicador por dentro do seu braço, removendo a pele e deixando um sulco sangrento no lugar.

Parecia que levara um tiro, embora ele soubesse que isso não era possível. Estava na Inglaterra, afinal de contas, e ali os guardas que eram enviados para caçar os fugitivos provavelmente só vinham munidos com pouco mais do que *vouchers* para cobrir as despesas com gasolina.

Balançou a cabeça para clarear as ideias, e vagarosamente começou a reunir as coisas furtadas. Não havia razão para ficar por ali tentando resolver o mistério do que acontecera com ele. De qualquer modo, ele tinha dúvidas se isso era importante. Se tivesse sido obra de algum guarda armado e superentusiasmado, então ele já estaria preso de novo; se houvesse sido um pássaro, então haveria penas. Não importava. O que importava era continuar andando. Ele tentou achar o sol atrás das nuvens, mas não conseguiu. Ainda não estava começando a escurecer, mas isso não significava nada; era junho, e continuaria claro até depois das dez horas.

Embora não soubesse, Arnold Avery estivera inconsciente tempo o bastante para perder os gritos distantes e indignados da carreira militar do soldado Gary Lumsden chegando a um abrupto, mas quase inevitável fim.

33

Steven olhou para o teto preto que ele não podia ver, e ouviu o tio Jude e sua mãe discutindo.

Ele não conseguia distinguir as palavras, mas simplesmente o tom de voz dos dois o fazia ficar rígido de tensão, as orelhas ardendo.

Ela estava zangada, Steven não sabia por quê. Sua mente zunia, tentando avaliar o dia da véspera, passando-o em revista para descobrir o momento em que as coisas haviam mudado. Alguma coisa. Alguma coisa. Alguma coisa acontecera. Devia ter acontecido! Porque, na noite anterior, ele ficara deitado exatamente como agora, olhando para a escuridão, e ouvira os dois fazendo sexo. Ele reconheceu os sons por um DVD que ele e Lewis haviam assistido nas últimas férias da escola. Um filme com Angelina Jolie no elenco. Fora debaixo dos lençóis, de modo que não lançara qualquer luz sobre a mecânica de toda aquela coisa de sexo. Ele e Lewis ficaram olhando para a tela, fascinados, os rostos queimando, não ousando falar ou olhar um para o outro enquanto a cena se desenrolava.

Quando terminou, Lewis dissera: "Eu teria dado uma nela", num triunfo de redundância.

Mas o sexo entre o tio Jude e sua mãe fora na véspera. Naquele noite, o que havia era uma discussão. O tio Jude, geralmente quieto, ocasionalmente defensivo; sua mãe, agressiva e fria. Ele sentiu uma ânsia de pura fúria em relação a ela; queria correr até a porta do outro quarto e gritar para ela parar. Parar de brigar, parar de magoar, parar de ser uma... uma... *filha da puta*!

Seus dedos doíam e ele percebeu que estavam agarrados com toda força na borda de cima do edredom, rígidos e trêmulos como o restante de seu corpo. Exalou o ar e tentou relaxar.

— Tio Jude vai embora?

Steven se sobressaltou.

— Cala a boca, Davey.

— Cala a boca você.

Steven calou realmente a boca, querendo ouvir como a briga terminaria, mas ela já não existia.

— Não quero que o tio Jude vá embora.

A voz de Davey era aguda e tensa, um muco escorria de seu nariz, mas em vez de aquilo deixar Steven com raiva, a observação do irmão inculcou o mesmo sentimento em Steven, de modo que ele ficou em silêncio, mordendo o lábio e fechando os olhos com força até que pôde abri-los e descobrir que já era de manhã.

Em certa hora, durante a noite, o tio Jude tinha ido embora.

Steven desceu preguiçosamente a escada, as pernas pesadas e os pés frios, apesar da estação.

No meio do caminho, viu o retângulo roxo no tapetinho de entrada.

Quando chegou ao fim dos degraus, seus olhos perceberam que era um cartão-postal, e ao pegá-lo confirmou que era um retrato da urze roxa.

Quando virou o cartão, seu coração subiu até a garganta e começou a bater com toda força, fazendo pulsar todo seu pescoço.

Comparada com as comunicações anteriores, havia um banquete de informações no postal de 15 por 10.

Ali estava a borda de Exmoor, reduzida pela familiaridade a uma simples linha. DB estava onde deveria estar. SL estava onde ele mostrara a Avery. Entre eles havia um estranho círculo de pequenas linhas que se irradiavam, como uma vista aérea do corte de cabelo do frei Tuck, envolvendo as iniciais WP e uma única palavra:

BLACKLANDS

Steven não conseguiu comer. Ele nunca pensara que aquilo seria possível. Não que estivesse sem fome; o problema era que sua cabeça estava tão cheia de pensamentos que eles transbordavam e batiam com força na sua boca, desciam pela garganta, entravam no seu peito e chegavam à barriga, uma torrente impetuosa de esperanças em redemoinho e medos de gelar o coração que não deixavam espaço para a comida.

Seu primeiro pensamento ao ver as orientações fornecidas por Avery foi de que sua própria busca se desvanecera de sua mente. A volta do tio Jude, a horta, Lewis, a barra de chocolate de qualidade. Essas coisas, essas coisas normais, haviam expulsado o tio Bill para fora de sua consciência cotidiana e o enfurnado em um canto da mente.

Mas o cartão-postal trouxe o tio Billy explosivamente de volta, numa onda de culpa e novas expectativas.

Num instante, ele se viu recarregado, revigorado, de novo focado no objetivo.

Não se lembrou de ter se lavado, vestido e escovado os dentes, mas isso devia ter acontecido, porque chegou à mesa do café da manhã sem fazer sobrancelhas se erguerem.

Davey estava muito infeliz: sua mãe cortou os sanduíches deles com movimentos rígidos e os lábios apertados, e a avó estava inusitadamente calada sobre a questão da vida amorosa da filha. Mas Steven só percebeu essas coisas de um modo extremamente periférico, nebuloso.

Eu sei onde o tio Billy está enterrado.

Ele quase pensou que gritaria isso em voz alta quando a avó o encarou com um olhar neutro.

— Passe a manteiga para seu irmão.

Steven passou a manteiga e foi assaltado pela súbita certeza de que alguém mais encontraria o tio Billy antes dele.

Agora que tinha o mapa de Avery, a coisa parecia óbvia! Blacklands! É claro! Tão perto que quase a podia ver da janela do próprio quarto!

Até mesmo Lewis descobrira isso. "Da próxima vez que eu aparecer para ajudar, vou cavar em Blacklands."

O que impediria uma outra pessoa de descobrir isso também?

Alguém que não precisasse ir à escola hoje?

Alguém que se antecipasse a ele na tarefa?

Alguém que abrisse a porta da oportunidade e cuja vida seria transformada pela descoberta, outra pessoa que não ele, que ficaria aprisionado para sempre entre a avó, a mãe e o quarto escuro, estacionário, onde ainda se via a mancha do próprio mijo no carpete. Steven sentiu frio e um vazio nas entranhas, como se tudo dentro dele estivesse descomprimindo na direção da garganta e dos intestinos.

Ele se levantou da mesa, arrastando a cadeira com força.

— Aonde você vai?

— Para a escola.

— Você nem comeu.

— Não estou com fome.

Lettie olhou como se fosse armar um escândalo por causa daquilo. Depois, embrulhou com raiva os sanduíches em papel laminado e jogou-os nas lancheiras, sem qualquer barra de chocolate.

Steven não se importou. Barras de chocolate eram para crianças, e hoje ele se tornaria muito mais que uma criança. Talvez não soubesse como funcionava o sexo ou os relacionamentos, mas, ao cair da noite, esperava que aquelas pessoas formassem de fato uma família unida, e não aquela coisa parcial, rachada, se desmoronando, que o deixava nervoso e triste.

Steven lançou um olhar para os familiares, mas a mãe, o irmão e a avó não perceberam como ele estava prestes a mudar suas vidas.

Virou-se para sair, mas mal tinha dado dois passos antes que sua mãe dissesse, asperamente:

— Espere por seu irmão.

E então, em vez de desenterrar o corpo de um menino assassinado, Steven precisou esperar pelo irmão e levá-lo à escola, e depois ir para as duas aulas de história, em que a professora os fez desenhar um corte transversal das pirâmides, mostrando todos os sombrios e secretos meios que os egípcios empregavam para assegurar que seus ancestrais não fossem descobertos ou perturbados durante milhares de anos.

Steven ainda não aprendera o significado da ironia, mas outra vez ele não teve como deixar de notá-la quando essa mesma ironia se levantou diante dele e lhe esbofeteou a cara.

Durante todo o dia ele sentiu vontade de gritar.

34

O braço de Arnold Avery sangrou intermitentemente durante todo o dia, na sexta-feira.

De vez em quando ele se sentia tonto, mas não tinha certeza se era por causa da perda do sangue ou se estava passando o efeito da ingestão de glicose das tortas de cereja.

Ele caminhara até o cair da noite na quinta-feira, e por fim tentou dormir, mas o frio não deixou. Depois de passar uma hora sentado encolhido, batendo dentes, enrolado no suéter verde pequeno demais para ele, Avery se levantara e continuara a caminhar no escuro. Era uma progressão lenta, mas pelo menos ele ia em frente.

Poderia ser pior, pensou. Poderia estar chovendo.

Ele se sentiu melhor andando. Precisava chegar a Exmoor antes do cartão-postal. O pensamento de SL encontrar WP sem ele o fazia sentir-se doente e nervoso.

Nas primeiras horas da manhã de sexta-feira, mais ou menos na mesma hora em que o tio Jude estava pegando as chaves do caminhão e indo embora em silêncio para não acordar Steven e Davey, Arnold chegara a Tavistock e furtara um carro.

Foi surpreendentemente fácil.

Ele encontrara diversos carros estacionados com as portas destrancadas nas entradas de diversas residências. Era o interior do país lhe dando as boas-vindas, pensou Avery, enquanto enfiava as mãos dentro dos veículos e em seus porta-luvas.

Uma das entradas tinha um BMW arranhado, estacionado atrás de um pequeno Nissan vermelho de três portas. O Nissan estava com as chaves debaixo do para-sol. O motor funcionou à primeira volta da chave de ignição, e, com o BMW bloqueando a saída de ré, Avery simplesmente girara o veículo de forma violenta e imprudente, atravessando o gramado da frente e passando por cima da frágil cerca.

Em segundos, ele estava seguindo para o norte, inclinado como uma aranha por sobre o volante em um assento ajustado para uma mulher bem baixa, os joelhos batendo no painel, o coração disparando no compasso do motor, que, por alguma razão que o fez entrar em pânico, não saía da terceira marcha.

Parando num acostamento, ele ajustou o assento numa posição mais confortável e deu uma olhada geral no carro. No banco de trás havia um livro infantil com figuras, *The Weird and Wonderful Wombat*, e uma caixa de lenços de papel. Havia uma caixa de ferramentas na mala, uma corda para reboque e uma sacola plástica cheia de revistas femininas. Ele tirou as revistas da sacola e pôs a corda nela, juntamente com uma chave de roda. Ia fechar a mala, mas inclinou-se e pegou um exemplar da *Cosmopolitan*. Talvez precisasse esperar muito.

Ao fechar a mala, Avery foi assaltado por uma onda de tontura e fadiga. Precisou fazer um enorme esforço para voltar para o carro e encontrar a ignição com as chaves, mas por fim conseguiu. Tirou o carro da estrada principal e saiu dirigindo aos trancos por uma série de estradas vizinhas até que, afinal, parou em um campo escondido por uma sebe.

Então, passou para o banco de trás e dormiu.

Quando acordou, a tarde já estava avançada e ele se sentia muito melhor. Seu braço ainda latejava, mas parara de sangrar. A manga da camisa estava colada ao corpo, mas Avery decidiu que era melhor não mexer ali.

Bebeu um pouco de água, comeu um sanduíche de queijo com tomate e mijou à vontade na sebe, deliciando-se com a sensação de uma suave brisa vespertina acariciando seu pênis. Aquilo era liberdade.

Revigorado, Arnold Avery partiu de novo, dessa vez vencendo as dificuldades impostas pelos caprichos da caixa de câmbio do Nissan. Sem o ruído forte do motor sobrecarregado, seu coração diminuiu a pulsação até um ponto em que ele podia pensar claramente mais uma vez.

Tentou não imaginar o que o futuro lhe reservava. Isso só o perturbava. Era excitante demais.

Em vez disso, tentou se concentrar em reaprender a dirigir, no cheiro das cercas vivas que, ocasionalmente, roçavam na janela do carona, na fita negra e lisa da estrada que lhe apresentava em grande parte paisagens esquecidas a toda volta.

Aquilo era o bastante para excitá-lo.

Por enquanto.

35

O sábado alvoreceu tão calmo e envolto em nevoeiro que qualquer som era abafado.

Steven estava acordado. Estava acordado havia horas.

Sentia-se enjoado. Sentia-se feliz. Sentia borboletas no estômago, assim como alfinetadas nos joelhos que faziam suas pernas pularem com a vontade de correr. Correr trilha acima até Blacklands, para assegurar sua reivindicação em relação ao corpo de seu falecido tio Billy.

Sentiu enjoo de novo, dessa vez bastante forte para fazê-lo ir até o banheiro, inclinar-se sobre o vaso sanitário e tentar vomitar. Nada. Ele cuspiu no vaso, mas não deu a descarga para não acordar ninguém.

Vestiu as roupas favoritas. Suas melhores meias estavam estragadas, embora ele não tivesse conseguido se decidir se as jogava fora. Exceto isso, usava suas peças favoritas. A calça Levi's que sua mãe conseguira num bazar de caridade, ainda azul-escura por falta de uso e o corte perfeito para seus quadris; a camisa vermelha, que fora um presente de aniversário dois anos atrás, com o número 8 nas costas, onde lia-se acima seu próprio sobrenome em letras brancas. A avó comprara a camisa e Lettie pagara para a inscrição do número e do nome quando foram a Barnstaple. Foram 10 libras pelo número e 2 por cada letra. Ela brincara que tinham sorte de ele não se chamar Lambinovski. Todos riram, até mesmo Davey, que não sabia por que todos estavam rindo.

Ao se vestir com uma cueca limpa e tudo mais, Steven ficou um pouco envergonhado de admitir, até mesmo para si mesmo, que aquelas eram as roupas com as quais ele queria que sua foto aparecesse nos jornais quando revelasse sua descoberta.

Era assim que queria ser lembrado para a posteridade.

Olhou pela janela. O nevoeiro estava baixo, mas ele podia ver que, atrás dele, o sol brilhava. Pelo meio da manhã a penumbra já teria se desvanecido. Provavelmente. Era a charneca; nunca se sabia. Amarrou as mangas de seu novo anoraque em torno da cintura. A peça fora comprada numa feirinha onde os objetos eram expostos por seus proprietários no porta-malas dos carros.

No andar inferior, ele fez um sanduíche de geleia de amora, deixando tudo muito limpo antes de sair. Pôs o sanduíche e sua garrafa d'água nos bolsos do anoraque, sentindo o peso deles na parte de cima das coxas.

Do lado de fora, no jardim, a atmosfera estava pesada, branca e estática. Ele ouviu o chuveiro do Sr. Randall e, cantando algo baixinho, desafinada, escutou também a Sra. Hocking ensaiar alguma coisa, aparentemente mais perto do que ele sabia que ela estava; o som amortecido pela umidade no ar, mas ainda assim chegando até ele facilmente por cima das sebes, cercas e arbustos de cinco jardins.

Quando pegou a pá, ouviu o som arrastado do metal no chão de concreto, o que pareceu incrivelmente alto naquele ar imóvel.

Steven planejara pegar a pá e ir, mas em vez disso foi até a horta. Atravessar o jardim fez com e se sentisse triste, pensando que tio Jude se fora, mas assim que chegou na horta ele se sentiu melhor. Havia apenas uns poucos dias ele consertara os danos, e tudo ficou como estava. Ainda podia ver as pegadas do tio Jude nas bordas dos canteiros, as marcas que seus dedos haviam feito onde ele comprimira a terra escura de volta ao seu lugar para salvar os frutos. As evidências do tio ainda estavam ali, embora ele não estivesse mais.

Steven percebeu que a prova da traição de Lewis só continuava agora no seu coração. Olhou automaticamente na direção dos fundos da casa de Lewis, para a janela do quarto dele, e viu movimento ali, como se um rosto tivesse rapidamente se retirado atrás do reflexo escuro do vidro. Lewis? Talvez. O nevoeiro tornava tudo duvidoso. Ele continuou observando, mas nada reapareceu. Colocou a pá no ombro com a facilidade de um velho soldado bem treinado, e virou as costas para a horta.

Enquanto atravessava a casa de novo, pôde ouvir a avó se mexendo no andar de cima; a tossezinha que ela tentava esconder atrás dos dedos envelhecidos, o ranger das tábuas debaixo de seus pés pálidos e arrastados. O pensamento de deixá-la assim, do jeito que ela sempre fora desde que ele a conhecera, e ao voltar encontrar uma pessoa nova e maravilhosa o fez desejar que aquilo acabasse de uma vez.

Com cuidado para não bater em nada com a pá, Steven saiu da casa e fechou a porta da frente atrás de si cautelosamente.

Estava quase na escadinha que transpunha a cerca de limite da charneca quando Lewis o alcançou.

O amigo estava quase sem fôlego, e Steven ficou meio sem jeito de falar com ele, de modo que, por diversos segundos, eles ficaram ali, parados, um olhando para o outro em silêncio, um pouco inquietos com o constrangimento do encontro.

Então Lewis olhou para a pá e disse:

— Quer ajuda?

Parte de Steven queria gritar "Não!", em voz bem alta e com entusiasmo. Mas quando abriu a boca, ele disse:

— Eu achei que você não gostava de cavar.

Lewis ficou muito vermelho e o rubor se espalhou até a ponta de suas orelhas, descendo pelo pescoço de sua camiseta. Para Steven, aquilo foi uma confirmação e uma desculpa, e ele aceitou ambas com um dar de ombros.

— Trouxe alguma coisa para comermos?

Lewis balançou a cabeça ansioso e tirou um invólucro do bolso do impermeável. Estava dobrado em torno de algo quadrado que provavelmente era um sanduíche. Steven não perguntou o que tinha ali dentro e Lewis não disse espontaneamente; ambos entenderam que teriam de se ajeitar com aquilo também.

— Então tudo bem.

Steven subiu os degraus, que estavam escorregadios com o nevoeiro, e Lewis foi atrás.

A promessa da madrugada não se cumpriu quando os meninos subiram a colina na direção da charneca. Eles avançaram um pouco, 50 metros acima do vilarejo, que logo os envolveu de novo, com um brisa ligeira que trazia mais névoa do oceano encobrindo o sol.

A situação não era muito ruim. Steven calculou que podiam avistar de 7 a 10 metros na frente deles. Era possível adivinhar que, além do nevoeiro, o próprio ar estava quente. Aquela vinha sendo uma estação de clima suave, o que era incomum, e as urzes e os tojos floresciam em vagarosos turbilhões de roxo e amarelo.

Na bifurcação, Steven virou para a esquerda, atrás das casas, em vez de seguir para a direita, como de costume, e Lewis falou pela primeira vez desde que começaram a caminhar na charneca:

— Para aonde você está indo?
— Blacklands.
— Por quê?
— Para cavar.
— Eu...

Lewis mordeu o lábio com um guincho, mas a palavra "avisei" ficou no ar úmido. Não importava. Steven gostou da força de vontade que fora necessária a Lewis para engolir aquela provocação. Eles caminharam em silêncio enquanto o céu ia ficando mais claro, e os pássaros, hesitantes, finalmente começaram a entoar seu coro matutino.

Quando se aproximaram de Blacklands, Steven viu o cartão-postal mais uma vez na sua mente. Ele o trazia no bolso de trás da calça, mas não queria tirá-lo de lá na frente do amigo e ter de explicar as coisas.

Das lições de geografia ele sabia o que significava o símbolo do corte de cabelo do frei Tuck. Marcava o início da elevação do terreno. E também sabia exatamente onde aquela elevação ficava. Era bem parecida com os montículos funerários em Dunkery Beacon, só que mais próxima de casa. Esse pensamento fez com que Steven parasse e olhasse para trás, na direção de Shipcott. O vilarejo estava invisível, ainda encoberto pelo nevoeiro, abaixo e atrás deles.

Uns 15 minutos depois, eles chegaram à protuberância do terreno em Blacklands, e Steven parou novamente e olhou para baixo, pela charneca, para onde situava-se o vilarejo.

— Por que você está sempre parando?

Steven não respondeu a Lewis. Olhou por cima deles, para a protuberância, lembrou-se do mapa, a posição das iniciais que ele desejara tão desesperadamente ver.

Começou a subir a elevação, fazendo um zigue-zague pelas urzes. Lewis foi atrás dele. As flores estavam empapadas de orvalho e as calças dos meninos ficaram encharcadas em segundos.

Lewis tremia de frio. Steven parou e se orientou.

Perto. Estava perto.

Mal podia acreditar que, depois de anos de escavações aleatórias, ele estava prestes a se dedicar à tarefa com um objetivo verdadeiro, seguindo informações concretas. É claro, ainda havia uma grande área do terreno a cobrir, provavelmente uns 2 mil metros quadrados, mas comparados com toda a extensão de Exmoor, 2 mil metros quadrados eram uma cabeça de alfinete. Era o lugar. Por ali. Arnold Avery enterrara o tio que ele nunca conhecera, e agora ele ia começar a tarefa de encontrá-lo de verdade. Para Steven, não importava quanto tempo levaria para isso. Nada o impediria de devolver o tio Billy a sua família.

Longe de se sentir empolgado e triunfante, o pensamento sobre ter êxito subitamente lhe trouxe uma imensa tristeza. Mais uma vez ele olhou para baixo, para o mar de nevoeiro, e sabia que, num dia claro, poderia avistar sua casa dali. O tio Billy fora enterrado à vista do próprio quintal. Sua mãe, que ficara observando na TV o pessoal esquadrinhado quilômetros de urzes e tojos com o coração partido, podia ter olhado pela janela do quarto dos fundos e visto a cova rasa onde o filho fora enterrado.

Steven estremeceu e deu as costas para Shipcott.

— Está com frio? — Lewis olhava para ele atentamente.

— Não.

— Então, onde vamos cavar?

— Aqui, acho.

Steven caminhou num pequeno círculo para escolher um lugar, então parou, atônito.

De um trecho coberto de urzes brancas, a menos de 7 metros de distância, acima deles, um homem os observava.

Steven encolheu-se, surpreso.

Antes que a surpresa se desvanecesse, ele sentiu os intestinos se soltarem em choque quando reconheceu Arnold Avery.

36

Avery chegara a Shipcott pouco depois das cinco da manhã.

Diferentemente das cidades de Bideford, Barnstaple e South Molton, Shipcott quase não mudara. Não havia novas estradas, minirrotatórias, novos sistemas de mão única. Cacete, essas novidades em Barnstaple lhe custaram quase metade de uma noite cheia de idas e vindas, onde ele voltara repetidamente à praça da cidade, parecendo fazer o mesmo percurso dez vezes, vindo de diferentes direções.

Finalmente ele parara num jornaleiro, metido no suéter verde de forma que escondesse o sangue no braço, comprara o *Daily Mirror* e pedira orientação.

Depois voltara para o carro e observara a primeira página, debaixo da manchete ASSASSINO DE CRIANÇAS À SOLTA. A foto era dele, embaçada, a mesma que ele vira anexada ao arquivo do Dr. Leaver. O próprio médico tirara a foto na sua primeira sessão, revelando que fora inteligente em se dedicar à psiquiatria de anormais, porque sua habilidade como fotógrafo deixava a desejar.

Não pela primeira vez ele agradeceu a Deus pela incompetência, mas sentiu uma pontada. Será que perdera a oportunidade? Se estava nas primeiras páginas daquele dia, então certamente deveria estar no jornal do dia anterior? Talvez SL já soubesse que ele fugira, ou fora prevenido para não sair de casa.

Sufocou o desespero que o pensamento desencadeara nele e checou o próprio rosto no espelho retrovisor. Ele só se parecia vagamente com a foto na primeira página do *Mirror*, e, ainda que fosse um sósia, a maioria das pessoas não é observadora. Avery se lembrou disso pelo que acontecera antes, de todas as vezes que poderia ter sido detido se pelo menos as pessoas houvessem mantido os olhos abertos, feito conexões, acreditado em seus instintos.

Ninguém fez isso. Às vezes ele se sentia invisível.

Rodar a esmo em North Devon, numa confusão de estradas novas, fizera o nível de combustível do carro baixar, e ele entrou num posto de gasolina. Enquanto batalhava com crescente ignorância com os botões, mangueiras e escolhas múltiplas, preparara uma história falsa de que era francês. Mas o garoto de olhos remelentos no guichê de pagamento mal olhou para ele, fazendo com que Avery economizasse um sorriso, uma mentira e um péssimo sotaque.

Assim que chegou a Shipcott, soube exatamente para aonde ir.

Passou pela loja do Sr. Jacoby e observou que agora era uma franquia. A globalização chegara a Exmoor, pensou ele, com um pequeno sorriso. A loja ainda não estava aberta, e do lado de fora havia pilhas de jornais para serem separadas e vendidas, quando então os residentes de Shipcott poderiam ter a imagem de seu rosto desfocado nas mãos e se prevenir contra ele.

Atravessou de carro o vilarejo adormecido. Ao entrar numa rua sem saída, ele notou que estava na Barnstaple, e seu coração começou a disparar, ainda que diminuísse muito a marcha, espreitando as casas, com as suas diversas variações cor de pêssego distorcidas pelo brilho das lâmpadas de sódio na madrugada cinzenta e monótona.

Número 109... 110... 111.

Avery parou o carro sem se preocupar em se aproximar do meio-fio, e ficou olhando para a casa onde morava SL.

Muitos anos atrás ele jogara pôquer. Na verdade, não sabia o que estava fazendo, e ficava nervoso ao perder e parecer bobo. Mas foi somente quando pegou um par de ases e viu dois outros serem postos na mesa é que começou a tremer. Foi assim que soube que o tremor que agora corria por suas mãos, pelos seus ombros e por suas bochechas, indo até os lábios, era uma coisa boa. Ele tinha uma mão de cartas imbatível.

Com o carro em marcha lenta, Avery ficou olhando para as janelas negras da pequena casa de aspecto ruim, e imaginou SL dormindo lá dentro; imaginou-se subindo sorrateiramente a escada e abrindo a porta de cada quarto, em silêncio, para poder observar os ocupantes, até encontrar SL, deitado descuidadamente e enfraquecido, à sua mercê...

Ele soltou uma lamúria e afastou a imaginação para longe, mais uma vez. Estava perto demais da realidade para desperdiçar esforços com especulações. Se o pior acontecesse e ele tivesse chegado tarde demais, então precisaria voltar ao número 111 da rua Barnstaple e se arriscar. Mas, por ora... O fantasma do descuido que terminara com seu divino passatempo pesava forte sobre Avery e o manteve atrás do volante, quando, de outra forma, ele poderia ter se aventurado chegar até o meio-fio, passar pela calçada estreita, entrar por uma janela destrancada...

Essa perda de controle o perseguira por 18 anos. Ele não iria repetir o erro.

Deixou o vilarejo para trás rapidamente e seguiu até o acesso a uma fazenda, a cerca de 100 metros da estrada. A vegetação estava tão alta que ele passou por ali três vezes antes de reconhecer o túnel escuro por baixo da sebe e entrar nele. O carro saltava e rangia avançando pela relva e pelo chão esburacado, e a pintura gemia em protesto por estar sendo estragada por sarças e ameixeiras-bravas.

Quando não pôde mais progredir, Avery saltou do veículo com a bolsa de novos suprimentos, colocou nela uma garrafa d'água e diversos sanduíches de queijo com tomate, e então seguiu a pé para a charneca.

Ele foi imediatamente tomado por uma sobrecarga sensorial composta da doce fragrância das urzes molhadas de orvalho e pela lembrança do suave peso de um menino nos braços. A lembrança, surgida de duas frentes, o deixou momentaneamente tonto de excitação, e ele precisou parar e se curvar, com as mãos no joelho, até que a respiração voltasse ao normal.

Precisava manter-se focado. Avery não tinha ilusões quanto ao seu futuro. Ele sabia que não poderia continuar fugindo por muito tempo, especialmente depois do que planejara. Embora tivesse se esforçado e esperado tanto tempo pela liberdade legítima, ele não tinha experiência da vida de um fugitivo, e também não tinha desejo de se tornar um. Depois do evento, sua vida realmente terminaria. Seu único objetivo agora era continuar no controle ao menos para fazer com que a efêmera liberdade houvesse valido a pena.

Aos poucos, ele sentiu aquele ímpeto se esvair e o autocontrole voltar. Sabia que devia ficar atento; somente a emoção de estar na charneca já era quase avassaladora. Associada à lembrança dessa trilha coberta de vegetação e as possibilidades que o esperavam, o puro esforço que fazia para se manter calmo fez com que suasse. Seu braço latejava e doía onde o misterioso sulco abrira a carne e ele sentia-se um pouco zonzo, mas ignorou aquilo. Achou que o ferimento estava pior do que realmente aparentava e não se importou de estar enganado; aquilo não ia pará-lo. Nada iria.

Começou a subir a encosta de novo. Seus pensamentos se chocavam com o ruído no vidro enfumaçado de sua mente, desesperados para se libertar e partir correndo como cachorrinhos inquietos. Foi preciso respirar fundo e começar a contar para trás a partir de mil.

982... 981... 980... 979...

Parou e começou a contar de novo, do início.

Assim, concentrado em manter a contagem certa, Avery conseguiu permanecer controlado durante todo o trajeto até Blacklands.

Encontrou o montículo com facilidade.

Havia nevoeiro no vale abaixo, escondendo Shipcott, mas ali em cima o ar estava claro e logo o sol surgiria.

Os últimos vestígios da noite haviam se esvaído e deixado um céu pálido, limpo, no qual o sol surgia preguiçosamente no horizonte.

Ele subiu no montículo e olhou para baixo.

A excitação tomou conta dele e Avery cerrou os punhos até os nós dos dedos ficarem brancos, então os roçou nas próprias coxas para permanecer são por mais algum tempo.

Não estava certo se conseguiria fazê-lo.

Gemeu e mordeu o lábio. Sua respiração estava entrecortada no peito e o coração batia descompassado nos ouvidos e nas cavidades sinodais.

Bem ali. Ele estava bem ali. Um lugar que pensara que nunca mais veria de novo. Tudo tinha valido a pena. Se eles o derrubassem agora e o arrastassem para fora da charneca num leito de fogo, ainda assim teria valido a pena, só para ficar ali parado e sentir o cheiro úmido das urzes e a terra molhada debaixo delas.

Sentiu o gosto do sangue que vazava de seu lábio até a boca. Ele não sabia como evitar que sua cabeça explodisse de vontade, mas sabia que precisava fazer isso. Queria que aquela sensação perdurasse o máximo possível; sabia que poderia ser ainda melhor se tivesse muita, muita sorte.

Mas naquele momento ele tinha de manter uma tampa naqueles sentimentos. Precisava dominá-los.

Fechou os olhos com força para apagar os estímulos visuais que o sufocavam.

Não estrague tudo.

Não estrague tudo.

Não estrague tudo.

Gemendo, suando e tremendo com o esforço, Avery foi vagarosamente readquirindo o domínio sobre Exmoor e o próprio corpo.

Seus gemidos diminuíram, e ele parou de arquejar a cada expiração; seus punhos se distenderam, deixando cortes em forma de meia-lua nas palmas, como pequenos estigmas.

Sentiu o ar da aurora enchendo seu corpo a ponto de explodir de vida e autocontrole. O sol o fez tremer de expectativa, enquanto a primeira cotovia lhe dava as boas-vindas.

Quando finalmente abriu os olhos, ele se sentiu como Deus. Calmo. Paciente. Controlado.

Poderoso. Vingativo.

Estendeu uma sacola plástica num trecho de urzes brancas molhadas e se sentou suavemente, sentindo a charneca o abraçar como uma antiga amante.

Uma hora mais tarde, quando os meninos surgiram à sua frente, no nevoeiro, os olhos de Avery se embaçaram com a pura beleza daquela visão.

Eram como anjos emergindo de uma nuvem, para que ele pudesse dar as boas-vindas a eles no céu.

37

— Oi — disse Lewis.

— Oi — disse Arnold Avery, assassino em série.

Steven ficou calado. O que ele poderia dizer? *Ei, Lewis, não fale com ele; ele assassinou o meu tio Billy...*

Qualquer coisa que Steven dissesse naquele momento exigiria tanta explicação e suscitaria tantas perguntas da parte de Lewis que ele não poderia pensar direito. E alguma coisa lhe disse que aquele era um ponto na sua vida em que pensar direito seria decisivo.

Ele quase se denunciara, mas desviara o olhar para as urzes bem a tempo, antes que Avery pudesse perceber o choque que lhe causara ter reconhecido aquele rosto.

Agora, enquanto ele olhava para a charneca com olhos que não viam nada a não ser manchetes de jornal anunciando a morte de crianças, a mente de Steven rodopiava em círculos, sem direção, se sobrepondo uns aos outros. Um diagrama Venn de confusão. Como aquilo poderia ter acontecido? Era impossível. Arnold Avery estava na prisão, não ali. Ali era onde Steven deveria estar, não Avery. Correram por sua mente possibilidades muito mais loucas do que uma simples fuga: um sonho, uma alucinação induzida por drogas, uma troca de corpos hollywoodiana, um reality show de TV que avaliava a reação de meninos encontrando seu pior pesadelo. Foi preciso meio segundo, que ele sentiu ser metade de uma vida, antes que a ideia da fuga chegasse desconfortavelmente até ele. Era a pior das alternativas.

Gradualmente a descarga alucinada de adrenalina baixou a níveis controláveis. Sua respiração ainda era entrecortada, mas pelo menos ele não estava a ponto de borrar-se. Deu uma olhada para Avery. Definitivamente era ele. Steven se questionou cuidadosamente a respeito disso, querendo ter se enganado, mas ele tinha certeza. Achou que o contexto e a ocasião o haviam sugestionado a reconhecer o criminoso, embora Avery fosse a última pessoa que esperava ver.

Mas ele tinha uma vantagem: Avery não conhecia Steven e portanto não tinha razão para supor que Steven o conhecia. Se quisesse manter essa vantagem, deveria proceder normalmente.

Com um arrepio e inspirando fundo, Steven forçou a cabeça para trás e piscou para a dura realidade do homem que vinha preenchendo sua vida havia tanto tempo, bem ali, sentado acima deles num tapete de urzes brancas pouco comuns, os antebraços descansando despreocupadamente nos joelhos, a calça jeans saindo de suas botas de trabalho pretas, o bastante para Steven ver suas meias azuis de algodão barato.

Ele olhou para as meias de Avery e teve uma estranha sensação de espanto.

Meias eram coisas tão normais. Tão cotidianas. Como alguém que usava meias de manhã poderia ser um assassino compulsivo? Meias não eram uma coisa dura nem perigosa.

Meias eram engraçadas; luvas para os pés, era isso que eram. Elas deixavam os dedos dos pés arredondados e podiam ser transformadas em marionetes cômicas. Certamente alguém que usava meias não podia com certeza ser uma ameaça para ele ou para qualquer outra pessoa, não?

Steven percebeu que os outros dois olhavam para ele enquanto ele olhava para as meias. Lewis parecia intrigado e Avery fez uma expressão divertida para ele, como se compartilhassem um segredo.

O que era verdade, é claro.

Steven não terminou o pensamento; era aterrorizante demais.

O silêncio era uma coisa física entre eles. Avery estava acostumado ao silêncio, e Steven estava relutante em quebrar aquela quietude até que lhe viesse à cabeça algo para dizer.

De modo que foi responsabilidade de Lewis tomar a frente, como sempre.

— Dia bonito. — A eterna frase favorita dos excursionistas.

Avery balançou a cabeça vagarosamente.

— Até agora.

Steven estremeceu e Lewis franziu o rosto para ele, como se Steven estivesse, de certa forma, estragando tudo.

— Nós estamos cavando — apresentou-se Lewis, esticando o maxilar para mostrar a pá de Steven.

— Ah, é? — perguntou Avery friamente. — Para quê?

Lewis se metera num beco sem saída. Num dia qualquer teria contado ao estranho, Steven sabia. Teria dado com a língua nos dentes para depois observar a reação do estranho. Se fosse espanto, Lewis assumiria o crédito pela operação conjunta; se fosse nojo, ele reviraria os olhos e apontaria Steven com o polegar.

Mas como aquela era a primeira vez que eles estavam juntos de novo, e como uma mudança estranha, tácita, acontecera no relacionamento dos dois, Lewis parecia não ter certeza se deveria revelar a verdadeira missão deles.

Lewis olhou para Steven e ficou surpreso ao ver que o amigo estava mais pálido do que de costume. Ele parecia enjoado. Mas ainda assim foi Steven quem assumiu a conversa.

— Orquídeas.

Avery fez uma cara de espanto de novo. Dessa vez Lewis quase juntou-se a ele. Steven ignorou a reação do amigo.

— Vamos vender as orquídeas no centro de jardinagem.

Avery olhou para ele com atenção.

— Isso não é ilegal?

— É.

Lewis lançou um olhar preocupado para Steven e depois para o homem, mas ele não pareceu ficar perturbado com a revelação.

Na verdade, o homem deu de ombros e quase sorriu, apenas as pontas dos dentes proeminentes surgindo rapidamente antes de serem recapturados pelos lábios avermelhados.

— Ah, bem — disse ele.

Houve um outro silêncio pesado.

— Há algumas por aqui?

— Algumas o quê? — perguntou Lewis.

— Algumas... — Avery limpou a garganta com educação, o punho fechado diante da boca. — Algumas orquídeas.

Lewis lançou um olhar de lado para Steven. Ele colocara os dois naquela enrascada; ele bem que poderia tirá-los dela, porra.

— Não — disse Steven, examinando o solo. — Nós vamos embora.

— Não façam isso.

Ambos os meninos levantaram o olhar para o homem. Lewis achou que era estranho o sujeito dizer aquilo daquela maneira. A maioria das pessoas que você encontra na charneca fica ansiosa para você ir embora, desaparecer, e assim restaurar a ilusão de esplêndido isolamento. Mas aquele homem dissera "Não façam isso" como se ele realmente não quisesse que eles fossem embora.

Lewis não era um menino sensível, mas teve a primeira vaga sensação de que alguma coisa não estava certa.

Arnold Avery reconhecera SL imediatamente, ou melhor, a forma dele, pela fotografia.

Agora ali estava SL parado diante dele, o anoraque enrolado na cintura magra, os braços ossudos se projetando para fora de uma camiseta vermelha, o cabelo preto mal cortado em casa, o corpo ligeiramente virado em relação a ele.

Nas costas da camiseta havia a palavra LAMB. O nome do menino era S. Lamb.

Lamb.

Ele teve de se conter para não rir diante do duplo sentido de tudo aquilo — "lamb" significava "cordeiro" em inglês.

Agora S. Lamb e o amigo mais robusto estavam ali, os dois olhando para ele daquele modo estúpido porque ele dissera "Não façam isso".

Um lampejo de Mason Dingle e uma criança choramingando. Avery ficou furioso consigo mesmo, mas controlou a raiva para não demonstrá-la.

Precisava ter cuidado. Havia dois deles. S. Lamp tinha uma pá pendurada no ombro. Eles eram mais velhos do que a maioria dos outros. Maiores dos que ele se lembrava que as crianças eram. Ele dissera "Não façam isso" e ambos levantaram o olhar para ele, surpresos.

Ele tinha de ter cuidado.

Tinha de sorrir.

Portanto foi o que fez, e viu o espanto na expressão do menino de cara mais redonda relaxar imediatamente. Ele não deixava de ser atraente.

S. Lamb lançou um olhar para Avery, mas ainda parecia contraído e desconfiado. É compreensível, pensou Avery: um homem estranho na charneca; um menino deveria manter a guarda. Ele ficou muito orgulhoso da suspeita de SL e se sentiu um pouco melhor quanto ao modo que fora manipulado por um menino. Pelo menos não era um garoto imbecil.

— Desculpem — disse ele —, meu nome é Tim. — Ele olhou fixamente para o garoto maior até que ele cedeu e disse:
— Sou Lewis. Esse é o Steven.

— Prazer em conhecer vocês.

Steven Lamb. Avery ousou dar apenas um rápido olhar e balançar a cabeça para Steven Lamb, já que não queria transmitir telepaticamente as imagens que tinha na cabeça, imagens dos olhos escuros de Steven Lamb saltando das órbitas, aterrorizado; de seus próprios dedos em torno da garganta fina de Steven Lamb enquanto o sangue fervia em ambos como gêiseres, mas por razões diferentes; de um apenas esboçado, mas irônico, mapa de Exmoor com as iniciais SL para sempre ao lado de WP.

— Eu trouxe sanduíches. — Avery ultrapassou o constrangimento para chegar a eles e acrescentou, mais casualmente:
— Se quiserem.

Lewis queria.

É claro.

* * *

Steven ficou observando Lewis diminuir a distância entre ele e Arnold Avery. Prendeu a respiração enquanto Lewis estendia a mão para pegar o sanduíche. Seu grito de alerta ficou preso na garganta quando a mão de Lewis quase tocou a de Avery.

Nada aconteceu, exceto o fato de Lewis pegar o sanduíche. Steven soltou um suspiro de alívio.

Nesse momento Avery olhou para ele, apresentando outro sanduíche.

Pronto, chegara a hora. Era o momento que Steven tinha de decidir. Pegar o sanduíche do assassino ou jogar a pá para o lado, virar-se e correr de volta para casa, charneca abaixo.

Era a rua Barnstaple toda de novo. Sem Lewis, ele poderia ter corrido. Pegar Avery de surpresa e se distanciar dele. O homem estava a 5 metros de distância e sentado. Steven poderia ter aberto uma vantagem de mais de 25 metros antes que Avery se levantasse e começasse a correr. Ele era veloz e não tinha dúvida de que o medo o tornaria ainda mais.

Mas com Lewis? Ele estava comendo o sanduíche do sujeito; se Steven de repente soltasse um grito de alerta e se virasse para fugir, Lewis ficaria confuso. Não correria. E, mesmo que o fizesse, não perceberia que estava correndo para salvar a vida. O próprio ato de correr mostraria a Avery que Steven o reconhecera.

Mesmo que Avery não *o* alcançasse, com toda certeza pegaria Lewis. E Steven não poderia deixar Lewis nas mãos de um assassino em série.

Steven pulsava de culpa pela própria imbecilidade. Montara uma armadilha para Avery e ele mesmo caíra na armadilha. Agora ele se sentia totalmente responsável pela segurança de Lewis, bem como pela própria.

Não, correr não era uma opção.

Assim, Steven comandou as pernas para que se movessem, forçou as mãos a se estender, ordenou aos lábios que murmurassem "Obrigado" enquanto pegava o sanduíche do homem que agora planejava matá-lo.

38

O sanduíche era de queijo e tomate. Steven fez uma careta à primeira mordida, mas engoliu, de qualquer jeito, pois não queria provocar Avery.

As defesas de Lewis estavam abaixadas, agora que ele estava comendo de novo. Contou a Avery coisas sobre a charneca, inventando o que não sabia, e o assassino balançava a cabeça, ouvindo e fazendo perguntas pertinentes.

Steven estava apenas levemente consciente do orgulho de Lewis prendendo a atenção de Avery. Uma parte dele se sentia mal com a facilidade com que Avery fez Lewis relaxar e se abrir para ele.

Entretanto, a maior parte dele, todas as partes importantes, ferviam com um milhão de imagens-relâmpago, marcas feitas por uma caneta esferográfica num mapa, o brilho singular dos dentes de carneiro; a estação espacial do jogo Lego no quarto azul em penumbra; o cheiro da terra, o gosto da terra na sua boca; os dentes balançando na mandíbula do carneiro; correndo pela charneca com o coração disparado; as pernas chutando o ar através da janela aberta de uma van; sua avó esperando. Sempre esperando.

E foi com essa imagem que finalmente cessou o louco rodopio de sua mente. Sua avó esperando por Billy, e por ele. Quisera tanto pôr um fim àquela infelicidade, mas só iria piorar as coisas. Arnold Avery iria matá-lo, então sua avó ficaria esperando pelos dois garotos toda a vida, e sua mãe se tornaria sua avó na janela, esperando como a avó fizera, mesmo depois que ela já estivesse morta.

E Davey? O que aconteceria com ele? Davey não estava acostumado a ser ignorado, mas acabaria ignorado, e não teria ninguém mais no mundo para amá-lo. Todas as pessoas que o amavam teriam desaparecido, ou algo assim.

Steven se sentiu enjoado.

Ele tinha fodido tudo. Fodido. Tinha fodido tudo. Ele era uma porra de um imbecil. Porra.

Fodido não era uma palavra forte e ruim o bastante para o que ele era, mas serviria, por enquanto. O que o levara a pensar que poderia fazer aquilo? Fora tão imbecil que merecia ser assassinado, mas se sentia mal pela avó, pela mãe, por Davey e Lewis.

Depois ele se lembrou de por que estava ali. Porque começara aquilo, em primeiro lugar. E porque não poderia largar aquilo agora.

Ele estremeceu diante do horror daquela verdade.

— Está com frio?

Steven teve um sobressalto quando Avery falou, então percebeu que estava tremendo.

— É.

Ele também continuava apertando o sanduíche com tanta força que os dedos haviam penetrado no pão, e ele podia sentir o odiado tomate escorrendo como lodo pelos dedos.

— Quer um agasalho?

Avery tirou seu suéter verde-claro e Steven notou que a cor do agasalho combinava com os olhos estranhos e límpidos do assassino. Os últimos olhos que o tio Billy vira em sua vida.

Sua garganta apertou e ele fez uma outra tentativa, antes de dizer, em voz espremida:

— Não.

Avery encarou-o friamente, e Steven olhou para seu sanduíche desfeito, sentindo as bochechas queimarem sob o escrutínio do olhar do sujeito.

Com o canto dos olhos, viu a mão direita de Avery soltar do suéter e se mover em sua direção. Observou a pele se arrepiar no próprio braço, e depois o toque suave do dedo do homem no seu rosto.

— Você está com manteiga no rosto.

O estômago de Steven revirou e ele soltou um pequeno arroto, lembrando-se de que comera tomates.

Lembrou-se do short de terça-feira de Yasmin Gregory.

Lembrou-se de que Avery odiava o que o jornal se referia vagamente como "fluidos corporais".

As mãos tremendo, e já ligeiramente enjoado, Steven se compôs e conseguiu dar outra mordida no sanduíche.

Avery retirou a mão e lambeu o resto de manteiga de seu indicador com uma língua rápida e rosada.

— O que aconteceu com o seu braço?

Lewis olhava para o sangue na manga rasgada de Avery, que ele deixara à vista ao tirar o suéter. Avery olhou para o braço e sentiu uma outra pontada de ódio por si mesmo. Ele fora tão descuidado! O que estava pensando? Ser lembrado do seu braço também o fez se sentir confuso e cansado. Não perdera muito sangue, mas o braço latejava mais do que no dia anterior. Talvez estivesse infeccionado. Era azar, muito azar. Logo naquele momento, quando queria, precisava, estar no melhor de sua forma física e mental para o jogo. E agora o garoto sardento olhava para o ferimento, por enquanto apenas curioso, mas Avery sabia que a curiosidade era um micropasso para a suspeita, o medo e a fuga.

Ou uma tentativa de fuga.

Por dentro ele sorriu com o monte de lembranças de tentativas de fuga, e ganhou mais forças com as lembranças.

— Cortei no arame farpado quando vinha para cá — respondeu ele a Lewis.

Lewis balançou a cabeça vagarosamente. O sanduíche o fizera esquecer que ele se sentira inquieto na presença de Avery, mas agora que sua boca já fizera o trabalho, o cérebro estava retomando o funcionamento normal, e alguma coisa na história do arame farpado não parecia verdadeira. Ainda mais pelo fato de que não havia arame farpado na charneca. As fazendas no entorno usavam esse tipo de cerca, é verdade, mas ele não se lembrava de uma única trilha nos arredores da charneca onde alguém tivesse de passar por algum obstáculo que não fosse uma pedra ou uma escadinha de madeira ao redor da área.

Ele se levantou e limpou as mãos na calça.

— Obrigado, parceiro — disse ele. Depois ele olhou para Steven: — Precisamos ir.

Steven mastigou, odiando cada segundo, e depois engoliu grandes pedaços de pão, os olhos cheios d'água.

— Vá na frente — disse ele.

— Hein?

— Vá na frente — disse ele rapidamente, antes que perdesse a coragem. — Eu vou ficar.

Lewis deu um riso confuso e lançou um olhar para Avery, que estava olhando para Steven com uma expressão singular no rosto.

Steven estava branco e duas manchas vermelhas queimavam nas maçãs do rosto, os olhos fixos no sanduíche. Lewis percebeu que o amigo estava tremendo. Também notou que o sanduíche que Steven estava comendo continha tomate. Enquanto ele observava, Steven deu outra mordida e desajeitadamente enfiou outro pedaço de tomate, que saía do pão, para dentro da boca.

Havia alguma coisa muito errada com o amigo.

— Vamos lá, Steve! — Ele riu de novo, mas o riso soou tão estranho aos próprios ouvidos que cortou a risada no meio, deixando um silêncio tenso no ar.

Lewis ficara concentrado em seu próprio sanduíche, mas agora viu que Avery estava apertando o suéter verde entre as mãos, torcendo e esmagando o tecido, os nós dos dedos brancos de tanta tensão. Sua vaga sensação de inquietação transformou-se em dor de barriga.

— Vamos, seu idiota. Eu tenho de voltar cedo. — Não era verdade, é claro, mas Lewis sentiu subitamente a necessidade esmagadora de estar em casa.

Steven atirou o que sobrara do sanduíche contra Lewis, atingindo-o no peito.

— Vá embora, está bem, porra? Dê o fora!

Os olhos de Lewis se arregalaram de surpresa. Ele deu um passo para trás.

Steven levantou-se, tremendo, e se aproximou dele.

— Eu sei o que você fez na horta.

Lewis corou intensamente.

— Q-quê?

— Você me ouviu. Eu sei o que você fez. Agora se manda, *porra*!

Steven bateu no peito de Lewis com o cabo da pá, fazendo o amigo tropeçar para trás e cair no montículo. Steven foi atrás dele e bateu de novo. Lewis caiu de lado em cima das urzes, e o pânico explodiu no rosto de Steven. Ele agarrou Lewis pelo ombro, tentando levantá-lo e empurrá-lo ao mesmo tempo. Lewis tropeçou uma vez, duas. Steven berrava em cima dele:

— Eu odeio você, Lewis! Eu odeio você, porra! Se manda! Vai!

Pedacinhos do sanduíche e de saliva voaram da boca furiosa de Steven sobre Lewis. Este se levantou cambaleando e Steven avançou para ele de novo. Dessa vez Lewis partiu, descendo a trilha.

— Você está maluco? — gritou ele para Steven. — Perdeu um parafuso?

Olhou de novo para o homem, como que pedindo apoio.

— Ele está maluco! — gritou Lewis.

Mas o homem não estava olhando para ele. Estava olhando para Steven; os lábios, muito vermelhos, haviam recuado, mostrando os dentes brancos aguçados num esgar de concentração. Mais do que o súbito ataque de Steven, aquela visão fez a barriga de Lewis revirar assustadoramente, e de repente ele sentiu necessidade de ir embora. Precisava ir. Não podia ficar nem mais um segundo. Um medo primitivo assaltou-o; soltou um grito, como que golpeado, virou-se e correu.

Steven ficou olhando o amigo ir embora, sentindo o fio de sua vida se desenrolar e esticar-se trilha abaixo, deixando-o com nada a não ser um peito escuro, vazio, e pedaços da merda do tomate flutuando livremente na sua barriga que dava voltas.

Ele sentiu que Avery descia lentamente da pequena elevação atrás dele, as urzes úmidas batendo nos tornozelos, uma faca, uma corda, uma arma sacada.

Teve um estremecimento e virou-se com um soluço.

Avery não se movera.

Por um longo momento eles ficaram olhando um para o outro. Steven enxugou lágrimas de pânico dos olhos com as costas da mão, sentindo como era estranho o desligamento que lhe permitia achar que aquelas lágrimas eram pela briga que tivera com Lewis. Era quase como se sua mente houvesse acalmado um pouco depressa demais e finalmente pudesse examinar suas ações com certo distanciamento. A frieza daquela sensação o apavorou, mas apesar de tudo ele se apegou a ela; era quase como ter uma outra pessoa na sua cabeça, alguém para tomar decisões, e era a única coisa que não deixava que ele se enrolasse numa bola de terror, urinasse e deitasse nas urzes à espera do inevitável.

— Você está bem?

Steven balançou a cabeça, mordendo o lábio. Houve mais silêncio entre os dois.

Avery levantou-se e, cuidadosamente, espanou as folhas dos fundilhos da calça, depois desceu do montículo onde estava.

Steven viu que a calça do homem estava molhada até os joelhos, e isso o deixou consciente de que a própria calça estava assim, fria e endurecida contra as canelas.

As pontas dos nervos se retorciam, pulavam e gritavam para ele se virar e correr.

Mas, em vez disso, ficou ali parado, esperando que o assassino fosse até ele.

Por quê?

A voz interior que o observava exigia uma resposta. Steven não tinha uma resposta, apenas um amontoado de palavras que rumorejavam como peças de um quebra-cabeça no momento em que se abre a caixa. Ele sabia que aquelas peças aleatórias formavam um quadro: um jardim de uma casa de campo, barcos a vela, cachorrinhos numa cesta, mas as peças na sua cabeça eram fragmentos, e algumas estavam viradas para baixo, de forma que seria preciso mais do que uma voz exigente para arrumá-las em algo coerente. Algo útil.

Avery estava tão perto dele agora que Steven precisou levantar o olhar para ver o rosto dele.

— O que foi isso tudo?

A voz dele era bondosa e sua expressão era de simpatia. As feições faziam os movimentos certos, mas os olhos estavam em outro lugar, pensando em outras coisas.

Ele pôs uma mão fria no ombro de Steven.

Lewis não se lembrava de ter corrido; ele só podia se lembrar de que estava na charneca, então, subitamente, não estava mais lá.

Comera a metade melhor de sanduíches demais para ser um garoto atlético, mas a adrenalina encheu seus pulmões e apertou seu coração com mais eficiência do que qualquer condicionamento físico que poderia ter anteriormente ou viria a ter no futuro.

Tomou a esquerda na rua estreita, ainda coberta de nevoeiro, a única de importância que atravessava Shipcott, e ficou imaginando como suas passadas frenéticas batiam forte no chão e ecoavam no desfiladeiro de bangalôs claros e muros baixos.

Ele não sabia por que estava tão amedrontado, de modo que continuava preocupado com a maneira como transmitiria seu medo a qualquer um que pudesse ajudá-lo. Mas sabia que teria de tentar, porque, instintivamente, percebia que aquele não era trabalho para um agente secreto ou um atirador de elite de suas brincadeiras, ou mesmo para um famoso jogador de futebol de sua imaginação.

Aquele era um trabalho para um adulto.

Era bem cedo de uma manhã de sábado, mas o nevoeiro dava ao vilarejo uma sensação morta, estranha, e a rua permanecia incomumente vazia. Ele fez a curva arredondada na esquina e viu o porquê.

Havia um pequeno amontoado de pessoas fora da casa de Steven, que se derramava pela calçada estreita e ia até a rua.

Gente adulta. Graças a Deus.

Lewis quase gritou de alívio.

Lettie estava no banheiro quando bateram à porta. A princípio ela estranhou, imaginando quem poderia ser tão cedo assim num sábado. Mas estranhou ainda mais porque não eram realmente batidas usuais; alguém estava esmurrando a porta. Murros que Lettie só vira na TV, onde o marido bêbado chega para se confrontar com o novo amante de sua esposa infiel. Murros como se fosse a polícia.

Aquilo a amedrontou, a enraiveceu e a paralisou, tudo ao mesmo tempo.

Ela desceu a escada correndo e abriu a porta, apenas uma fresta, a mão esquerda segurando o robe fechado, não porque tinha medo de que ele se abrisse, mas para mostrar ao esmurrador o quanto ela desaprovava aquela grosseria.

Era o Sr. Jacoby. Segurando um jornal.

Lettie experimentou um segundo de completa desorientação, durante o qual ficou pensando se agora eles tinham um serviço de entrega de jornais, e, se fosse o caso, por que eles haviam encomendado o *Daily Mail*, e, o que era mais estranho, por que razão o Sr. Jacoby estava fazendo as entregas ele mesmo, em vez de deixar a tarefa para Ronnie Trewell, que parecia ter passado pelo menos dez de seus 14 anos perambulando para cá e para lá com uma sacola que o desequilibrava tanto que, se as calçadas não fossem bem delineadas, ele teria simplesmente ficado andando em círculos o dia inteiro.

— Sr. Jacoby — disse ela em tom neutro, de modo que pudesse sorrir ou fazer uma expressão de desagrado conforme fosse necessário.

Para sua surpresa, o Sr. Jacoby levantou o jornal nas mãos trêmulas, sujas de tinta de impressão, abriu a boca como se fosse contar alguma coisa de grande importância e desabou em lágrimas.

Davey estava cercado de pernas. Não era nada novo; quando você tem 5 anos, pernas são sua constante companhia. Quando você tem 5 anos toda a sua experiência de reunião de pessoas consiste em costuras repuxadas, virilhas coçadas, coxas infladas, joelhos gastos, bainhas desfiadas.

Mas aquilo era demais. Ele estava na calçada, fora de casa, tentando permanecer ao lado da mãe enquanto as pessoas se comprimiam todas em volta para ver o *Daily Mail*. As pernas o cutucavam, batiam nele, o jogavam para lá e para cá.

De vez em quando uma mão se estendia para firmá-lo e pedir desculpas, mas ninguém falava com ele ou o encarava; tudo naquela selva de pernas acontecia na cobertura por cima de sua cabeça. Ele agarrou com força o robe azul de tecido atoalhado puído de Lettie e sentiu as coxas quentes dela debaixo dos nós dos dedos.

Sua mãe não chorava, mas o Sr. Jacoby sim. Davey nunca vira um homem chorar antes; nem mesmo imaginara que tal coisa fosse possível, e achou a cena tão perturbadora que tentou não vê-la nem ouvi-la, mas não pôde deixar de olhar. Aquele homem grande, de camisa verde de boa qualidade, o peito arfante e os braços peludos, chorando. Davey riu nervosamente, esperando que fosse uma brincadeira, mas ninguém se juntou a ele no riso. Ele agarrou-se com mais força à mãe.

As pessoas conversavam coisas de gente adulta, falando emocionadas, mas apenas murmurando, e Davey só podia captar fragmentos das conversas. O fragmento que ele ouvia com mais frequência era:

— Isso vai acabar com a coitada.

Acabar com quem?, pensou Davey, desesperado. O que ia acabar com quem?

— Não podemos manter isso em segredo... Uma hora ela vai ter de saber... Não mostra o jornal para ela... Isso vai matar a coitada.

E assim por diante, o Sr. Jacob vertendo seu choro estranho, sibilante, balbuciante, enquanto o pai de Lewis o consolava com tapinhas no ombro, parecendo enraivecido, mas não com o Sr. Jacoby. Para Davey era como se o Sr. Jacoby fosse uma criancinha pequena que alguém forçara a sair do balanço, e o pai de Lewis estivesse tomando conta dele enquanto tentava descobrir o culpado para passar um bom corretivo.

— Não contar o que a quem?

Todos olharam com ar de culpa para a avó. Davey não a podia ver do meio das pernas, mas sabia que era ela. Ninguém disse nada.

— Não contar o que a quem? — disse a avó de novo, um pouco mais desconfiada.

Davey achou que alguém estava batendo palmas. Um bater de palmas agudo, cada vez mais perto, e de repente o som parou enquanto as pessoas em torno dele abriam espaço para um Lewis de rosto vermelho e olhos arregalados.

Lewis quase não conseguia falar. Ele viu o pai.
— Pai!
— Quieto, Lewis. Estamos conversando.
— Mas, pai!
— Lewis, vá para casa!
O pai afastou o olhar do filho e as pessoas ali reunidas voltaram as costas para o menino e se moveram, empurrando-o para a borda do grupo, como uma ameba expelindo um dejeto.

O Sr. Trewell, pai de Skew Ronnie, segurava um exemplar do *Sun*, e Lewis viu o rosto na primeira página. Não tinha certeza, mas, de certa forma, reconheceu aquele homem. Os lábios muito vermelhos, o denunciaram. Lewis inspirou com força o ar para dentro dos pulmões exauridos e gritou "POR-RA" o mais alto que pôde.

A palavra saiu ricocheteando pelos muros e todos se viraram para encará-lo, enraivecidos. Ele apenas apontou para a foto.
— É ele! É o homem que está na charneca!
Houve um silêncio de aturdimento, a raiva dando lugar à confusão, de modo que ele se aproveitou da vantagem para explicar melhor.
— Com Steven.

39

Steven se encolheu quando Avery pôs uma mão no seu ombro, mas depois se recompôs e achou que tinha se saído bem.

Respondeu à pergunta de Avery com um "Nada". Depois virou-se para não precisar olhar nos olhos do outro, estranhamente bruxuleantes.

Em vez disso Steven voltou o olhar ansioso, charneca abaixo, para onde sabia que Shipcott se escondia no nevoeiro. Não poder ver nem mesmo a agulha da igreja fez com que se sentisse muito solitário.

Enquanto ficava ali, de pé, as costas ardendo voltadas para o assassino, as peças do quebra-cabeça na sua mente rodopiavam como num turbilhão. Ele reconheceu alguns fragmentos: uma fatia do largo sorriso do tio Billy; um mapa maltratado; uma ferida na charneca aberta pela lâmina rombuda da pá; *na caixa dizia que era filé*. Ele escreveu uma boa carta. As peças flutuavam e se dispersavam; ele não sabia por onde começar a arrumá-las. Assim, como todos os bons construtores de quebra-cabeças, ele começou por encontrar um canto.

E esse canto, para sua grande surpresa, foi a raiva.

Ele achara que seu medo envolvia tudo, mas a raiva era uma coisa boa. Ela o fez firmar-se e suplantou o medo por um momento, fazendo com que se sentisse mais forte.

Lewis desaparecera. Estava a salvo. Steven sentiu uma pontada de remorso que as últimas palavras que dissera ao amigo tivessem sido duras, mas expulsou esse sentimento. Ele fizera o que tinha de fazer. Aquela era uma situação crítica e ele se encarregara de salvar Lewis.

Agora tudo que precisava fazer era escapar das garras do psicopata que o havia atraído para a própria pequena armadilha, e que depois, de alguma maneira louca, saída de um pesadelo, fugira magicamente da prisão e voltara para matá-lo.

Era Harry Porter com uma serra elétrica.

Steven riu e estremeceu ao mesmo tempo, sentindo a bile subir pela garganta.

Engoliu em seco e teve uma sensação de fraqueza. Sabia que, se escapar era tudo que queria, então precisava aproveitar a oportunidade. Ele começara aquela coisa; a colocara em movimento. Agora aquela coisa se movimentava rápido demais e estava fora de controle, mas Steven ainda sentia uma necessidade ciumenta, ardente, de manter os acontecimentos sob controle. Todos os pensamentos, as escavações, o planejamento, todas as cartas boas que escrevera. Estava tão perto que o pensamento de largar tudo agora era, ao mesmo tempo, tão inconcebível e atraente que o fazia pensar em línguas e em Chantelle Cox. Seria tão fácil deixar a coisa acontecer, sentir seus dedos entorpecidos se abrirem e libertar o fardo que pegara tão casualmente e que carregara por tanto tempo sem na verdade, em momento algum, segurá-lo com firmeza.

Mas a teimosia que o mantivera molhado, queimado pelo sol e com calos nas mãos na charneca por três longos anos abriu seu caminho para a linha de frente, pisoteando o pânico que o cegava. Steven sentiu que aquele impulso sobrepujava todos os instintos que possuía.

Agora que eram apenas ele e o assassino, sozinhos, um fio de pensamento separou-se e pulsou mais fortemente do que qualquer outro. Ele tentara por muito tempo. Chegara tão longe. Conseguira tanto. Estava tão cansado e queria saber. Precisava saber. *Tinha de* saber.

E como resultado, em vez de golpeá-lo com a pá e correr para salvar sua vida, ele sorriu para Avery.

— Ele que se foda — disse ele, dando de ombros. — Você tem mais sanduíches?

Steven ficou observando o nevoeiro subir pelas urzes na direção deles. Agora estava apenas a 12 ou 15 metros abaixo deles, e chegaria tão preguiçosamente que o movimento era quase imperceptível. Às 10h, surgiria o verão.

Avery arrumara um segundo saco de plástico para Steven sentar-se, e eles estavam tão próximos que seus quadris e ombros se tocavam. Ele podia sentir o calor do homem passando pelo tecido da calça e da camisa cheia de sangue. Aquilo o fez ter vontade de se afastar, mas desistiu.

Agora Steven olhava para o último pedaço do sanduíche de Avery, e sabia que, se não falasse logo, sua oportunidade teria ido embora.

— Você mora por aqui?

— Não. E você?

— Sim. Ali em baixo, em Shipcott. Lá adiante. — Ele acenou com a mão vagamente, para o nevoeiro preguiçoso.

Avery deu um grunhido, mostrando desinteresse, depois olhou diretamente para Steven.

— Eu ouvi dizer que há corpos enterrados aqui em cima.

Um choque de pura eletricidade percorreu o corpo de Steven. Seu coração bateu mais rápido e ele sentiu alfinetadas e estalidos por toda a pele.

Avery sorriu.

— Você está bem?

— Estou — disse Steven. — Corpos. Que horror.

Ele se concentrou em uma porção de tomate que caía pela extremidade da crosta, e gastou algum tempo enfiando um pouco na boca, lambendo os dedos e mastigando sem sentir o gosto da massa aquosa. Esperava que o coração parasse de bater acelerado no peito, mas isso não aconteceu.

Era isso que ele queria. Aquilo pelo que esperara. E não precisou nem mesmo pedir. Corpos. Ficou agitado e aterrorizado em medida igual.

— É sim — disse Avery. — Eu ouvi dizer que um maluco matou diversas pessoas, crianças, e enterrou os corpos por aqui.

— Ah, é. Eu ouvi falar nisso. — Ele queria que o coração parasse de martelar em seu peito, apavorado que Avery pudesse ouvir.

— Ele estrangulou as crianças.

Steven balançou a cabeça, tentando permanecer calmo.

Avery abaixou a voz.

— Estuprou as crianças, também. Até mesmo os garotos.

Steven tentou limpar a garganta. Restos de tomate haviam ficado presos ali.

— Todos os corpos foram encontrados?

— Não.

Steven sentiu que ia desmaiar. Não era "Eu acho que não", nem "Não tenho certeza."

Era "Não".

Apenas "Não".

— Ainda há uns poucos por aí, acho — disse Avery.

Uns poucos.

Paul Barrett. Mariel Oxenburg. William Peters.

— Ah, é? — disse Steven. — Onde?

Assim que fez a pergunta Steven sentiu-se tonto de expectativa.

Avery lançou o olhar na direção de Dunkery Beacon.

— Por que você se importa com isso?

O tempo diminuiu sua marcha, entrando num estranho vórtex que sugava Steven enquanto os motivos pelos quais ele se importava com aquilo quase o esmagavam. A roda da fortuna girava e a pressão de lama congelada sufocava os ossos solitários de um garotinho.

— Eu não me importo — disse ele, e sua voz saiu desafinada de sua garganta tensa. — Estou só interessado em... Quero dizer... Se você fosse enterrar um corpo por aqui, onde seria?

Ele tentara parecer despreocupado, mas sua pergunta soou horrivelmente alta e desesperada para os próprios ouvidos enquanto pairavam sobre eles no ar estático da manhã. Sentiu-se enjoado por ter perguntado aquilo. Enjoado e frágil.

Avery virou-se para olhá-lo com atenção e Steven cruzou olhares com ele, esperando que o homem não pudesse ver através de suas pupilas o escuro poço de medo palpitante que se encontrava atrás delas.

O silêncio se prolongou em torno deles, até que Steven pôde jurar ter ouvido o silêncio estalar sob pressão.

Então Avery contentou-se em dar de ombros.

— Por aí. Por ali. Quem sabe? — Ele deu um pequeno sorriso para Steven e remexeu na bolsa. — Você quer alguma coisa para beber?

Steven queria matá-lo.

Ele ficou subitamente de pé. Pegou a pá para ir embora, mas Avery agarrou o cabo da ferramenta com força e levantou o olhar para ele, o rosto agora frio e ameaçador.

— Vou precisar disso — disse Avery, a voz baixa.

E quando olhou nos olhos de um verde leitoso do homem, Steven percebeu que perdera a batalha para manter fechado o livro de sua mente. Os lábios de rubi de Avery se abriram num sorriso branco e cruel enquanto ele lia os sentimentos do menino como revelados num cartaz.

Steven soltou um grito como se tivesse tocado em alguma coisa escura e pegajosa.

Ele soltou a pá, fazendo com que ela ricochetasse com força contra o braço ferido de Avery.

Então ele se virou e correu.

Quando alcançou a trilha, ouviu Avery correndo atrás dele, perto, perto demais. Ele deveria ter tentado escapar antes, quando tinha uma boa vantagem! Então sentiu uma dor aguda nas costas e caiu no chão, sem ar nos pulmões.

Sentiu Avery agarrando-o pelas costas de sua melhor camiseta e o levantando como um cachorrinho levado; seus pés se debatiam, procurando apoio, e ele cambaleou, quase ereto, para então desabar de lado, os joelhos contra as pernas do homem.

Ainda segurando-o pela camisa, Avery inclinou-se para pegar a pá, e o cérebro de Steven informou-o remotamente que aquilo era o que o havia golpeado nas costas. A pá do tio Jude. Abatido pela própria arma no momento exato em que caíra na própria armadilha.

Porque ele fora apenas um garoto idiota, não um atirador de elite, não um policial, nem mesmo um adulto. Ele brincara de ser adulto e era assim que terminava. Ele, morto na charneca, usando sua melhor camiseta vermelha com LAMB escrito nas costas. E os jornais relatando não seu triunfo, mas a morte de um patético, solitário e fraco garotinho. Uma morte que o reduziria a iniciais num mapa e uma velha foto tremida num jornal amarelado. Nem mesmo uma fotografia boa, ele apostava. Provavelmente aquela tirada na escola, que sua mãe tinha em cima da lareira e em que ele parecia um refugiado. Não a foto com a roupa que ele vestira para aquela manhã, quando ainda achava que poderia ser um herói.

Medo, vergonha e náusea se misturavam dentro dele, e ele afrouxou o corpo contra a calça fria de Avery.

Avery afastou-o de si e deu-lhe um tapa.

— Você sabe quem eu sou?

Steven balançou a cabeça, mudo, para os calçados pretos de sola de borracha.

— Bom.

Levantou Steven com força, colocando-o de pé, e o garoto foi sendo meio empurrado, meio arrastado, de volta para o montículo enquanto Avery estremecia e amaldiçoava a dor que voltara a seu braço. No meio do caminho, Steven começou a soluçar. Ele desejou nunca ter sabido a respeito de Arnold Avery. Saber era pior do que não saber. Saber o que Avery fizera aos outros. Saber que faria o mesmo com ele. A coisa nem mesmo parecia possível, mas ele lera aquilo nos jornais, portanto devia ser verdade. Estava prestes a descobrir. O pensamento trouxe novas lágrimas de medo.

— Cale a boca — disse Avery. — Abaixe-se.

Steven continuou de pé, os braços frouxos, a cabeça baixa, o corpo tremendo com os soluços.

— Eu disse para abaixar.

Avery sacudiu-o de novo e apontou para um trecho de urzes brancas onde estivera sentado quando Steven ainda tinha uma alternativa; ainda tinha uma chance de escapar.

— Abaixe. De joelhos.

Steven balançou a cabeça, uma expressão idiota no rosto, mas não se abaixou.

Avery inclinou-se para a frente e pôs os lábios perto do ouvido do garoto, fazendo-o estremecer.

— Abaixe-se ou vou forçar você a fazer isso.

— Está bem.

Mas, mesmo assim, ele não se moveu. Não podia. Não ia se abaixar. Não devia se abaixar. Ficar de pé era melhor. Abaixar-se era pior. Quanto mais baixo estivesse, menos chance teria. Ele preferia ficar de pé. Esses pensamentos eram simples e claros na cabeça de Steven. Se abaixasse, tinha certeza de nunca mais levantaria.

— Abaixe, já falei!

— Está bem. — Ele parou de soluçar com um ligeiro arroto que levou bile com gosto de tomate à garganta.

Mas mesmo assim ele não se mexeu. Talvez se ele continuasse simplesmente concordando em se abaixar, mas nunca fizesse isso de fato, Avery poderia ficar cansado de pedir.

Avery realmente ficou cansado. Steven só ouviu um pequeno resmungo de aviso antes de a pá girar e bater na parte de trás dos joelhos, fazendo-o enrolar-se como uma bola, segurando as pernas de dor.

— Seu merdinha! — Avery agarrou o próprio braço e fez uma careta, agora com sangue fresco escorrendo.

Então, mais uma vez, Avery o fez levantar-se pela nuca, colocando-o cuidadosamente sobre seus joelhos.

— Agora fique quieto. Está entendendo?

Steven balançou a cabeça e mexeu o corpo, mas ficou onde estava. Podia sentir alguma coisa escorrer de leve pelas costas e achou que devia ser suor ou sangue no ponto em que a pá o alcançara quando ele tentava correr. Mal pensara no suor quando sentiu o rosto ficar oleoso, suor brotando nele. Mexeu-se de novo; queria permanecer deitado nas urzes onde o chão estava frio e ele não iria se sentir tão tonto. Mas ajoelhar-se era ruim e continuar deitado seria ficar ainda mais baixo, o que portanto era ainda pior. Ele precisava tentar aguentar como estava, embora tivesse medo de examinar o que estava tentando aguentar. Mas precisava aguentar e fazer com que Avery se movesse o mais lentamente possível para matá-lo. Não porque achasse que poderia evitar esse destino inteiramente, mas porque retardar a própria morte lhe parecia a coisa sensata a fazer.

A própria morte.

Ele ia morrer. Não havia mais nada a perder, nem mesmo sua vida; era uma conclusão antiga. O pensamento lhe trouxe uma espécie de liberdade perversa.

— Você matou meu tio Billy?

— O que você acha?

Steven levantou os olhos para Avery, surpreso. Não esperava que pedissem sua opinião.

— Acho que foi você.

— Quer saber como?

Steven não queria. Sentiu náuseas com o pensamento, agora. Mas era um outro retardamento.

— Quero.

Avery ficou de pé diante de Steven e tocou o cabelo dele com uma mão, um movimento quase gentil.

— Ele acabara de sair da loja. Eu pedi orientação. Eu tinha um mapa...

Ele parou de falar, Steven levantou o olhar e viu o brilho de uma lembrança querida nos olhos de Avery.

— Eu tinha um mapa. Pedi a ele para me mostrar no mapa. E ele se inclinou para dentro, pela janela, e eu... Simplesmente... Agarrei seu tio...

Steven soltou um grito quando a mão de Avery apertou seu tufo de cabelo.

— Foi tão fácil. Tão fácil, porra. E ele estava com tanto medo. Eu tive de dar-lhe uma porrada na mesma hora para fazer com que parasse de gritar. Você devia ver a cara dele quando bati nele! Como se nunca houvesse apanhado antes! Foi muito divertido.

Ele sorriu para Steven e depois desviou o olhar novamente, por sobre a charneca de sua lembrança.

— Eu brinquei com ele, sabe? Primeiro brinquei com todos eles. Antes de matar. Da mesma forma que vou brincar com você.

Steven se contorceu quando o puxão no cabelo ficou mais forte novamente. Ele suprimiu um gemido de dor; não queria que Avery se lembrasse que estava ali, ajoelhado diante do assassino; quanto mais lembrasse do tio Billy e das outras crianças, mais tempo permaneceria vivo. Mas era uma tarefa difícil. A dor que sentia na cabeça era mais do que um simples desconforto, e ele ainda tremia e sentia náuseas. Porém precisava fazer aquilo. Precisava ficar parado e calado, alimentando esperanças de se livrar daquela situação. Só havia uma alternativa, e Steven a rejeitava. Não queria descobrir o que significava "brincar com", nem como era ser torturado e morto enquanto chorava, chamando a mãe. Bastou esse pensamento para fazer com que as lágrimas rolassem dos seus olhos mais uma vez. Dessa vez ele não chorava por vergonha ou medo, na verdade chorava por sua mãe, baixinho... De um modo que não desviaria a atenção de Avery de suas lembranças.

— Ele queria isso. Sabe de uma coisa? Seu tio Billy era um putinho como você. Deu pra notar.

Uma onda de pura raiva borbulhou em Steven, em defesa de um menino do qual jamais gostara, mesmo não o tendo conhecido. Todas as suas boas intenções de se manter invisível desapareceram num instante.

— Você é um mentiroso!

Avery sacudiu-o pelo cabelo, fazendo com que Steven gritasse de dor.

— Eu o quê?

— Você é uma... *porra* de um mentiroso!

As lágrimas escorriam espessas, rápidas, mas agora eram lágrimas de fúria, e a fúria o fazia mais forte. Sabia que estava sendo estúpido em desafiar Avery, mas não se importava mais com isso, o que liberava suas emoções. Levantou as mãos para tentar controlar o aperto do assassino no seu cabelo, então Avery bateu nelas com força, afastando-as, mas ele continuou tentando se livrar daquele nó apertado de dor. A tração no seu cabelo fez Steven pensar no modo como puxava e torcia as cortinas verdes da sala onde ele e Davey esperavam o Frankenstein chegar e descobri-los. Bem, ele tentara ser amigo do Frankenstein e a coisa não dera certo. A dor no cabelo sendo puxado era agora muito maior, assim como o martelar do seu coração no fundo da boca, tão grande que parecia impossível. Era como se aquele órgão vital estivesse sendo empurrado garganta cima, pela pura força do terror que explodira na sua barriga.

Ele agitou freneticamente as mãos e atingiu Avery na ferida sangrenta infligida pelo filho de Mason Dingle. Avery gritou e, por um glorioso momento, largou o cabelo de Steven. Ele quase caiu ao se ver livre.

Então o soco pegou-o desprevenido, tirando-lhe a última porção de ar dos pulmões e a última porção de vontade de resistir.

Ele ficou deitado ali, perdido, consciente apenas de que seu rosto encostava nas urzes úmidas e frias, e então, vindo de longe, ele sentiu seu corpo sendo colocado com rudeza de costas, flácido como um peixe.

Mãos seguraram sua calça.

Uma onda de inconsciência fez seu estômago se contorcer, de modo que ele se dobrou para cima e vomitou violentamente sobre si próprio e sobre Arnold Avery.

Na fração de segundo de silêncio que se seguiu, ele observou um pedaço culpado de tomate na manga de Avery, antes que o homem se afastasse dele com um grito de nojo, espanando o vômito das mãos e se esfregando com o suéter verde-claro.

— Seu merdinha! Seu filho da puta imundo! Vou matar você, porra!

Mas Steven já estava correndo. Correndo antes de sequer perceber que se pusera de pé. Correndo colina abaixo através das urzes molhadas que batiam no seu corpo, tropeçando em tufos de vegetação e raízes, perdendo a trilha! Onde estava a trilha? De qualquer modo ele virou para a direita e foi atravessando um trecho de terreno acidentado. Não ouvia nada a não ser um fraco som de guincho, que ele percebeu ser o ruído que o terror fazia na garganta de um menino correndo para salvar a vida.

Steven lançou um olhar frenético por sobre o ombro; Avery estava acima dele e atrás, porém chegando mais perto. Ele encontrara a trilha e correr nela era mais fácil. Ele era mais rápido; Steven não conseguia correr mais depressa do que aquilo. Não ali, naquele lugar, na espessa vegetação de urzes roxas.

Mudou de curso de novo, tentando retomar a trilha, diminuindo a velocidade no processo. Avery se aproximava. Se pelo menos conseguisse pegar a trilha, ele ia conseguir fugir. Tinha certeza. Porra! Ele fez um ângulo agudo na sua trajetória e achou novamente a trilha, entrou nela e continuou a correr.

Avery estava a apenas 20 metros atrás dele quando Steven entrou numa parede de nevoeiro tão espesso que ele se encolheu. Hesitou momentaneamente, lutou contra o instinto de diminuir a velocidade e mergulhou direto na brancura.

Podia ouvir Avery vindo atrás dele, praguejando em arquejos ofegantes. Parecia perto, mas tudo parece perto dentro de um nevoeiro.

E então ele não ouviu mais nada.

Parou, ofegante, a respiração sibilante, e andou em círculos, os ouvidos doendo no esforço de escutar sobre o martelar do próprio sangue. Nada.

Decidiu continuar correndo, mas então percebeu que parar fora um erro terrível. Antes ele estivera correndo na direção certa simplesmente porque fugia de Avery. Mas agora que parara, perdera todo o senso de direção. Baixou o olhar para os próprios pés e para o terreno em torno dele. As urzes barravam o caminho que ele teria escolhido. Deslocou-se para o lado, em silêncio, e seus pés só encontraram relva e tufos de tojo. Com uma pontada de pânico percebeu que perdera a trilha.

Ficou parado um bom tempo, ouvindo o coração pulsar nos ouvidos, tentando não respirar e se denunciar.

Steven inspirou e conteve a respiração ao ouvir um farfalhar. Não conseguia discernir de onde vinha ou a que distância estava. Virou-se. Um som estranhamente familiar, um rangido e uma pancada. Ele se virou para o outro lado.

Foi o movimento errado.

Sua cabeça foi lançada para trás, ele perdeu o apoio dos pés e caiu. Alguma coisa macia em volta do pescoço; um joelho nas costelas expulsou o ar de seus pulmões, então Avery estava em cima dele, encarando-o, diretamente no rosto, os dentes arreganhados e os olhos estreitados em duas fendas brilhantes.

Alguma coisa macia, mas apertada, rodeava seu pescoço; Steven percebeu que estava sendo estrangulado com o suéter verde-claro. Podia sentir o cheiro do próprio vômito em cima do agasalho.

Não conseguia respirar. Sentia que a cabeça estava enorme e prestes a explodir, os pulmões espasmódicos e gritando por ar. Não respirava mais.

Dirigiu seu foco para os olhos de Avery, a centímetros dos seus. *Por favor*, disse ele mentalmente, mas seus lábios apenas se moveram em silêncio; não havia ar para formar as palavras. Deu pontapés fracos e tentou tirar o homem de cima dele, entretanto teve apenas força para levantar os punhos contra as coxas de Avery, enfiadas na calça jeans, e descansá-los ali, como se os dois fossem velhos amigos, e como se aquilo fosse só um jogo.

Por favor, tentou ele de novo, mas não havia nada ali.

Era assim a sensação de morrer.

Aquilo parecia não acabar nunca, e isso doía mais do que assustava.

O tio Billy sofrera daquela forma. O tio Billy olhara aqueles mesmo olhos brilhantes e sofrera daquela maneira. O tio Billy não deixara pistas, e ele também não, pensou, distante; agora compreendia que não lhe passara pela mente a ideia de que aquele poderia ser o último dia de sua vida; vestira sua camisa favorita para ser assassinado com ela.

A dor no peito era insuportável e sangue saindo espremido dos próprios olhos começou a tornar indistinto o rosto do assassino atrás de uma cortina vermelha enevoada.

Por favor.

Ele não tinha certeza se estava tentando implorar por sua vida ou por sua morte.

Pensou vagamente que qualquer uma das opções seria boa.

E a escuridão o envolveu como uma onda fria e escura.

40

Havia o som de respiração e de pés, de respiração e de pés.

A charneca tornava aquilo pior ainda.

Raízes retorcidas o faziam tropeçar e se enroscavam nos seus pés, as urzes úmidas batiam no seu corpo e o tojo o chicoteava e alfinetava. A lama agarrava e fazia escorregar.

O nevoeiro era um espesso véu branco. Ou uma mortalha. Congelava as pálpebras, deslizava nariz acima e se acumulava na boca arquejante, seus dedos pesados atingindo os sentidos traziam uma lembrança de infância passada no litoral e um presságio de morte.

Mas, através de tudo aquilo, havia respiração e pés, respiração e pés.

Com um *propósito*.

41

Surgiram vozes e, de repente, Steven pôde respirar. Não foi algo dramático; não houve arquejos, apenas um pequeno som sibilante, entrecortado, quando ele começou a viver em vez de morrer. Olhou para cima, para o céu estriado de rosa, imaginando o que acontecera a Avery. Pensou vagamente em levantar e correr de novo, mas a cabeça parecia chumbo e havia um grande peso sobre suas pernas, comprimindo-o contra a charneca.

Se Avery aparecesse e tentasse matá-lo de novo, não havia nada que pudesse fazer para impedir, de tão fraco que estava. Na verdade nem se importava.

O suéter ainda enrolado em seu pescoço estava quente e reconfortante agora, e ele se sentiu enfraquecido e flutuando.

Ainda havia vozes. Perto, mas nem tanto. Não em cima dele. Eram vozes urgentes de homens, o tipo de voz que as pessoas usam nas cenas da TV quando alguma coisa preocupante acontece. Steven não se preocupou em saber o que estavam dizendo, mas ficou intrigado em saber porque não diziam aquelas coisas em cima *dele*. Talvez pensassem que estava morto.

Não os culpava; *ele* pensara que estava morto. Talvez estivesse mesmo, embora achasse que não sentiria o tojo o alfinetando na parte inferior das costas se fosse o caso. Steven deixou a mente ser arrastada para longe da questão de sua morte. Era cansativo.

— Steven.

Isso era mais real.

Steven deu uma olhada para a direita e viu a mãe curvada sobre ele no seu velho robe azul.

Mamãe, ele queria dizer, mas não conseguia, apenas sentiu os lábios se abrirem rapidamente enquanto tentava, em silêncio. Ela segurava sua mão direita, o que fez Steven se sentir com 5 anos de novo. Tendo a mão segurada por ela, como Davey. Quase sorriu ao pensar nisso. Depois, parou de se importar. Estava cansado. Cansado demais para se importar. Talvez devesse dormir um pouco.

Porém, mais baixo do que as vozes, ele percebeu um ruído na orelha esquerda. Fez um esforço e virou a cabeça ligeiramente, fazendo uma expressão de surpresa. Bem junto de seu rosto, uma roda reforçada girava preguiçosamente contra o céu, alguma coisa caindo dela, mas não era água.

A coisa estava tão fora de contexto que ele sentiu que precisava saber mais. Devagar, por causa da dor e do esforço, virou a cabeça um pouco mais para a esquerda, e viu-se então olhando para um chinelo marrom com um tornozelo grosso dentro dele.

Era sua avó, deitada ali entre as urzes, ao lado dele, o carrinho dela entre os dois.

Lettie tocou de leve no rosto dele, mas todas as vozes estavam sobre a avó. Toda a atividade era dirigida à avó. Alguns homens do vilarejo estavam ao lado dela, um murmurando baixinho no rosto da velha e comprimindo os próprios lábios contra os dela, como um amante demonstrando seu afeto em público, outro apertava compassadamente o tórax da avó com os braços estendidos, um terceiro enrolando a própria jaqueta em torno das pernas dela.

O terceiro homem, o pai de Lewis, estava simplesmente parado ali, o olhar vazio, perplexo, e suas sardas estranhamente escuras contra o fundo de uma palidez doentia do rosto.

Um pouco atrás deles todos, quase escondido pelo nevoeiro espesso, estava Lewis

Mas os olhos do amigo não encontraram os seus. Em vez disso eles se deslocavam arregalados de horror das pernas de Steven para o rosto do pai, e um choque de pânico fez Steven levantar de repente a cabeça para se certificar de que as pernas ainda estavam ali.

Estavam. Mas nos dois segundos que Steven pôde manter a cabeça levantada, ele tirou uma fotografia mental que ficaria com ele para sempre, por mais que tentasse esquecê-la.

Avery estava deitado de costas, atravessado sobre as pernas de Steven, as mãos frouxamente fechadas ao lado da cabeça.

E do que antes era seu rosto.

Agora havia apenas um coágulo de sangue, cabelo e osso esmigalhado na forma de um rosto. Apenas os olhos lembravam a aparência anterior, fendas verdes, opacas, como as de um gato morto.

A cabeça de Steven reclinou de novo para as urzes enquanto ele sentia sua infância se afastar dele, piscando um adeus na escuridão do passado, e sentiu lágrimas ardentes por subitamente ter se tornado um adulto. Sabia agora o que pingava da roda reforçada, e por que as sardas no rosto do pai de Lewis pareciam tão escuras.

* * *

Steven ficou olhando o céu avermelhado passar aos solavancos por cima de sua cabeça enquanto os paramédicos o tiravam da charneca.

Ele queria saber como estava a avó, mas falar parecia além de sua capacidade. Tudo que sabia era que, de alguma forma, ela subira a trilha com os homens que o resgataram, e que alguma coisa acontecera com ela por causa disso.

Por causa dele.

O pensamento trouxe lágrimas vermelhas aos seus olhos e tudo pareceu entrar num caleidoscópio.

Achara que morrer era o pior que poderia ter acontecido naquele dia, mas estava enganado. Alguma coisa acontecera com a avó.

Por causa dele. Por causa de seu plano. Por causa de sua armadilha. Por causa de suas cartas bem escritas. *Na caixa dizia que era filé*. Porque ele se comportara como um menino. Não como um homem, que teria feito tudo diferentemente, de maneira melhor.

Os dois foram colocados na mesma ambulância. A mão da mãe apertou a sua, ela disse que o veria num momento e desapareceu.

Dentro da ambulância, Steven pôde apenas ver que a avó tinha uma máscara de oxigênio no rosto, mas ele também tinha uma, de modo que isso não significava nada. Não lhe dava qualquer pista concreta.

Vovó, disse ele com os lábios, contudo o som ainda não conseguia se esgueirar pela garganta inchada.

Vovó.

Era difícil ver através do sangue nos olhos, de modo que não se preocupou em tentar. Fechou os olhos e perdeu a consciência mais uma vez, sentindo-se nauseado por causa dos sanduíches de tomate que Avery lhe dera.

42

Steven estava deitado na cama do tio Billy, observando a avó tricotar.

Ele fora colocado ali para poder repousar sem ser incomodado por Davey, e também para que o irmão menor pudesse dormir sem que os pesadelos que faziam Steven se debater e chorar o acordassem, deixando-o mal-humorado o dia seguinte inteiro.

As cortinas estavam abertas, tornando tudo estranhamente claro, até mesmo agora, quando a chuva batia na janela, tocada por pequenas rajadas de vento fora de época.

Visto da cama, o quarto parecia inteiramente diferente. Com seus pés levantando a ponta do edredom azul do tio Billy, o ambiente subitamente parecia um quarto normal de menino, como se um feitiço houvesse sido quebrado. Steven se sentiu estranhamente em paz naquele lugar.

A estação espacial do Lego fora metida debaixo da cama, para permitir a passagem regular de pés que lhe traziam livros, sopa quentinha e sucos energéticos.

A foto de Billy fora empurrada para o fundo da mesinha de cabeceira, que agora tinha uma coleção de coisas relacionadas a Steven: meia dúzia de vidros de pílulas, um copo com um canudinho curvo, uma caixa de chocolate que Davey tentava diligentemente abrir e uma boa quantidade de postais desejando-lhe melhoras.

Agora havia também outra coisa no quarto relacionada a Steven, mas de cuja existência só ele sabia. À noite, depois que a mãe, a avó e Davey tivessem todos ido para seus quartos dormir, Steven rolava cuidadosamente para um lado e usava a ponta de um compasso para gravar profundamente seu nome na parede atrás da cama. Ele sabia que não estava fazendo uma coisa correta, de certa forma, e que Lettie ficaria zangada quando descobrisse. Mas, por outro lado, ele não queria se aventurar fora daquela casa, ou de qualquer outra casa, de novo sem deixar alguma pista de que existira e compreendera a natureza transitória da vida.

Todo mundo deveria deixar sua marca.

Steven permitiu que a mente derivasse para sua mais recente correspondência, escrita num cartão mostrando um vaso de flores, uma pá e luvas de jardinagem.

Ele quisera muito escrever "Com amor", mas por fim não fez isso. Não queria assustar tio Jude. Não queria assustar a si próprio.

Agora que Lettie já despachara o cartão para ele e era tarde demais, ele ficou desejando ter escrito realmente "Com amor".

Mas aquilo teria de bastar. Teria de ser bom o bastante.

Ele suspirou e afastou os olhos do céu.

A avó tricotava devagar na cadeira perto da ponta da cama. Os dedos dela eram retorcidos e nodosos, e ela parava o trabalho frequentemente para flexioná-los. Steven lançou um olhar rápido para ela, mas não disse nada.

> Caro Tio Jude,
>
> Obrigado pelo seu cartão. Lewis está cuidando da horta até que eu melhore. Ele diz que é bom em cavar, mas isso pode ser mentira. Provavelmente é. Desejo que você volte logo.
>
> Sinceramente seu,
>
> Steven

Ela insistira. Estava dando nova costura nas melhores meias dele. Antes mesmo de receber alta do hospital ela exigira que Lettie lhe trouxesse as meias, e com muita dificuldade desmanchou a antiga costura nas bases rasgadas, até que, quando voltou para casa, com novas pílulas para a angina, as meias eram apenas tubos cobrindo os tornozelos, com uma franja de pequenos laços nas extremidades.

"De que cor você quer?", perguntara ela.

Steven se recostara no travesseiro de Billy, pensando, e vira o lenço do Manchester City sobre sua cabeça.

"Azul-celeste", respondera ele.

Steven estava deitado no sofá na hora em que a avó passava as meias. Ela não deixou que ele a ajudasse com a tábua de passar, armando-a no recesso da janela, onde ela mesma costumava ficar parada. Então, colocava o papel pardo amarrotado de uma sacola por sobre as meias, para evitar que a lã ficasse brilhante.

Do outro lado da rua, Steven podia avistar os encapuzados agrupados, mãos nos bolsos, ombros caídos e os capuzes escondendo seus rostos da forte luz do sol que voltara a brilhar em Exmoor. Eles iam e vinham em silêncio, olhando para a casa, mas não se aproximavam. Steven achava que eles provavelmente nunca o fariam de novo.

As coisas haviam mudado.

Lewis contara a ele como todos haviam subido a colina. Os homens correndo, Lettie os acompanhando, em pânico, no seu roupão de banho e tênis meio amarrados, a avó bamboleando e ofegando atrás, o carrinho de compras batendo nas urzes, mantendo-a de pé quando ela já deveria ter caído umas dez vezes, agarrando o forte bíceps de Lewis a ponto de machucá-lo.

O pai de Lewis fora o primeiro a chegar perto de Steven e Arnold Avery, mas o relato de Lewis do que acontecera em seguida era fragmentado, o que não era comum. Ele dizia apenas que os homens arrancaram Avery de cima de Steven, mas então seus olhos se desviavam e ele ficava evasivo a respeito do que acontecera em seguida, embora Steven já houvesse ouvido sussurros esparsos que davam conta do pai de Lewis sendo interrogado e liberado pela polícia sem ser indiciado, e de que ele nunca mais teria de pagar por um drinque no Leão Vermelho.

Então as lembranças de Lewis ficavam novamente nítidas, e ele contava como a avó vira Steven deitado ali com o suéter verde-claro enrolado firmemente em torno do pescoço, o sangue correndo de seus olhos como algo saído de um seriado de horror da TV, e como ela primeiro se sentara e caíra por sobre as flores roxas, e como os homens, ao se certificarem de que Steven estava bem, haviam corrido para socorrê-la. E foi *nesse* contexto que Lewis afirmava que seu pai fora o herói do momento, o que não correspondia à visão de Steven quando ele voltara a si: o homem de pé, manchado de sangue e num aturdimento enquanto outros ajudavam.

Steven não se incomodava com isso. Lewis merecia a metade boa do sanduíche.

Enquanto os braços flácidos da avó se moviam sobre as meias, Steven ficou imaginando onde estavam agora as rodas reforçadas. Seria interessante tê-las de volta. A polícia as retirara da charneca em sacolas, juntamente com o carrinho arrebentado e ensanguentado, sua pá e o suéter verde-claro, além de Arnold Avery.

Inconscientemente, Steven tocou a garganta, que ainda estava inchada e dolorida, o que lhe autorizava a tomar montes de sorvete e gelatina. Ajudado por Lewis, *é* claro.

Apalpar a garganta com os dedos o fez estremecer, embora o aquecedor a gás estivesse ligado no que vinha sendo um verão quente. Tocar seu corpo daquela forma fez com que ele se sentisse o assassino. A pele tenra debaixo dos dedos, as depressões e cartilagens da própria laringe, a pulsação da veia. A vulnerabilidade latente e frouxa de todo o conjunto. Bastava apertar, bastava comprimir, bastava uma fria intenção e tudo poderia desabar e ser esmagado com facilidade.

Nas últimas duas semanas Steven pensara muito como o assassino. Pensara muito a respeito de Blacklands e muito a respeito do tio Billy.

E muito a respeito daquele pequeno trecho de urzes brancas.

Avery ficara sentado ali, esperando por eles nas urzes brancas.

Ele forçara Steven a subir no montículo e o fizera ajoelhar-se nas urzes brancas.

Abaixe!

Steven estremeceu de novo.

— Está com frio? — A avó lançou-lhe um olhar intenso.

Steven meteu-se um pouco mais debaixo do edredom que ela trouxera da cama de Billy e fez que sim.

A avó colocou o ferro de passar de pé, apoiado na base, sobre a grade de metal, e levantou a sacola de papel pardo.

— Aí está — disse ela.

Steven ergueu o corpo e pegou as meias com ela. Ainda eram sua antigas meias, mas estavam boas como se fossem novas. Melhores do que novas.

Ela ficou observando ele colocar as meias e remexer os dedos vestidos com as cores do Manchester City.

Ele levantou os olhos para ela e subitamente precisou morder o lábio com força para evitar se desmanchar.

Ela viu as lágrimas nos olhos ainda rosados dele e pôs uma mão na cabeça do neto, liberando-o da necessidade de dizer obrigado.

— Vovó?

— Hum?

— Eu acho...

Ele resmungou e começou a falar de novo, a voz ainda entrecortada, quase um murmúrio.

— Eu acho que sei onde o tio Billy está.

A mão na cabeça dele fez um ligeiro movimento, e Steven encolheu-se debaixo dela, numa súbita lembrança aterrorizante, mas não se afastou. Forçou-se cuidadosamente a recuperar a calma e a deixar a mão da avó repousar ali, quente e aconchegante na sua cabeça, sem machucá-lo.

Ele pôde senti-la pensando, como que através da carne que os ligava.

A avó não disse nada por um longuíssimo tempo e, quando o fez, alisou o cabelo dele com suavidade.

— Você vai melhorar logo — disse ela. — Isso é o importante.

Nota da autora

Eu nunca pretendi que *Blacklands* fosse um romance de crime. Achei que seria uma história bem pequena sobre um menino e sua avó.

A fagulha que a desencadeou veio quando vi na TV a mãe de uma criança assassinada há muito tempo, e comecei a imaginar qual seria o impacto de crimes como o de Avery, como eles afetam as pessoas por anos, durante toda a vida, talvez até mesmo por gerações.

Eu pensei: "Se eu fosse o neto de uma mulher cujo filho fora assassinado, como isso me afetaria? Como seria minha vida?" Imediatamente tive uma sensação avassaladora da triste fragmentação de uma família, que iria além de todas as minhas preconcepções de perdão e estoico sofrimento. Já pensando como um menino de 12 anos, minha única pergunta então foi: "Como eu posso mudar isso?"

Como Steven, escrever para Avery pedindo ajuda pareceu inteiramente lógico. Como Avery, manipular esse perseguidor da verdade para sua própria gratificação foi um cruel prazer.

Daí, a sensação de que tudo isso poderia entrar numa espiral e ficar fora de controle levou *Blacklands* a um inesperado território sombrio.

Esta é uma obra de imaginação. Meus personagens não são baseados em qualquer pessoa real, viva ou morta, e qualquer semelhança com pessoas reais é inteira coincidência. Entretanto, a fuga de Avery pulando o muro da prisão de Longmoor é inspirada em uma fuga real, ocorrida em 2003.

Agradecimentos

Blacklands foi escrito com a ajuda muito apreciada do Writer's Bursary da Academi. Obrigada a Christina Pomery pela ajuda na pesquisa sobre prisões e a Jack Cryer por ser a mão de Steven. Devo agradecer à minha agente, Jane Gregory, e às equipes em Transworld e Simon & Schuster Inc. por darem uma oportunidade a uma iniciante. Também a Eve e Michael Williams-Jones por sua generosidade em instituírem o Prêmio Carl Foreman, sem o qual eu nunca teria conseguido largar meu trabalho diário e tornar-me escritora no sentido amplo. Por fim, mas não por último, obrigada a vocês todos, maravilhosos amigos e membros da minha família, que sempre acreditaram em mim, até mesmo quando eu tinha certeza de que eles estavam enganados.

Este livro foi composto na tipologia Adobe Garamon Pro,
em corpo 11,5/15,3, e impresso em papel off-white
no Sistema Cameron da Divisão Gráfica
da Distribuidora Record.